El fin del Océano Pacífico

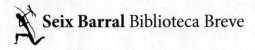

Seix Barral Biblioteca Breve

Tomás González
El fin del Océano Pacífico

Pues yo, cuando me vaya,
también me llevaré esa costa.
Tras mucho luchar, tal vez,
y cediendo todo en un segundo
arrastraré conmigo a lo profundo
la abundancia inenarrable de sus selvas,
el verdor puro de sus plátanos,
sus bahías y relámpagos, sus barcos
hinchados por la humedad
y desvencijados por el viento,
sus garzas y manglares,
sus aguaceros abiertos.

MANGLARES

Mi mamá tenía noventa y un años. En una de sus noches de insomnio comió demasiados dulces y tuvimos que hospitalizarla, deshidratada por la diarrea. Clínica Medellín. Vi los empaques vacíos. Lo que alcanzó a consumir le habría aflojado el estómago a Muhammad Ali. Además de las galletas rellenas, las bolas de chocolate, las cocadas, las bolas de tamarindo, despachó muchos paquetes de unos cilindros anaranjados, fosforescentes, muy salados, rugosos, espumosos y, en mi opinión profesional, no aptos para el consumo humano. Con ellos descansaba el paladar y volvía a lo dulce. A Muhammad lo vi una tarde cuando yo hacía posgrado en Nueva Orleans, hace ya varias décadas. Firmaba autógrafos en Canal Street. Me tomó de sorpresa su tamaño. En los documentales uno ve la liviandad y la gracia, no semejante montaña. Montaña física y espiritual. Las personas arremolinadas a su alrededor parecían enanas y él se mostraba muy afectuoso con ellas. Muhammad Ali en el país de los enanos.

La tía Antonia, muy preocupada, nos mostró el baúl de madera donde mi mamá guardaba los dulces, cofre del tesoro decorado por ella misma con imágenes de flores blancas de borrachero. Era como el sueño de un niño de seis años hecho realidad por una niña que empezaba a avanzar hacia los cien. Y le pasó lo que le habría pasado al niño: esa noche no logró contenerse. Diarrea por transgresión dietética en la ingesta enloquecida de dulces. El cofre estaba lleno de empaques, y en el fondo, como un sedimento, encontramos unos veinte turrones de maní, de los que son a la vez duros y cauchudos y se deben comer con paciencia para no arrancarse las calzas y las coronas. Se disponía ya a disfrutarlos con cautela cuando la sorprendió la diarrea.

En los viajes por tierra, hasta hace poco, mi mamá despachaba sin mayores consecuencias totumas completas de arequipe, y morcillas y chorizos demasiado antiguos y de higiene dudosa que habrían acabado con digestiones menos curtidas. Los viajes con ella se alargaban, pues quería comer en cuanto negocito veía al borde de la carretera. Tres piedras y una olla eran ya tentadoras. Sabía de alta cocina, pero estaba lejos de hacerle feos a la "baja", y con toda razón, pues tiene sus riesgos, pero sin duda tiene sus maravillas. En un puesto de la plaza de mercado de un pueblito del Ecuador nos comimos los dos una vez un curí que en las brasas había parecido primero una gran rata crucificada y carbonizada; después, retirado de las brasas y descrucificado y antes de que lo descuartizaran, una rata sólo carbonizada, pero todavía con forma de cruz; y por último llegó el curí a nuestra mesa después de haber sido crucificado, carbonizado, descrucificado, descuartizado y adornado con papa, cebolla, lechuga, tomate y pimentón. Nos chupamos los huesitos.

Y sigo sin entender por qué escondía los dulces, mi mamá. Nadie se los iba a confiscar ni tenía la autoridad para impedir que se sobrepasara o paciencia para intentarlo. Los escondía de su propia conciencia, tal vez. Los ancianos son como abejas o colibríes con el dulce hasta que les llega la diabetes. Una locura. Todos sabíamos de la caleta, incluso le hacíamos chistes sobre eso, pero nunca nos imaginamos semejante baulado de delicias.

La tía Antonia tenía noventa y dos años. Señorita, como dicen. Dormía ocho horas profundas en la cama al lado de la insomne de mi mamá, que se levantaba miles de veces, hacía tronar los paquetes y prendía y apagaba luces la noche entera. En los pocos ratos que dormía, roncaba. Apnea. Juntas toda la vida. Desde que tuve memoria la tía Antonia vivió en nuestra casa, en cuarto aparte en vida de mi papá y después en el mismo. Camas idénticas, paralelas. Enmarcado sobre la cabecera de la tía estaba el Ángel de la Guarda, con una leyenda en estilo manuscrito preciosista, Ángel de la Guarda, mi dulce compañía, no me desampares ni de noche ni de día, *hasta que esté en paz y alegría con todos los santos, Jesús, José y María*, que de niños nos hacía rezar, para calmar los terrores nocturnos.

En la clínica Medellín mi mamá dijo haber soñado con ballenas que subían del agua y no volvían a bajar. Seguían subiendo y volaban sobre el mar.

–Si vieras la belleza –dijo con voz débil–. Parecían de Botero.

Fue pesadilla, entonces, dije.

–No me hagás reír, Ignacito. No te imaginás lo maluca que me siento.

–Será que ya le dio diabetes, mamá.

–No me molestés ahora con eso.

El sueño parecía sacado de algún libro o tal vez se había inspirado en las ballenas que hacía ya algunos años habíamos visto o *avistado* en estas mismas playas del Pacífico, cuando nos alojamos en el hotel vecino, donde le celebramos los ochenta y cinco. Por los ventanales se los ve, monumentales hasta de lejos, los chorros, los volúmenes que se forman contra el horizonte y se hunden, las colas que se alzan y desaparecen verticales en el mar. Hay gente que deduce la existencia de Dios por la existencia de las ballenas o de otras maravillas que hay por ahí. "¡Mirá las mariposas, hombre, miráles nada más el diseño, los colores. O mirá las estrellas. ¿No creés que para que existan estos portentos tiene que haber... Algo?" Puede que tengan razón, no lo sabemos, pero no todo el mundo lo ve de esa forma. Mi amigo David, aficionado a hilar fino, me dijo una vez que, en su opinión, Dios no existía. Que sólo existía La Creación. Me lo planteó así, sin prepararme, en Versalles, la cafetería del centro, sin preámbulos, y preguntó lo que yo pensaba. La señora que nos tomó el pedido parecía interesada en el asunto.

–Así de afán, hombre David, no te puedo dar la definitiva. Déjame pensarlo y yo me pongo en contacto con vos este martes a más tardar.

La señora me miró, sonrió y se fue por los tintos.

–Quedo pendiente –dijo David.

Digamos, aquí, por ejemplo. Frente a la bahía de la particular Creación donde estoy ahora y detrás de esta casa, construida con maderas preciosas tomadas de la misma selva, se alzan montañas no muy altas, pero sí muy densas, y en ellas y detrás de ellas hay selva y más selva por cientos de kilómetros. Aquí Dios estaría o no estaría, para el caso vendría a ser lo mismo. De todas formas llueve y escampa día y noche. Agua, clorofila, animales. Dicen que en esta región existe la variedad más grande de ranas del mundo, y entre los programas de recreación que ofrece el hotel vecino está el de su avistamiento. La palabra suena bien para ballenas, no tanto para ranas. ¿Avistamiento de ranas?

Se le quitó la diarrea a mi mamá, salió de la clínica, insistió en querer volver a la tierra de las ballenas y aquí volvimos. El día siguiente de nuestra llegada quiso ir a saludar a los empleados del hotel y de paso informarse de los eventos que tuvieran programados. Como la marea estaba alta y no había paso por la playa, se le adaptaron dos palos a una silla de plástico, para llevarla en andas por la trocha enfangada. Caminando detrás de ella, que iba ya bien acomodada en su trono, yo trataba de no dejar los tenis en los trechos de un barro denso que insistía en quedarse con ellos. No soy aficionado a trochas, por el barro y también por la humedad y el sudor, pero, estando recién llegados, y como primogénito, me correspondía acompañarla al hotel. Los empleados la saludaron con cariño, respeto y un toque de adulación, como a ella le gusta. Estaban casi todos los que habíamos conocido en el viaje anterior.

En el hotel se inscribió para la excursión de las ranas, que salía en dos días. Es una avistadora de nacimiento, mi mamá, y de lo que sea: ranas, gente, pájaros. También se inscribió para ver, una semana después, los micos que en estas selvas aúllan temprano en las mañanas, sean de lluvia, sean sin lluvia, estén despejadas o llenas de nieblas. Me gusta oírlos desde la hamaca. Son gritos de gran poder, ventiscas, sentimientos roncos que llegan a todos los rincones de la selva.

La tía Antonia a nada se inscribía nunca. Acompañaba a su hermana a todas partes, pero se quedaba leyendo y fumando en los hoteles, en las casas que alquilábamos, como esta, o en la sala de la finca. Cuando estuvo aquí se sentaba en una silla de mimbre muy cómoda en el corredor al frente de mi cuarto, o adentro, si llovía demasiado fuerte y se alcanzaba a salpicar el corredor, pero allí, en el umbral de la puerta, para recibir el viento y mirar mejor el mar medio borrado por el aguacero. Rosada y pequeña, moña blanca en la parte de atrás de su bien formada cabeza, muy apacible y compuesta, leía las novelas que había venido repasando toda la vida. Rafael Pérez y Pérez, Luisa Linares, Corín Tellado. Mientras leíamos ella se dedicaba al Pielroja y yo al Camel, pues me gusta el sello del camello –que en realidad es un dromedario–. Yo fumaba solamente cuando estábamos juntos, y no aspiraba. Ella se fumaba diez o doce Pielrojas diarios, mantenía el paquete en un estuche de cuero repujado que le trajo de Marruecos mi hermana mayor y fumaba tan despacio que uno no sabía si estaba aspirando el humo o sólo dejándose acompañar por él. Hace algunos años le regalé en el Día de la Madre un cenicero de cobre, ni muy pequeño ni muy liviano, pero que ella cargaba para todas partes. Al hundirse una palanca como las de los trompos de juguete giraba un disco que también se hundía para tragarse las colillas y sepultarlas en el cenicero. El disco se devolvía solo y cerraba todo herméticamente, de modo que no saliera humo ni olor a colilla.

–No sabés lo práctico que ha salido este cenicero que me *comprastes* –decía sin falta cada vez que nos sentábamos a fumar–. Fácil de manejar y todo. Gracias, Ignacito.

"Comprastes", decía, "salistes, volvistes". Aquí en mi cuarto apuntaba el ventilador hacia el techo de palma y varas de mangle, de modo que el viento no le acelerara la brasa ni le tumbara la ceniza. De niño yo le preguntaba "mamá Antonia, usted, digamos, ¿cuántos Pielroja se fuma al día?" y ella decía que se le había olvidado contar. Isabel era la que sabía contar, Isabel, no ella. Cuando mi tía estaba en el corredor, muchos empleados de la casa, que son negros todos, daban un rodeo nada más para saludarla y alegrarse el día. Si yo fuera budista y creyera en la reencarnación pensaría que la tía Antonia ya había alcanzado la perfección y no tendría necesidad de regresar a este mundo. En cambio, a mi mamá la espera una reencarnación y media, como mínimo, diría yo, hombre de ciencia que soy, muy dado a cálculos.

Mi mamá quería mucho a los negros, por ejemplo, pero ahí está el detalle. No son animales domésticos, para que uno tenga que quererlos. Ni siquiera son negros, en realidad, tan poco como los otros son blancos. Todo eso de las razas es una gran mentira, una ilusión. A la tía Antonia, en cambio, le simpatizaban, y si pensaba que eran negros lo hacía como cuando uno se da cuenta de que el amigo Dismas Wenzel –un turista alemán que se alojaba en el hotel y es dueño de un perrito podenco– es muy alto, corpulento y suave. A mi tía le gustaba que los negros fueran como son, igual que le simpatizaban Dismas y su perro, por ser suaves los dos, aunque algo caprichosos, o el traductor holandés –otro turista del que también llegué a hacerme bastante amigo– por lo caballeroso e ilustrado. En Holanda se llama Jos; aquí, José el Holandés. Es muy blanco, de ojos azules brillantes y alumbra como la sal o el azúcar bajo el sol.

Micos, ballenas, lluvia, mar y los empleados de la casa han sido aquí mi compañía desde que todos se fueron, hace ya algún tiempo. Y Ester, claro. En estas playas las ballenas están siempre presentes, aunque se hayan ido o no hayan llegado. Me acompañan también, de lejos, los anónimos turistas extranjeros que pasan todos los días por la playa, pero nunca si hay mucho sol, pues se cuidan del melanoma más que los nacionales y hacen bien. Aquí es mejor ser lo que llamamos negro que ser lo que llamamos blanco. Los blancos se ponen como pargos rojos con el sol, y el calor y la humedad los apabullan, y si son europeos les da sin falta la diarrea. Los negros aguantan mejor. Afrocolombianos, se dice ahora, como si negro fuera insulto. No lo es en todo caso para Naila Rivas, la cocinera, la chef, mejor dicho. "Yo no soy afro-nada, doctor, yo soy negra" me corrigió la vez que por dármelas de prudente mencioné la palabra, es decir caí de narices en la trampa. Naila usa turbante de estilo yoruba y elegantes batolas holgadas de colores, y es la mejor cocinera del mundo.

No sé cómo hacía mi mamá para crearse un ámbito de lujo o de refinamiento o como quiera llamarse en cualquier sitio en que estuviera. Tres días después de llegar, y cuando menos pensamos, estaba Naila Rivas instalada con turbante y todo, y ya envuelta por los magníficos aromas de su cocina. La cocinera de planta, que no lo hacía nada mal, por cierto, fue degradada a pinche y sometida a la voluntad de hierro de Naila. Y "magnífica" es la palabra justa para referirse a su cocina. Una cosa son las jaibas al ajillo bien preparadas, y otra, preparadas por ella. Es el sabor del animalito en su máxima expresión. ¡Y los postres! Un flan de coco igual al de ella no se consigue en ninguna otra parte. Las nubes de guanábana, de su invención, están a la altura de su nombre. En su cocina la jaiba sabe a jaiba, no a ajo ni a mantequilla, el flan sabe a coco y es jugoso, y las nubes, a guanábana. No hostigan, pero tampoco lo dejan a uno como necesitado de una cucharada grande de arequipe o tres cocadas, como pasa con ciertos postres demasiado refinados.

Naila está en el sitio que merece y le corresponde. Esta casa es tan cara como cualquiera de la Costa Azul y, para mi gusto, mucho más bonita que cualquiera de la Costa

Azul. Si los dueños quieren alquilarla por este dineral necesitan mantener todo en perfecto estado de funcionamiento, cosa nada fácil ni barata en esta humedad tremenda en plena selva y en pleno mar. Cada día los jardineros quitan los plásticos, negros, azules, blancos, transparentes, que la marea y el viento dejan desmadejados en la arena y en las ramas de los mangles. Aquí nadie tira basuras a la playa y los empleados entierran las botellas plásticas que arrojan en otras partes y nos trae la marea. Hay buen pozo séptico y trampa de grasas, por supuesto, y no tenemos el espectáculo de los cangrejos rojos arremolinándose y pescando quién sabe qué, arroz tal vez, una que otra lenteja, en arroyitos que bajan de los plateros de las cocinas al mar, como se ve a veces. Los cangrejos retroceden explayándose como una ola cuando uno se les va acercando.

He pasado contento aquí. También mi mamá la pasó bien, aunque sólo conoció el reposo mientras estuvo enferma. Nunca en la vida ha estado tranquila, si ha podido evitarlo. La tía Antonia, para ligera exasperación de mi mamá es, en cambio, puro reposo, y la pasó casi siempre contenta. También yo soy apacible. En la universidad me tomaban el pelo por la forma como disfrutaba cuando tenía oportunidad de hacer pereza, tanto que uno de los compañeros me llamaba Plácido, y no por la voz, precisamente. Urrea, otro compañero de la Facultad, conocía muy buenas citas y las decía en el idioma original, que pronunciaba a la perfección, fuera el que fuera. Latín y griego, incluso. Después de dos años se pasó a filosofía y ahora es profesor estrella de Hegel y Marx, mejor dicho, dialéctica, en una universidad de las grandes. Habría sido buen médico, a pesar de todo. Pedante. *Ce n'est pas q'on soit bon, on est content*, decía, relamiéndose en la pronunciación. Busqué la frase en Google y no aparece por ninguna parte. Urrea no tenía un pelo de bobo, era medio genio incluso, y seguramente se la inventó y la pasó al francés. Es más grave y difícil ser medio genio que genio completo. Fuera de eso Urrea había nacido con una mano defectuosa, la derecha. Talidomida. $C_{13}H_{10}N_2O_4$. Cinco deditos rudimentarios o embrionarios que utilizaba con tanta maestría como el lenguaje. Parecían muchos, pero eran cinco nada más, creo. Uno no se pone a contarle los dedos a la gente y menos en este caso. Se le pierde la cuenta y tiene que volver a empezar. Parecían un gajito de bananos murrapos, pero más pequeños, que es como hablar de un enano en miniatura. *No es que uno sea bueno, sino que está contento*, frase que también funcionaría al revés, *no es que uno sea malo, sino que está descontento*. Mi amigo sufría de cierta amargura y descontento que ni se notaban casi.

Las dos frases le aplicarían perfectamente a mi mamá, según el momento. Inquieta de espíritu, tensión alta, tal vez bipolaridad. Decía que sufría del colon, pero lo puse muy en duda y dejó de insistir. Los humanos venimos usando ese segmento de intestino a lo largo de la Historia para atraer la atención de familiares y amigos cuando nos sentimos necesitados de cariño. Aficionada a los temas médicos. En su familia y también en la de mi papá los médicos nos hemos dado como maleza. Orientada hacia la plata, hábil para conseguirla y también para gastarla, sobre todo en donaciones a asilos para ancianos, bibliotecas, escuelas, organizaciones ecológicas y otras instituciones por el estilo. Una de las bibliotecas lleva su nombre.

–Hay que dejar de comer tantos dulces, mamá –fue lo único que se me ocurrió decir aquella vez en la clínica y ella contestó que quería ver las ballenas. Contó el sueño y dijo que además le gustaría mucho estar otra vez entre esas personas sonrientes, que parecían recién llegadas de África y que la habían acogido con tanto cariño. Se refería a las empleadas del hotel, que son muy amables. Ella conocía muy bien de qué materia estaba compuesta, en general, la amabilidad de los trabajadores del turismo, fueran del color que fueran, pero no dejó nunca de ser cariñosa con los del hotel, que terminaron tomándole afecto de verdad, exagerado a veces. Le dieron niños para que los amadrinara, le pidieron plata, cosas así, y ella les ayudó, como hacía siempre.

Todo el mundo quiso venir al paseo de las ballenas, como pasa siempre en la familia, así que alquilamos esta casa, que también es propiedad de los dueños del hotel. Casa y hotel funcionan como negocios aparte, a pesar de tener un mismo administrador, Rico, que comparte con Muhammad Ali la característica de parecer esbelto desde lejos y resultar un gigante de cerca. También Rico es carismático, tiene autoridad natural e inspira admiración y respeto, pero es muchísimo más serio y callado que Muhammad. Cosa nada difícil. El resto de la humanidad es más callada que Muhammad Ali.

–¡Y las cocadas que hacían esas mujeres! –dijo mi mamá en la clínica, como si no se acabara de enfermar por el dulce–. ¡Y los dulces de papaya verde y de papaya madura!

–Aquello es lejos y muy trasmano –dije–. ¿Por qué no mejor el Tayrona?

Era como decir: "Mamá, ustedes dos no aguantan semejante viaje. Ese clima es bravo. Se nos mueren por allá".

–Las ballenas del Tayrona, claro. ¿Te acordás del hongo pequeñito que alumbraba todo el piso de la selva por la noche?

Le acomodé la almohada y le habría acariciado la cabeza, pero detestaba las caricias.

–Todo el piso de la selva tampoco, mamá. Apenas debajo de algunos árboles. Una cuadra, si acaso dos, y nada más cuando llueve.

–Traje al mundo al segundo Fénix de los Ingenios –dijo, mirando el cielo raso. No le gustaba que la tomaran del pelo. Prefería encargarse ella sola de ese departamento.

Siempre al día con la política mundial y la ecología, sabía que las selvas parecían inmortales, pero no lo eran. Acostumbraba a hablar de estos asuntos con solvencia y llegaba casi siempre a la misma conclusión: "Si el mundo no fuera tan frágil no tendría gracia". Me gustaba la frase, así no estuviera para nada de acuerdo. Hay frases tan fuertes que parecen ciertas. Diagnóstico: intelecto y humor certeros; la memoria presentaba muy pocos síntomas de erosión; achaques normales en alguien de su edad; todos nos vamos a morir algún día; podría haber excepciones.

Mi hermano Rafael Alberto, que es gracioso y pronuncia a la perfección un italiano propio, no cree en tales excepciones.

–Como bien lo dice el renombrado geriatra Franco Deterioro –cita–. *Tuti mundi debe estare preparato pra perdere hasta las uñi de la mano et de les piedi.*

–¿Tuti fruti? –pregunta Adriana, la menor, que está medio loca.

Rafael Alberto no es médico. Ingeniero y todo, su alma es de bromista o bufón. Su afición es el comercio. Es dueño de un negocio de importación de herramientas agrícolas y creo que está muy rico, aunque no parece. Se compró un carrito antiguo color arequipe con jalea de guayaba, Porsche, que maneja sin ampulosidades ni poses, como si fuera el empleado que lo está llevando a lavar. Es muy entretenido, Rafael, aunque con los tragos se puede poner pesado. Y es que tanto apunte seguido, uno tras otro, bum, jajaja, bum, jajajaja, le empieza a cansar a uno el hemisferio derecho y a fatigar el izquierdo. Otra cosa con él es que ha leído mucho y tampoco lo parece. Sabe de los últimos avances científicos de la medicina y de la física y de los muchos retrocesos de la humanidad. Todo eso, por un lado. Por el otro, las mujeres.

Íbamos, entonces, en el carro de mi mamá para el aeropuerto, rumbo al Pacífico. Ester y yo conversábamos tomados de la mano, igual que lo habíamos venido haciendo desde hacía casi cuarenta años. Dorso de mano mía en rodilla de ella. Timón en mano izquierda mía. Luiz Bonfá por los parlantes del Subaru de mi mamá, con *Vereda Tropical*. Puro romanticismo. A Ester le gusta tanto como a mí oír música y tomarse algunas ginebras por las tardes. Boleros, tangos, baladas, rancheras, vallenatos, lo que sea. Clásica. Mi amigo David dice que sólo hay tres clases de música: la buena, la regular y la mala. A veces bailamos los boleros, Ester y yo, pero no lo hago muy bien, que digamos. Soy, eso sí, el radiólogo con la colección de boleros más grande del mundo. Llevamos tanto tiempo juntos que a veces me admiro. En alguna época alcanzamos a sentir la falta de hijos, pero la nostalgia se nos quitaba bastante cuando veíamos a la gente toda enredada con los suyos. No tenía sentido averiguar cuál de los dos era el estéril.

Cae una lluvia menuda, casi vapor. Oigo *Sabrás que te quiero*, precisamente, versión de Nelson Ned, el llamado "pequeño gigante de la canción", en dúo con un Agnaldo Timoteo, que canta bien, pero cuyo talento no está del todo a la altura de semejante nombre. "Nelson Ned pequeño no es", me gustaría decirles a los que inventaron el asunto. "¡Es enano! ¡No es pequeño, gonorreas, es enano!" Además, es muy ancho de espaldas y de su gran caja torácica sale ese vozarrón que no conoce límites, como el de Celia Cruz, como el de Miguel Aceves Mejía. Sólo a los narcos se les podía ocurrir convertir la antiquísima gonococia en insulto. Lo que es la ignorancia. Es como ofender a alguien llamándolo "colitis" o "lumbago". Esas personas y también sus admiradores o imitadores son incapaces de formar oraciones verbales, aun las indiferentes o neutras, sin ponerles el veneno de su intranquilidad anómala, patológica: "Pásame la hijueputa sal, por favor, ¿sí? Pilas. Gracias".

–¿Me permitís que te chupe el hijueputa oído? –le pregunté un día a Ester. Me lo permitió y después me permitió saborearle o degustarle la hijueputa oreja, todo entre risitas ahogadas –a esta edad– y erizamientos. Siempre responde, Ester, y entonces hay que tenerse firme, pues se ilumina, se eleva mucho.

Nelson y Agnaldo llegan por unos audífonos de muy buen sonido, aunque algo incómodos, mientras relumbra el mediodía en las ventanas. La lluvia que parecía vapor luminoso se despejó y apareció uno de esos solazos insoladores que de un momento a otro se convierten en nubes casi negras y lluvias torrenciales, en el mar, o en neblinas densas, pesadas, que vuelven irreal todo lo que tocan o cubren, en las selvas. A *Sabrás que te quiero* siguió *Vereda tropical* en la versión de Tito Gómez, acompañado por la orquesta Riverside. Todo el mundo ha interpretado *Vereda...* Seguramente Celia... Y a veces quiero tenderme boca arriba, pero los audífonos no me dejan, no se prestan. Nada hay ahora que no me incomode, la sábana, el bigote, las gafas de leer, la almohada, hasta el reloj. Los boleros me confortan y divierten. Letras profundas, la de *Amor ciego*, por ejemplo, o la de *Vendaval sin rumbo*, el que se lleva todas las cosas de este mundo y que ojalá se llevara este mi dolor que es tan profundo.

–La música bossa-nova es como de eunucos, ¿cierto? –dijo Adriana aquella vez, cuando íbamos en el carro de mi mamá para el aeropuerto. Que yo supiera, nunca nadie había llamado eunuco a Luiz Bonfá, pero logré quedarme en silencio.

En el asiento de atrás iban ella, mi mamá y la tía Antonia.

–¡Miren los gallinacitos! –dijo mi mamá y disminuí la velocidad. Adriana me clavó las uñas en los hombros. Ester con sus sandalias de plástico transparente que parecen de agua, y sus pies, me distraían, y sus rodillas.

–Casi nos matamos –dijo Adriana.

–Casi –dije.

Es imprudente contradecirla, tenga o no la razón. Además estaba dentro de lo posible que hubiera visto *Algo*, una de esas cosas que a veces ella ve, y que la muerte nos hubiera pasado cerca en la forma de un rayo que en el último segundo había tomado la decisión de no caernos encima y "electrojodernos", como lo habría puesto Rafael Alberto, o de un bus que de no haberse varado diez minutos antes nos habría estrellado de frente, al pie de los gallinazos. Avanzamos despacio. El perro estaba muy deshecho por las aves y por los carros que habían pasado sobre él. Engolosinados, borrachos, pesados por el festín, los gallinazos habían decidido dejar de levantar el vuelo, pasara lo que pasara. Pensé en lo horrible que habría sido atropellarlos y atravesar por entre un revuelo de plumas negras ensangrentadas. ¿Los gallinazos son aves? Claro que lo son, ¿qué más van a ser? El pastor alemán se movía y desbarataba en el vórtice del siseo y de la brincadera, y por el tamaño y por lo que alcancé a ver de su cabeza, había sido de raza pura. El collar azul con la placa metálica de identificación brillaba y se retorcía como si estuviera vivo entre las vísceras desordenadas o convertidas en pulpa orgánica. Fascinada por el poderoso espectáculo mi mamá dijo *a veces creo que todo esto es para siempre.*

Si se la hubiera descrito como anciana pequeñita nadie habría podido adivinar que se trataba de ella y se pensaría más bien que estaban hablando de la tía Antonia. Pero también en el caso de mi mamá esa era la descripción justa. Un día bordaba en el tambor de costura un florero de irises y estaba tan abstraída que alcancé a verla una fracción de segundo justo bajo la forma de delicadeza y profunda feminidad. Primera vez que le veía el parecido con su hermana, una sorpresa para mí, en cierto modo, pues lo de ancianita era muy reciente, pequeña siempre había sido, pero nadie se había dado cuenta, y frágil ni siquiera ahora.

–Bueno, ese perrito no lo era –dije.

–¿Cómo decís?

–Del perro hablo. No muy eterno, doña Isabel. ¿No?

–¿No muy qué es que dice? ¿Averno? –le preguntó a Adriana, que seguramente puso los ojos en blanco.

Yo sabía que me había oído bien. Lo mismo Adriana.

–¿No muy qué es que decís, Ignacio? –preguntó mi hermanita haciéndose la impaciente–. A vos sí es que te gusta mucho hablar rebuscado, ¿cierto?

–Eterno, eterno, Adrianita, e-ter-no.

–¡Éste con tal de llevar la contraria...! –dijo mi mamá– ¿O vos qué opinás? –le preguntó a la tía Antonia, que sonrió, pero nada dijo, tal vez para no arriesgarse a algún amable regaño. El regaño habría tenido que ser amable y disimulado, pues si la ofendía, la tía Antonia era capaz de no volver a hablarle o hablarle como por cumplir en mucho tiempo.

Gloria Isabel, la mayor, y yo hemos sido los únicos más o menos libres de peleas y malentendidos con mi mamá, y las de los otros han sido peleas fuertes, más que graves, sobre todo con Adriana. Nuestra infancia fue feliz y eso nunca terminamos de agradecerlo. A veces yo mismo... Mirá, Ignacio, que he pensado hacerle una piscina a mi casa, pero todavía no me decido, me dice, y yo le echo cabeza unos días al asunto y al final le digo que a la edad de ella el manejo de piscinas se complica mucho; no se meta en eso, mamá, a la edad suya es mejor ponerse a rezar, no a hacer piscinas. Al día siguiente se consigue el maestro de obras y empieza la construcción. Casa campestre semiurbana. Mangos, mandarinos, jardineros, dos empleadas y ahora piscina. *Rezá vos, si querés. Yo no tengo tiempo de pendejadas*, pensaría. Y los nietos al fin de cuentas disfrutan con la tal piscina y no se ahogan. Sus decisiones eran siempre cuerdas e incluso acertadas y uno quedaba con la sensación de haber sido utilizado como una de esas paredes pintadas que se usan para practicar tenis.

Ocupamos gran parte de un avión de unos treinta pasajeros. Aterrizamos en un claro de la selva, frente al mar, sobre una pista con burros y cebúes pastando en la periferia. Soldados del ejército nacional custodiaban las pistas y había muchos policías en la puerta de ingreso. Mientras esperábamos las maletas le pregunté a uno de ellos, el único blanco, con cara de estudiante universitario, si últimamente había estado lloviendo mucho por estos lados. El joven policía parecía no poder creer lo que le estaban preguntando. Se ofendió.

–En el Chocó llueve, señor –dijo y me dio la espalda.

El mostrador donde se pagaba el impuesto de llegada era atendido por una señorita negra muy grande y bella, tan bella y grande que uno ni siquiera podría decir si era gorda. Mejor dicho, aquello no era pertinente. Rafael

Alberto le sonrió y ella a Rafael Alberto. Claudia, mi cuñada, disimuló mirando una avionetica que en ese momento decolaba. En el salón, un hombre alto y fornido, con correas de estibador, tomaba las maletas de los pasajeros que iban a embarcarse en el mismo avión en que habíamos llegado y las pesaba en una báscula negra de metal, tan sólida como él. A los niños les gustan mucho estas básculas que por su plataforma móvil parecen natilla o gelatina cuando uno los para en ellas. Muy bonita, una antigüedad, un anacronismo. Los nuestros quisieron pesarse, por supuesto, y el hombre dijo a ver quién va primero. Los levantaba uno a uno casi hasta el techo, les sonreía desde abajo, los bajaba y los ponía con cuidado en la plataforma. Recuerdo que los pasajeros que esperaban a que les pesaran las maletas hacían gesto de paciencia, unos, otros les sonreían a los niños que estaban en el aire. Veintitrés y veintiséis kilos pesaron las niñas de José Daniel, que son monas y ojiazules como la mamá; treinta y dos Alicia, la niña de mi hermana Isabel, por lo gordita; sus dos hermanitos, veinte y pico cada uno. El hombre levantó a los gemelos de Antonio, uno en cada mano, pero no me di cuenta de lo que pesaron. Entonces dijo que él era capaz de levantar un novillo con los dos brazos, o dos terneros, uno en cada mano. Era como si los estuviera poniendo a escoger. Esperé a que me hiciera alguna clase de guiño o señal, pero no lo hizo. Con los niños era sonriente; seco conmigo y no me miraba a los ojos. Timidez, desconfianza de los llamados blancos, tal vez, o miedo de los paramilitares, que andan por todas partes y prefieren que la gente no hable con extraños.

Me imaginé al señor de la pesa de hierro al lado del turbohélice alzando animales mientras nuestros chiquitos aplaudían. Un novillo o uno de los burros grandes con las dos manos, digamos, o un ternero en cada mano, dependiendo de cómo se hiciera la conversión entre burros grandes y terneros. Hay gente que piensa que sin niños ningún viaje es verdadero. Mi mamá, para no ir muy lejos, y también yo, siempre y cuando brinquen lejos.

–Ellos sí son cansoncitos –decía mi mamá–. ¡Tan bellos!

Adriana le dijo a San Joaquín, su marido, que se pesara para ver cómo habían avanzado los salchichones y los jamones serranos, a los que era muy aficionado. Y él se pesó.

–Con vos el señor no va a poder –le dije–. Pesás más que un burro de los enormes. Toda esa grasa que colgás en la cocina te va a acogotar el corazón. Hay que cuidarse.

No está tan gordo, realmente, para su estatura, pero quería mortificarlo un poco, pues es mejor estar atentos con eso. Engordar es fácil, como dicen las señoras, enflaquecer, muy difícil. Se bajó de la pesa. ¿A que no sos capaz de traerme una cocacolita muy fría? le preguntó Adriana y él fue a buscarla. Me acordé de la canción de María Cristina, la que me quiere gobernar, pero no es el caso, ni mucho menos. Buena la versión del Trío Servando Díaz, también la de Eliades Ochoa. San Joaquín le tiene paciencia a Adriana, sin duda, pero también sabe pararla cuando se propasa, con la reserva de que la noción de propasarse es bastante laxa en el caso de él, persona tranquila como pocas, centrada, con el umbral del enojo y del dolor mucho más alto que el de los demás mortales.

Nadie ha entendido muy bien por qué Adriana salió tan peculiar ni la razón de sus conflictos interminables con mi mamá. Algún chistoso, creo que fui yo, inventó la historia de que se le había caído a las baldosas cuando era bebita, pero como no se había muerto ni le habían quedado marcas mi mamá prefirió no darle importancia al asunto ni contarle a mi papá, y que Adriana no había podido perdonarle el descuido que la dejó peculiar para siempre. Que ella misma se mencione como peculiar da una idea de lo peculiar que es. Aquello no fue del todo inventado tampoco. Era cierto que se le había caído, pero no de las manos sino de la mesa donde la bebita estaba desayunando. Y a pesar de que el golpe no valió la pena, por alguna razón esta explicación extracientífica, tal vez la única que exista, ha tenido buena acogida. Ya no me acuerdo bien de lo que inventé, pues hemos seguido agregando detalles. Que había quedado unos segundos con los ojos como bolas de ping pong y había levitado las tres primeras noches después del golpe.

–Impresionante ver una bebita levitando –decía Antonio–. Con el chupo colgando del gancho. Da cosa.

–Porque a vos te hubiera quedado difícil, ¡con lo flaquito que eras!

Adriana misma es la que más partido le ha sacado al asunto.

–Fue que a mí me dejaron caer a las baldosas. Mejor dicho, habláte con mi mamá, ¿sí? Ella es la que sabe. Yo solamente soy la occisa –dijo una vez, cuando alguien le pidió explicaciones por alguno de sus desmadres.

–¿Occisa? ¿Y fue que te mataron?

Adriana se dio cuenta de su disparate y poco le importó.

–Bestia serás vos.... Y así mismo fue –dijo, rápida de pensamiento, rica en recursos–. Ella me mató en cierto modo. Estoy muerta en vida aquí donde me ves.

Es capaz de dar la excusa de las baldosas en cualquier parte, en el banco, en el supermercado, donde sea. ¡Una señora de cuarenta!

–Señora, por favor, el número del producto en la consignación.

–¡Producto!

–Número de su cuenta.

–¿No lo puse? Lo que pasa es que de chiquita mi mamá me dejó caer de cabeza a las baldosas. Pero a usted yo le doy el número del producto, papito, y hasta fotocopia de la cédula. ¿Al ciento cincuenta?

–La dejó caer a las baldosas. De cabeza. ¡Vea usted! No hay necesidad de fotocopia, gracias.

El cajero la mira con atención. Mi hermanita está bastante loca, pero fea no es, nunca ha sido, y tal vez la dementización la haga aún más atractiva.

–Hay muy buena cartelera de cine por estos días –dice el cajero, muy serio y en voz baja, para que ningún colega o jefe pueda oírlo. Tiene unos cuarenta y pico, está sano y en posesión de sus facultades físicas, aunque vaya uno a saber de las mentales. Adriana se hace la despistada y no se deja invitar. Después se da cuenta de que el teléfono del empleado viene en el dorso del papel de consignación. Salimos del banco y me muestra el papel: "Jhon, 212 674 4204". En mi hospital trabajan varios Jhon. Durante los últimos años se ha vuelto un nombre bastante común, y se pronuncia igual que John. Pero los manoseos y los besos furtivos de sala de cine no son lo de Adriana. La infidelidad no es lo de ella, que se divierte, claro, con todo esto de coqueteos y baldosas, pero nada más. Nosotros no tanto.

–Loca, tal vez. Boba nunca –dice San Joaquín.

Loca y todo, le ha sido profundamente fiel, a pesar del éxito que tiene entre los hombres. Y de Joaquín, San Joaquín, ni siquiera las apariencias se prestan a confusiones. "Soy más fiel que perro embalsamado", dice. El dicho del perro es local, y él lo adoptó, como otros muchos, pues le ha llamado la atención el asunto aquel de colombianizarse. También le gusta el dicho de que no hay yarumo sin hormigas. "Mira, que estás perdiendo el castellano allá en América", le dicen en su país cuando oyen lo del yarumo. San Joaquín es de Asturias. Sirve la sidra desde muy arriba sin salpicar una gota; le gusta el cante jondo; cuelga salchichones o piernas de cerdo de las vigas del techo de la cocina y, sobre todas las cosas, le gusta el vino.

Después de que se pesaron los niños, felices con la información sobre sus kilos y con el señor poderoso que levantaba animales, atravesamos el pueblo, camino del muelle donde estaban las lanchas. El sol, muy fuerte, cegaba desde los charcos que había dejado un aguacero reciente. Mi mamá y yo íbamos adelante. Al resto del cortejo se sumaron algunos curiosos, niños en su mayoría. Mi mamá sonreía a izquierda y derecha a la gente que salía de los almacenes de abastos, de la farmacia, de los bares. El piso estaba demasiado embarrado. Con unos amigos Rico consiguió una silla Rimax y mi mamá se sentó en ella y la alzaron entre cuatro cargadores tan saludables y fuertes como el señor de la pesa de hierro. Cada señor agarraba una pata, pero se estorbaban unos a otros, de modo que la bajaron y se debatió el asunto. En algún lado consiguieron entonces dos palos fuertes que adaptaron a la silla. Otra vez se sentó mi mamá y pudieron ahora sí llevarla en andas sin problema por las calles empantanadas. La tía Antonia no quiso saber de andas y prefirió ponerse las botas pantaneras que le compramos en uno de los almacenes y dejar que la falda se le mojara y embarrara un poco en los charcos. Antonio hijo estuvo siempre a su lado y si el charco era demasiado grande la cargaba y depositaba o posaba en la otra orilla.

El cortejo de una papisa. Mi mamá seguía sonriendo desde arriba e, inspirada, repartió incluso algunas bendiciones. Para alguien a quien en el fondo Dios y Cristo le eran indiferentes, bendecía muy bien. Para alguien que decía no creer en reinas, ni de Inglaterra ni de ninguna otra parte, ni en pajes, ni en religiones, se movía con gran fluidez y humor contra sus propias convicciones.

Ya en la lancha seguía sonriendo todavía a los curiosos que habían terminado por juntarse en el muelle. Adelante iba la lancha principal, con ella en la proa, sentada en la Rimax ya sin palos, y yo de pie a su lado. En la banca siguiente venía Grekna, la enfermera, roja por el calor y vestida de blanco impecable. Solo le faltaba la cofia. Es de un pueblo muy alto y frío de la cordillera central y en todo este asunto sufriría por el calor selvático y la humedad que parece del doscientos por ciento, ella, que venía de cielos secos y cristalinos. Cuando la entrevisté para el trabajo escribí su nombre con C y me dijo que era con K. A pesar del calor, Grekna era capaz de cargar a mi mamá en brazos, –o *habría sido* capaz, mejor dicho, pues mi mamá no se dejaba cargar así de nadie–. Alta, acalorada, agobiada por la humedad, la enfermera estaba dispuesta a hacerle frente a lo que se presentara. Fuerte, frugal, sensual. Uno podría seguir añadiéndole adjetivos, contradictorios, desmesurados, y ella, que tenía algo de yegua grande y rubia, nada fea, por cierto, aguantaría con todos. Cuando tenía relaciones se ponía más roja todavía, supongo. Eso Rafael Alberto lo averiguaría de primera mano y también Claudia. Nunca he logrado entender a los mujeriegos. Ponerle los cuernos a la mujer, vaya y pase, si la tentación es mucha. Pero ¿volverlo profesión?

Nuestras lanchas dejaron atrás a la gente que se había juntado en el muelle y avanzaron despacio por un canal que pasaba por la parte posterior de las casas. En la otra ribera del canal había mangles y de ellos colgaban desmadejadas bolsas negras, azules o transparentes. Olía a mar y a fermentos, a basura y salitre. En patios traseros de madera levantados sobre pilotes (*decks*, llamaría a estos patios aéreos algún angloparlante despistado) jugaban los niños, daban teta las madres, tomaban café o cerveza los hombres. Y abajo, cerca de la orilla, flotaban bolsas, botellas plásticas, mangos esponjados, caparazones de coco. Había sandalias medio hundidas en el lodo gris de la orilla. Garzas altas, de un blanco muy limpio, cuellos largos, patas negras y picos amarillos, paradas en solo una pata, miraban el agua con atención, la picoteaban de vez en cuando, levantaban la cabeza, se tragaban lo que hubieran sacado y volvían a asumir con calma su postura inmemorial. Las garzas son más aves que los gallinazos, me parece. Y había gallinazos por todas partes. Muchos más que garzas, muchos más que gaviotas. Se los veía parados en las orillas con las alas abiertas al sol o sobrevolando ese universo rico en alimento, ese paraíso.

En nuestra lancha venía la tía Antonia, de vestido azul un poco embarrado y chal de lino, y también las tres nietas mayores, elegidas por mi mamá para que estuvieran a su lado en el momento del desembarco frente a esta casa, que habíamos alquilado por una millonada. Si a la enfermera solamente le faltaba la cofia, a las niñas sólo les faltarían las guirnaldas de flores. El desembarco de una reina maorí. Tampoco los saltimbanquis, juglares y bufones se echarían de menos, pues los niños los suplían bien. Detrás de nosotros venían los demás de la comitiva, de todas las edades y sexos, en otras dos lanchas. Los bufoncitos estaban en la última, y también mi sobrino Antonio hijo, que se declaró gay el año pasado y había venido con el novio, Yoyito, para que lo conociéramos.

Cuando supo del homosexualismo de su hijo mayor, mi hermano Antonio sufrió una conmoción aparatosa de la que al final no se murió y a mi modo de ver se recuperó demasiado rápido, como si hubiera sido sólo teatro todo ese dolor y esa angustia. Así es él. Somos. Hay una veta teatral en la familia y nos viene de alguien que se había empeñado en ver las ballenas, ojalá dejando la vida en el intento, para salir así de este mundo con un gesto grande, dramático, como le gustan. A la mamá de Antonio hijo, Lía Flores, no le había importado su mariquería. "Tan bello, mi gaycito", decía. Tampoco a mi mamá. A nadie al fin de cuentas le importó, además porque mi sobrino no anda mariposeando por ahí ni tiene la muñeca quebrada, como dicen. Es severo, recio. El novio tiene quebrada las dos y nos alegró el paseo, por lo inteligente que es y lo pícaro. Otro juglar para la reina. Mi cuñada no había podido venir al paseo por una colitis, según se dijo, pero creo que además quería estar sola y descansar un rato de los gemelos. Lástima. Me habría gustado ver su pelo rojo candela en estas playas. Los gemelos, doce años menores que Antonio hijo, eran tan inquietos que Rafael Alberto decía que los de MercadoMundo les habían enviado y cobrado uno de más. Que lo empacaran bien, lo devolvieran y pidieran reembolso. Antonio todo lo compra por internet.

Noviazgo adornado, de fantasía. Todavía me parece verlos. Mi sobrino y Yoyito se paseaban todas las mañanas por la playa, Antonio hijo, grande, sobrio, caminando despacio mientras el circo ambulante que era su novio le hablaba sin parar, hacía gestos, saltaba, exclamaba por cada concha nacarada y cada cangrejo que veía en la arena. La gente se admiraba. El asunto de la mariquería produce curiosidad invencible y va a inquietar a la humanidad hasta

33

el fin de los tiempos, pues no sirve para nada, no produce hijos y uno diría que se trata de amor desinteresado –variedad esta que ha sido poco respetada por la humanidad– y de cierta estética fuerte.

Cuando la marea está baja, la playa es amplia y los cangrejos comunes y los rojos y los cangrejos ermitaños, con modelos variados de casa, la cubren de garabatos mientras se reparten cada uno a su velocidad por sus infinitos punticos cardinales. Nuestros novios se iban a casar aquí en el mar. Lo anunciaron después de unos días. Un monje del zen, amigo de ellos, vendría a oficiar la ceremonia. Estos asuntos habían cambiado mucho desde que Ester y yo nos casamos. "¡Bodas de maricones oficiadas por locatos!", exclamaría algún fascista de voz rasposa. Me imaginé entonces al monje bajando por la escalerilla del turbohélice de Satena, solemne, humilde, importante, la cabeza afeitada, vistiendo su *rakusu*, su *shukin*, su *koromo*, su *kasa*, su *jubon*, su *kimono*, su *jikitabi* y su *guaraji*. El monje pone pie en tierra, se recoge las vestiduras, se arrodilla y besa la tierra mojada del Chocó. Me lo imaginé entonces recorriendo el pueblo hasta el muelle y repartiendo a derecha e izquierda gestos de amabilidad e inclinaciones como bendiciones. Me lo imaginé llegando en la lancha de Rico frente a la casa. Brilla la cabeza rapada a pesar de estar nublado y oscuro, como si estuviera alumbrada desde adentro o cayera un rayo de luz para él solo, contrastan las vestiduras negras y carmelitas con el gris de la arena. Lo recibimos todos nosotros en la orilla. El desembarco de Buda Shakyamuni en alguna remota playa de la India tropical.

El desembarco de mi mamá tuvo su fastuosidad, su fatuidad, y fue tan caótico como el de Normandía. "Solo a vos se te ocurre comparar semejante matazón con la llegada de dos cuchas a una casa de lujo", diría Antonio si oyera lo que estoy pensando. Me habría gustado haber tomado algunas fotos desde la orilla, pero en todo eso mi papel era de príncipe primogénito y también de médico, y debía mantenerme al lado de ella como atento en cualquier momento a tomar pulso, presión, temperatura. En la playa estaban los hijos de Rico y los jardineros, listos para ayudarnos. Las empleadas de la casa sonreían y llevaban bandejas con vasos de algo que destellaba como jugo de mandarina.

Nuestro desembarco no fue, pues, salvaje como el de Omaha Beach. Estuvo muy bien a pesar de lo caótico. Tal vez el hecho de que pensáramos que las ancianas podrían no aguantar semejantes ajetreos en aquel clima lo hizo aún más vivo y colorido. Todos estábamos de acuerdo en que lo más importante era que mi mamá alcanzara a ver las ballenas, pasara lo que pasara. Ella misma contaba con que pudiera pasar lo que pasara, tanto que algunos días después de la llegada me comunicó algo importante: sus planes para esta temporada incluían descansar en paz al final, con Antonia, debajo de algún árbol en algún sitio solitario de esta selva.

—Y supongamos que la tía Antonia no quiera... todavía...

—No me gusta dejarla sola, Ignacito. Ya tenemos muchos años. Nos vamos juntas. Que se haga lo que Dios quiera, pero en este caso mejor que me consulte.

Casi todo el mundo me llama por el diminutivo. Miro las fotos o el espejo y no veo a ningún Ignacito por ningún lado. Señor alto, desgarbado. Dicen que cuando compro una chaqueta la mando a arrugar antes de estrenarla. Todas me quedan cortas de mangas. Un poco caído el hombro izquierdo.

–No se la lleve, mejor. Ella queda con el Ángel de la Guarda, no se preocupe. Mejor piense bien lo de *solitario*, mamá.

–Antonia se va conmigo, ángel y todo si es del caso... Hormigas sí y cocuyos y hasta mojojoyes –dijo–. Pero nada de personas rondando nuestro árbol. Ni siquiera estos negritos tan queridos.

–¿Negritos? Rico mide casi dos metros, mamá, y por lo menos uno de ancho en la parte de arriba.

–Me cansé de todos, sean del color o del tamaño que sean, arriba, abajo o en la mitad... Malpensado. La única mitad que me ha interesado nunca fue la de su papá, que en paz descanse. Era un santo. Todavía me admiro de lo santo que era. Alrededor de mi tumba mejor tener cocuyos, pájaros –dijo. Después supe que aquello no era cierto. Muy joven había conocido otra mitad y nunca lo había olvidado.

Mi papá se mató hace ya muchos años en un avión que llegaba de Medellín a Bogotá y se estrelló contra los cerros orientales. Gloria y yo, los dos mayores, viajamos con mi mamá a Bogotá. Desde el avión vimos el sitio del accidente en el cerro, como un quemón de cigarrillo en tela. A todos los habían tenido que poner en ataúdes sellados. El golpe había sido directo, frontal, seco, pulverizador.

Mi mamá decía que él era demasiado compasivo, pero cuando murió vio que se había quedado corta. Había sido un santo. "Si no hubiera sido por el doctor quién sabe qué habríamos hecho. Señora, la acompañamos en su dolor". "El doctor, si usted viera cómo nos ayudó, Dios lo tenga en su Cielo". Por ahí se iba la plata. Se iba para el Cielo. Les regalaba plata a las mujeres malas, a los leprosos, a los tísicos y no le dio ni tisis ni lepra ni ninguna de las enfermedades de ellas, cómo le iban a dar. No éramos pobres. En la casa había todo lo necesario y estudiábamos en colegios caros, pero mi mamá se desesperaba, pues no había modo de guardar por los laditos y aprovechar las oportunidades que sabía ver siempre por ahí.

–Para alguien hastiado de los humanos y que exige tumba aparte usted trajo algunos. ¡Qué tal el paseíto!

–¿Hastiada de qué? ¡Cómo estoy de sorda! Revísame los oídos, Ignacio, que creo que los tengo llenos de cera. ¿Bananos?

Parecía estar hablando en serio y le revisé los oídos. Había algo de cera, sí, pero no la suficiente para confundir humanos con bananos. Los exámenes que le habían hecho indicaban que había perdido audición, eso era cierto. Tenía cincuenta por ciento en un oído y setenta en el otro. Lo complicado para nosotros era que también había aprendido a sacarle partido al asunto. Después de examinarla me contuve para no jalarle una de las orejas. Si lo hacía tendría que ser un tirón enérgico, para que no fuera a pensar que era caricia. Me había pasado siempre así. Toda la vida quise tener más contacto físico con ella, creo, pero era cosa difícil. No le gustaba de a mucho que le expresáramos el afecto de esa forma, aunque todos sabíamos bien lo importante que era para ella saber que existía.

–Le voy a hacer un lavado, mamá, a ver si nos entendemos.

–Vos seguís respondón, ¿cierto? Genio y figura hasta la sepultura.

Sabía ponerse precisa cuando le convenía, y nebulosa, incluso geriátrica, cuando le convenía. Sabía hacerse la mensa, la del cerebro desoxigenado, o la sorda, como ahora, pero detrás de esa fachada alumbraban los ojos lúcidos de siempre. A la mención de sepultura sentí el miedo. Pocos días antes el laboratorio había confirmado mis premoniciones, así que, al escondido de Ester, que todo lo sabe y todo lo ve, traje jeringas, catéteres y demás, aparte de los medicamentos para el dengue y las otras plagas que quisieran arrebatarle la inmortalidad a mi mamá. Inexplicable, pues si alguien no ha creído nunca en profecías o premoniciones, ese soy yo.

La única excepción han sido las profecías de Adriana, que son acertadas, aunque profeticen eventos poco importantes. "Amárrate ese cordón del zapato, que te vas a caer, culicagado", dice. El niño en cuestión no le hace caso, sigue corriendo, pisa el cordón, se cae, se raspa rodillas y codos, grita. En mi calidad de médico me toca entonces ir por el merthiolate al gabinete del baño y sufrir los berridos. Gajes de este oficio. Y cuando Adrianita dice, no salgás, que se va a largar un aguacero grande, yo no salgo por más que brille el sol. Cada mil años pronostica eventos importantes. Una vez nos dijo que a un candidato a la presidencia lo iban a matar y lo mataron. Claro que aquello se veía venir. Y otra vez nos dijo que sabía de algo muy grave que ocurriría menos de cincuenta años después de que terminara el milenio, pero que por nuestro propio bien mejor no nos lo decía, así le rogaran. Total, nada había que nosotros pudiéramos hacer. Nadie le rogó, y no por indiferencia propiamente. Ojalá no acierte, sea lo que sea.

A un tío de mi amigo David alguna vez le preguntaron en una entrevista que si se consideraba profeta. Era escritor, filósofo. Dijo que se consideraba profeta, pero de lo que fuera pasando. David me mostró la foto que le tomaron al tío poco antes de su muerte. Ordeñaba una vaca sentado en una banquita y le sonreía al fotógrafo con el portillo del incisivo que había perdido hacía poco, como un niño pícaro. Todos somos profetas. "Profetizo que me van a crecer las uñas de los pies"; "profetizo que si esto sigue así me quedo calvo"; "profetizo que esa manzana se va a estrellar contra la tierra".

Nada de lo que lo que hubiera sido fácil de profetizar para el viaje en lancha y el desembarco ocurrió. Nadie se mareó, no hubo tormenta, ningún niño llegó ardido por el sol. Ni siquiera se cumplió la profecía que por estos lados es la más fácil de profetizar: ni llovió ni estuvo el cielo toldado. En este mar el sol cuando cae golpea con fuerza, y Gloria, que se había puesto una pava beige para protegerse, había obligado a sus niños a echarse bloqueador solar, cosa que hicieron con desgano y protestando. Antonio ni siquiera hizo el intento con los gemelos. Grekna abrió una sombrilla de flores azules, se la pasó a mi mamá y le pasó otra idéntica a la tía Antonia. A nuestra derecha, mientras rugían los motores fuera borda, vimos pasar playa tras playa durante una hora larga, muchas de ellas con pequeños islotes al frente, espumantes, llenos de vegetación, sobrevolados por tijeretas y gaviotas, y detrás de todas, la selva densa, uniforme.

Los niños hombres, que venían ya en vestido de baño, se lanzaron de la lancha al mar tan pronto Rico les dio permiso, y dejaron sus morrales en las lanchas, para que se los bajaran los grandes. El mar estaba tranquilo, con olas que apenas elevaban un poco las lanchas mientras avanzaban hacia la playa. La fibra de vidrio sonó granulosa al encajarse en la arena. Rico y sus hijos grandes les dieron la mano a las mujeres, para ayudarles a bajar. Los hombres adultos nos bajamos lo mejor que pudimos. Las niñas se bajaron, ellas sí con los morrales a la espalda, las sandalias en la mano, ordenadamente, por la proa, para llegar directo a la arena cuando se devolviera la ola y correr riéndose y gritando para que no las fuera a mojar cuando volviera. A Gloria, que cargaba su morral y el de los dos niños, se le cayó al mar la pava, que rescató uno de los chiquitos de Rico. Gloria es de sonrisa encantadora. La pava es elegante y del tamaño de una mantarraya. Antonio hijo bajó cargada a la tía Antonia. Rico y sus hijos mayores desembarcaron a mi mamá y la depositaron, sentada en su cómoda silla de plástico, en la playa.

Grande es el impacto que para la civilización significó el advenimiento de estas sillas. Hay cientos de millones por todo el planeta y son duraderas. Cada una va a encajar a la perfección en las otras, para un almacenamiento de veinte o más, y todas van a ser cómodas hasta que se extinga nuestra especie. Terrible y admirable, como todo lo que hacemos los humanos. Buena frase para Ester. Que no se me olvide. Ajustarla un poco para hacerla aún más solemne. Ester: "¡Qué terrible y admirable es todo lo que...!"

Cómo he disfrutado en mi hamaca con todo esto que uno va recordando y también con lo que se va presentando al margen o entre líneas, espumas que desaparecen a medida que el barco avanza. Pero el barco no se mueve sostenido por la espuma sino por el mar. Lo que quiero decir es que avanzamos en la vida en un mar de digresiones. Eso es lo que quiero decir. En el mar de la vida entre un espumero de digresiones, mejor. Al retomar el asunto principal se siente uno como algún músico regresando a un tema que ya casi parecía olvidado por los oyentes y hasta por el músico mismo. La vida se expande en forma de digresiones y regresa a la nada. Si algo sabe un radiólogo es que lo vacío está en el centro de esta berrionda sinfonía. Más frases. Están apareciendo. Debería cargar lápiz y libreta. Esta última no va con "berrionda" para Ester sino con "tremenda". Ester, "si hay algo que sabe un radiólogo es que el vacío está en el centro de esta tremenda sinfonía".

Oír música me ha gustado tanto como mi profesión, a ratos más. Y esto otro que me ha llegado con los años y que es parecido al gusto por la música o tal vez sea lo mismo es el gusto por la manera como se forman y despliegan mis pensamientos, que a veces no tienen nada que ver con la verdad y ni siquiera con la realidad. Ya sean piedras, arboledas, humaredas o hilos de humo, son su propia realidad. No distingo un do de un fa y desconozco por completo la teoría musical, pero pensar sí sé. Tengo alguna información sobre las vidas de los músicos y David me regaló unos timbales que a él le habían regalado y que toco, aunque no los sepa tocar. Unas piezas musicales me han llevado a otras y unos músicos a otros y ahora el acopio en mi computador es enorme. Hace algún tiempo estuve oyendo a la gente del jazz cool, Miles Davis, el Cuarteto de Jazz Moderno, cuando de repente me agarró otra vez la fiebre por los boleros, intermitente desde que tenía diez años o menos hasta ahora, con mis sesenta bien cumplidos. Viene por oleadas. Igual me pasa con los tangos y las rancheras. ¡Y todo lo que se me va a quedar por ver y oír y pensar! Boleros magistrales, bachatas azucaradas o amargas, corridos de la revolución mexicana muy poco conocidos, humo del carbón de los trenes y heroísmo triste y sin esperanza del asunto todo.

Lástima de lo cortos de tiempo.

¿Entonces para qué si no era para siempre? protestaba alguien en un grafiti que vi cierta vez cerca de la Metropolitana.

Nos tomamos el jugo de mandarina en la playa, todos alrededor de mi mamá, sentada en una Rimax idéntica a la anterior, pero azul. Rico nos dio alguna información sobre las ballenas –aún no habían llegado– y las actividades que teníamos a nuestra disposición, los kayaks, las dos bicicletas marinas, la mesa de ping pong, los paseos. Subimos a la casa y nos repartieron en los distintos cuartos. Ester y yo entramos al nuestro detrás de uno de los hijos de Rico, que nos llevaba las maletas, descalzo, sonriente, en pantaloneta Speedo, collar delgado con pequeña cruz de oro, y camiseta de Led Zeppelin. El mar estaba en las ventanas.

Se retiró el hijo de Rico. Cerramos puertas y cortinas. La casa es grande y los cuartos tienen privacidad, siempre y cuando nadie grite ni respire demasiado duro. Nunca cuando era más joven alcancé estos clímax o polvos que parecen descender lentamente del tope de la cabeza y aumentar su poder a medida que bajan hasta prácticamente borrarme de la faz de la tierra. El amor sigue siendo el mismo, pero la calidad de los clímax ha aumentado. ¿Clímaxes? Ya no es mañana y noche como antes, cierto, pero ahora está el asunto nuevo de la intensidad. Que lo explique la ciencia. O tal vez el amor también haya aumentado.

Acabábamos de dormirnos cuando sonaron las tres campanadas del almuerzo, como en los conventos. Tres minutos entre campanazo y campanazo, para que la gente fuera llegando. La comida es buena. Pescado en todas sus formas, incluso al desayuno, si uno quiere. Y es suave, sin aliños estrambóticos. Aparte del pescado son dignos de mención el estofado de longaniza, el arroz de maíz con camarón de río y un guiso de cogollo de palma de chontaduro, invención de la chef, y que, suave y todo, me hizo daño.

También a mí se me está dañando fácil el estómago. Un par de cucharadas de arequipe o dos cocadas, y ahí está. Mirándolo bien todo esto de mis achaques tiene su lado bueno. Mi mamá no quería durar tantos años, por ejemplo. Todos los dientes en su sitio, y no tan amarillos tampoco. Claro que, si a esa edad uno tiene todos los dientes sanos, de todas formas parece caja. Eso es lo que dicen muchos, que no quieren durar tanto, pero a algunos se les ve tal apego a la vida –a su reinado, en el caso de mi mamá, a la selva, a las ballenas– que resulta difícil creerles. Es una de esas frases dramáticas que gustan mucho y que algunas personas con aptitudes teatrales saben usar como si a nadie se le hubieran ocurrido antes.

–Ignacito, y yo todavía con toda esta cantidad de dientes, qué vaina ¿no? ¿A qué horas me voy a morir, entonces? –dice mi mamá, como quejándose, y se queda esperando a que yo me sonría, cosa que hago. Los tiene todos.

–Lo mejor es írselos sacando de a pocos –le digo–. Digamos uno cada dos meses. Son treinta y dos. Son sesenta y cuatro meses. Sesenta y cuatro dividido doce… En cinco años y dos meses queda usted como un bebé.

Me mira con detenimiento y le chispean entre indignados y divertidos esos ojos todavía tan brillantes y que fueron de una belleza poco menos que espectacular cuando joven.

–¿Y vos pensás que yo quiero durar cinco años y... cuánto? ¿Dos meses más?

La primera semana tuvimos pura lluvia, lluvia pura, ninguna ballena. Había rumores de que este año tal vez no llegaban debido a una mancha de plástico más o menos del tamaño de Colombia que se había atravesado en su ruta. Me puse a averiguar y la tal mancha no existía. No esa. No la que supuestamente impediría el paso de nuestras ballenas, pero había otras. Flotaba una –flota todavía y es cada vez más grande– frente a Chile, esa sí del tamaño de Colombia, según dice un artículo de prensa, es decir, más grande que Chile, aunque seguramente no con la forma de Chile. Y hay otra en el mar del Norte, también del tamaño de un país o dos o tres veces el tamaño de países o decenas y tal vez cientos de veces el tamaño de países, Mónaco, Cuba, las Guyanas. Y hay otra en los mares del Sur, y en el Este y en el Oeste. Hay muchas, muy grandes y en todas partes. Ya es un milagro que existan ballenas y va a ser un milagro que haya países.

Pasé el primer día en la cama, a ratos con Ester y también oyendo música y acompañándola con el más pequeño de los tambores del timbal, que desarmé para que ocupara menos espacio en la maleta, o con una lata vacía de crema de leche, que suena como cencerro. A ratos me da la impresión o tengo la ilusión de estar acertando con el tambor, que toco muy pasito, por pudor, y con el que acompaño toda mi música, desde Beethoven hasta un haitiano que se llama Beehtova.

Cuando Estercita oyó mi cencerro opinó que sonaba como un tarro.

Se había programado lo de las ranas para tres días después de la llegada, pero la tarde anterior mi sobrina Alicia, la gordita, se fracturó la mandíbula al caerse de la hamaca mientras jugaba con los primos, y las ranas debieron esperar. Me imaginé a la niña con la mandíbula sujeta con alambres y ella ajustándolos con el alicatico que le entregan al paciente después de la cirugía. Mi sobrina es ágil y era la primera vez que sufría una caída grave. Se sube a los árboles con una facilidad que no corresponde a su gordura. Le gusta la ropa vistosa y holgada y parece un globo navideño de papel entre los mangos. Roberto Maldonado Parnell, el papá, le regaló un caballito caratejo y Alicia es capaz de pararse sobre él y hacer figuras de saltimbanqui. Picasso le habría hecho un cuadro. Saltimbanqui de ojos negros muy despejados que expresan el dominio que le da la inteligencia, la audacia y el gusto por el movimiento. Tiene doce años y no dice, sino que *sabe* que va a estudiar medicina. Nunca ha querido ser la primera de la clase y se sospecha que para evitarse el lío le baja de aposta la calidad a los exámenes, lo que exige conocer muy a fondo la materia y es más difícil que simplemente sacar siempre diez y listo.

Buena médica va a ser.

Viajó a Bogotá con Gloria Isabel a hacerse arreglar la mandíbula. Fractura horizontal favorable, más estable gracias a la musculatura anterior y posterior, pero había que tratarla cuanto antes. Y tan pronto la alambraron convenció a su mamá de regresar al Pacífico, de modo que ocho días después de la caída llegaban otra vez las dos en la lancha que piloteaba uno de los hijos de Rico. Nunca le pidieron la opinión sobre este regreso más bien imprudente a mi mamá ni tampoco al segundo de mi mamá, es decir a mí, conocido también como Ignacito, Ignacio, doctor Gutiérrez, Yotagrí y Yo. Me extrañó viniendo de Gloria Isabel, que es sensata, pero no se lo dije. Y al fin de cuentas no pasó nada. José Daniel le quitó los alambres.

Lo de Yotagrí es por Cristóbal Yotagrí, futbolista famoso por allá en los cincuentas, sesentas. En el colegio el profesor preguntaba que quién de nosotros quería leer en voz alta y todos gritábamos "¡Yotagrí!". Los niños son raros. Mi sobrina estaba orgullosa de su accidente y del amarre de los dientes con alambre y del alicate todo brillante y de apariencia quirúrgica que le dieron para apretarlo. La infancia es una especie aceptada de locura, bastante apreciada e incluso sobrevalorada, casi siempre provisional, con un toque mínimo de retardo. Cuando yo tenía once años o algo así un compañero de colegio perdió la mano derecha en una picacaña y le pusieron un gancho bastante práctico del que se sentía muy orgulloso. Era más amigo de David. Eran mejores amigos. El niño no se sintió perjudicado sino mejorado, pues a fin de cuentas ninguno de nosotros tenía la posibilidad de pelar naranjas con un gancho de titanio. Era un garfio doble con sistema de bisagra y muelle, liviano y versátil, fuerte, y el niño lo manejaba con destreza. Los ganchos no remplazan la mano humana ni en su estética ni en su funcionalidad, pero tienen más fuerza mecánica, mayor resistencia química –soportan sin problema ácidos, bases y solventes orgánicos– y más estabilidad térmica, que hace posible darle vuelta al pollo en las brasas, por ejemplo, sin usar otro utensilio. Estas características llenan de orgullo al niño que es su feliz poseedor, y más si ya de por sí es medio chicanerito o creidito, como era el amigo de David. Cuando la muerte de mi papá sentí que me envidiaba el protagonismo que me había dado la tragedia. Como si dijera que eso no era mucha gracia ni tenía mucho mérito, pues a cualquiera se le podía matar el papá en un accidente aéreo. Competitivo. Tuvo sus razones para sentirse orgulloso en la vida. Fue persona de logros. Se hizo abogado, brillante abogado laboral, con clientes como Coltejer, Zenú y otras de las empresas grandes. Se encargaba con gran éxito de que los obreros no explotaran demasiado a los patrones. Se enriqueció, ya que era bastante inteligente y sabía invertir, y con el gancho se murió hace poco, todo multimillonario, de un infarto. Si yo hubiera sido familiar suyo habría pedido que lo enterraran con la prótesis sujetando el crucifijo o el ramito de flores. Pero no. Se fue manco para el más allá y el gancho lo venderían, pues son costosos en el más acá.

La mañana del accidente de mi papá, Lito, el muchacho que ayudaba en la casa, dijo desde la puerta del comedor, doctor, el carro está listo. En el pueblo donde vivíamos, a menos de media hora de Medellín, durante mucho tiempo sólo hubo dos médicos, y mi papá era uno de ellos. Veo la escena de Lito y mi papá con todo detalle, igual que estoy viendo ahora la de los empleados de la casa recibiéndoles los pescados a los pescadores y pagándoselos, abajo, en medio de una lluvia menuda, casi vapor, y bajo un cielo gris que va pasando al negro al llegar al horizonte invisible. Trajeron grandes pargos, que destellan por lo rojos, y varios atunes, que de lejos parecen de metal. La lancha es de madera. Llevan pantalonetas que desde aquí más parecen trapos, y los remos son de madera trabajada a mano, con forma de hoja de árbol. Podrían ser pescadores de cualquier era de la humanidad, si no fuera por el Yamaha fueraborda cien caballos, que tal vez usen para otros trabajos ocasionales, mover mercancía, por ejemplo, tanto legal como ilegal. No sabe uno.

Esto por aquí ha venido cambiando demasiado. La primera vez que vine al Pacífico, en los 70, llegué a una aldeíta de pescadores cerca de la isla Gorgona. Veinte casas y una escuela de madera que era iglesia cuando cada mes pasaba un cura y centro de salud cuando cada dos meses pasaba un médico. No existía narcotráfico, ni piratas, ni paramilitares, ni trata de personas. Los crímenes eran por las peleas de los borrachos. No existía el reguetón. La aldeíta ni siquiera tenía energía eléctrica. Había una nevera de petróleo comunitaria, y en ella cada familia tenía derecho a un espacio. Nunca se perdió una cerveza ni un camarón.

Mi papá era buen jinete, mal chofer. Quién sabe cuántas veces se libraría por poco, sin siquiera saberlo, de quedar tan retorcido y profanado como mártir cristiano por vidrios y latas en un accidente de carretera, cuando iba atender de urgencia algún parto difícil. Retorcimiento y profanación que le llegarían al bondadoso médico ya muy pronto, pues de eso, de su martirio, no se libraría.

Todavía siento el vacío.

Lito no tenía a nadie en el mundo y además era lo que se conoce como bobo fronterizo. La bobada se mide con números. Cociente intelectual entre setenta y ochenta y cinco es de bobito fronterizo. Si me tocara ser bobo, yo escogería un lugar lejos de la frontera. Mejor ser auténtico bobo, a pesar del babero, pues sufren menos, igual que es mejor ser genio del todo que genio fronterizo, como Urrea. Y quién sabe cómo será estar solo en el mundo. Lito llegó a la casa de doce años. Por los días de la muerte de mi papá acababa de cumplir veinte, y en la casa había tenido comida, techo, ropa y, desde que cumplió los quince, un salario justo. Mi papá sintió siempre curiosidad de saber en qué se lo gastaba. La gente decía que en mujeres. Una vez Lito empezó a dar tumbos por los corredores, y mi papá creyó que había tomado trago. Fue a su cuarto y no encontró botellas vacías de aguardiente al lado de la cama sino dos latas vacías de leche condensada de las grandes que se había tomado una después de la otra y demasiado rápido, a juzgar por la borrachera, y otras dos sin abrir en el baúl. Y no se supo a ciencia cierta si el resto del salario se lo gastaba en mujeres, pues el joven confesó lo de la leche, no lo otro. Por detalles que supe y nunca le conté a mi papá ni a nadie, en eso precisamente a veces se lo gastaba. No se acostaban con él, que seguramente murió virgen. Le mostraban rápido un seno o lo besaban en la mejilla y listo, Lito les daba la plata.

Mujeres malas y leche condensada.

Un día dijo de pronto que él se llamaba Arturito. Cuando disminuyó la sorpresa, Antonio dijo:

—Entonces vos te llamás... Rito.

—No. Ar-tu-*ri-to*. *Li-to*. ¿Se dan cuenta?

Antonio, que lo quería mucho, como todos nosotros, dijo entonces:

—Ahhh. Ya veo, Lito. ¿Sí, no? Bonito nombre Arturito. Te felicito, hombre.

Cuando el accidente de mi papá Lito se mesó los cabellos, gritó, se arañó la cara hasta que mi mamá tuvo que decirle ¿usted fue que se empendejó más de lo que ya venía, Lito? Todos nos vamos a morir, unos de un modo, otros de otro, y no hay para qué hacer tanta alharaca. Usted ya lloró lo que tenía que llorar. Ahora échese merthiolate en los arañazos y póngase mejor a hacer sus cosas, que esta casa está manga por hombro con tanta visita y tanto agite como hemos tenido con esta tragedia.

Ya ella había seguido su propio consejo. Lloró y gritó lo que tenía que llorar y gritar, que no fue poco, claro que sin arañarse, y lo primero que hizo después de que mi papá quedó enterrado en su ataúd sellado fue llevarnos a los seis para la finca, y también a Lito, y arrendar la casa. Tenía que aumentar los ingresos como fuera. A la tía Antonia le gustaban las fincas para pasear, no tanto para vivir en ellas, pero terminó como siempre por resignarse y alcanzar otra vez esa contentura en la que se mantenía. La biblioteca de la finca era rica en novelas románticas. Las había también de vaqueros, de detectives, de aventuras y de horror, que leíamos alumbrándonos con velas, pues lo que no había era electricidad. Las velas estaban en veladoras de peltre blanco, igual al de las bacinillas que había debajo de las camas, sólo que en estas el peltre tenía flores. Las veladoras subían y bajaban con su respectiva vela sobre los estómagos de los niños que leíamos acostados y con los pelos de punta *El barril de amontillado* o *La increíble historia de míster Aldemar*, mientras afuera en los espesos cafetales cantaban los currucutúes.

La finca quedaba a seis horas de Medellín, en una región que había sido muy golpeada por la Violencia. La casa, de tapia, tenía todavía los agujeros cuadrados en la base de las paredes entre cuarto y cuarto, que se habían hecho para que la gente pudiera escapar mejor, así fuera gateando, de los bandoleros que llegaran a asesinar a todo el mundo. Todas las casas de la región tenían esos huecos o compuertas. La idea era pasar por el agujero y, si el bandolero que te venía persiguiendo también lo intentaba, cortarle la cabeza de un machetazo, como separando de la mata un racimo de bananos. Hubo seguramente gente valiente que lo hizo, pero la mayoría trataría de escapar cuanto antes y a la loca, olvidándose de machete y de todo, como pájaros que se hubieran metido por las ventanas a algún cuarto y no alcanzaran a encontrarlas otra vez para salir.

Los del avistamiento de ranas me insistieron en que fuera y les dije que tenía comienzos de gripa, que por favor avistaran por mí. En el asunto de los paseos de la familia, de un tiempo para acá había empezado a identificarme con la tía Antonia, tanto que aquí me puse a leer novelas de romance, para comentarlas con ella mientras los otros andaban por ahí, empantanándose en esos caminos pendientes y resbaladizos o planos y con lodo denso, y tratando de evitar las hojas que pringaban o los pastos salvajes, más que silvestres, que se emboscaban a cada lado de las oscuras trochas y cortaban las pantorrillas como cuchillas. La tía venía cada mañana a mi cuarto y se sentaba en la silla de mimbre mientras yo le hablaba desde la hamaca.

–¿No fuistes? –preguntó, ya acomodada en la silla. De haberse tratado de mi mamá, le habría contestado que, si hubiera ido, ella no me estaría viendo ahora en la hamaca, ¿o no?, y mi mamá habría dicho: "¡Tan gggrosero!".

–No, señora, no yo. ¡Ah pereza para ellos, que les toca hacer eso!

Casi no se le oía la risa, pero se le humedecían los ojos y daba la impresión de que le salían lágrimas. Su mirada era una mezcla de agua líquida y agua evaporada, nube. Los ojos ya no eran cafés claros sino grises claros. La habían operado hacía ya como diez años y el aspecto neblinoso de ahora no era por cataratas sino por la vejez avanzada, mientras que agua es lo que somos y en agua nos hemos de convertir. A las personas les va apareciendo el aura líquida en la mirada, que se hace evidente en las más ancianas, mientras el cuerpo se pone apergaminado, seco. La risa de mi tía Antonia era seguida por dos o tres unidades de tos que tampoco se oían mucho, y terminaba con la aparición de un pañuelo, inmaculado, humedecido con Colonia Roger Gallet, y con él se tocaba ligeramente la frente, presionaba los ojos uno por uno y se tocaba suavemente la boca.

–Hay venenosas.

–¿Ranas?

–Muy venenosas, Ignacito. Le pudren a uno la mano si las toca.

No tuve que fingir el asombro, pero tampoco sería capaz de decir qué fue lo que me asombró tanto. Mejor dicho, sí sé. ¿Sería cierto? ¿Existían ranas de esas? ¿De dónde había sacado ella la información? ¿Se le pudriría la mano a algún personaje de sus novelas? Para disimular la curiosidad le mencioné un personaje de *Tu pasado me condena*, y el tema la transfiguró.

–¡Cómo es de frío y de brutal ese Judson! ¿No, Ignacito?

Pronunció el nombre de Hudson como en español.

–Brega a seducir a la pobre Heddy sin el menor escrúpulo –dije–. No se detiene ante nada, ni el chantaje ni la extorsión.

La indignación la transfiguró todavía más y la puso muy bella.

–¡Que si briega! ¡Un monstruo!

Enternecía esa forma de conjugar el verbo bregar, correcta aunque anacrónica. Yo habría querido abrazarla, pero hay personas púdicas a quienes les chocan lo que llaman zalamerías. Ella y mi mamá son precisamente de esas personas. Mejor así, pienso ahora, o se nos vuelve la vida un sancocho insoportable de abrazos y besuqueos, y termina uno por confundir el afecto con la expresión de afecto y abrir el camino de la hipocresía.

Después de la muerte de mi papá vivimos en la finca varios años. Hasta entonces habíamos estudiado en el Montessori los chiquitos, los más grandes en colegios progresistas, orientados científicamente. Mi papá había sido conservador y amigo de los curas, pero a la hora de educarnos prefirió mantenerse secular. Seculares de clase alta, eso sí, de modo que el cambio para nosotros fue drástico. En el colegio del que me sacaron hablábamos en francés en la clase de francés y había opción de ballet incluso para los hombres. En cambio, al profesor de francés del colegio nuevo el *bonjour* le sonaba como *yogur* y el *escrivez s´il vous plaît* le sonaba como *ecribé sibuplé*, con las vocales todas bocabiertas y con be de burro en las dos palabras. Y el asunto del ballet no se habría podido mencionar en el nuevo colegio y en ninguna otra parte en el pueblo sin despertar comentarios de todo tipo.

El colegio nuevo no poseía pupitres. Cada alumno poseía el suyo. El alumno tenía que traerlo en la cabeza al comienzo del año y llevárselo para la casa de la misma forma al final. Y no por ser colegio de pobres, pues la mayoría de sus alumnos eran de familias acomodadas, sino por ser colegio administrado con tacañería en un pueblo muy lejano, en lo que hoy llaman eje cafetero, al que se llegaba mejor en jeep y con mucha dificultad en invierno. Nivel académico bajo, sin ser escandalosamente bajo, y ambiente general muy colorido y deslumbrante para un niño de mi edad que venía de un pueblo ya casi integrado a una ciudad grande.

El primer día llegué sudando al colegio por el peso del pupitre en la coronilla a lo largo de todas esas cuadras que no se acababan nunca. Lo había fabricado el mayordomo para uno de sus hijos, que ya no lo necesitaba pues había dejado los estudios para ponerse a trabajar. Estaba pintado de un café chocolate, en capas espesas, de modo que el pesado mueble en su conjunto era blando y pegajoso. Es posible que haya sido de cedro, pero el aroma a madera había quedado sepultado por la pintura de aceite más barata y vil que ha producido la humanidad. El salón de clases era una mezcla de pupitres artesanales como el mío, algunos pintados de colores vivos, verde, amarillo, rojo. Yo prefería el mío por lo pesado, voluminoso y como listo a resistir cualquier embate. Al frente estaban los retratos de Bolívar y Santander. Bolívar tenía el encanto de los locatos visionarios –como alguien a quien hubieran metido al manicomio por creerse Bolívar– y el retrato de Santander era tan aburridor como la educación que recibíamos. Cuando me agarraba el tedio en clase levantaba pedacitos de pintura con la uña.

Buen día les hizo para el avistamiento de las ranas. Las vieron de muchas pintas y colores y llegaron todos con las manos sin podrir. A las seis de la tarde o algo así, paralelos a un horizonte que hacía un momento había dejado de ser negro y se había puesto rojo candela, los vi desde el corredor regresar en fila por la playa. Mi mamá, arriba en la silla, venía al frente, sonriendo. Se bamboleaba un poco, me pareció, por el paso cansado de los jardineros de la casa, que también se desempeñaban como cargadores. Detrás de ella venía Ester en el vestido de baño blanco aquel que desasosiega. José Daniel y Antonio venían caminando hombro con hombro, sin hablar. Yo sabía lo que mi mamá estaba viendo mientras caminaban.

La playa es un espectáculo cuando la marea se ha llevado como ahora las chancletas, los cepillos de dientes, los frascos plásticos de bloqueador solar, los de cloro, los cepillos de pelo y las bolas, bolazas, bolitas, cuadrados, cuadradazos, cuadraditos o polvo blanco, todos de icopor. Playa gris y brillante, ancha como dos canchas de fútbol, donde los cangrejos dibujan sus garabatos, hacen las cuevas y dejan sus montículos, que el mar otra vez desdibuja y aplana. A la izquierda del trono aéreo de mi mamá estaba la selva, que es hermosa e inhumana cuando uno la mira y también cuando no la mira, y a su derecha, el mar con el sol del atardecer alumbrándole de anaranjado la espuma. Una caída de lo alto del trono Rimax en alguna de aquellas excursiones, aun si no se quebraba nada, podría haber sido el final de mi mamá. O la picadura de un zancudo e incluso la mordedura de un murciélago, si no acomodaba bien el mosquitero. Una garrapata podía acabar con ella.

Grekna venía discutiendo con Rafael Alberto. Se esforzaban en no subir la voz, o eso parecía desde aquí. Selva, mar y sol anaranjado habían desaparecido por completo para los dos. Claudia no venía en el grupo y no se la veía aparecer por ningún lado. Los chiquitos y Yoyito, el novio de mi sobrino, corrían por todas partes, brincando, saltando, metiéndose al mar, saliendo de él como pájaros. Claudia ya estaba aquí en la casa cuando llegaron –no la sentí entrar– y nadie supo qué atajo agarró o a qué horas se les había adelantado.

Ayer vi un Croc cubierto de conchitas rosadas. Parecía un zapato muy adornado de mujer. Me habría gustado llevármelo y ponerlo tal vez en el consultorio de la casa, junto con mi modesta colección de fósiles, pero cuál consultorio. Mi consultorio va a estar cada vez más lejos hasta desaparecer del todo. Además, ya se sabe lo rápido que la llamada tierra firme degrada y destruye estas obras de arte. Dudé otros segundos, sin mirarlo, y al final allá en la playa dejé el Croc, su horror escondido, sus conchas color coral.

Ester tuvo que irse poco después del avistamiento de las ranas y no sabía muy bien cuándo iba a volver. Ella esperaba que en veinte días o algo así, dependiendo de lo mucho que la retuvieran sus pacientes. Mi mamá ya había dicho que no acortaría su estadía así se descerrajara el segundo diluvio universal, de modo que iba a estar aquí, si Dios lo quería, hasta mediados de enero, final de las vacaciones escolares. Nadie había hablado de irse antes. Era su manera de comunicar lo contenta que estaba y de comentar lo mucho que había llovido recientemente.

El policía de la lluvia no se me va de la memoria.

La casa era bastante independiente y teníamos casi para nosotros solos la playa de su bahía. Los dueños habían preferido mantener el hotel pequeño, para manejarlo mejor y atraer clientela de plata, y dejar la casa como un negocio aparte, con clientela de más plata todavía. Entre los huéspedes del hotel que pasaban por nuestra bahía cada mañana y cada atardecer estaba el amigo Dismas, que arrimaba siempre a saludar acompañado de su perro podenco, nervioso, curioso, y siempre inquieto por los cangrejos, por las gallinas de Rico o por las aves que caminaban al borde del mar y él correteaba y ponía a volar. Dismas a veces llegaba con José el Holandés y su esposa Olguita, de Ibagué. Cuando venían los tres las visitas eran más bien cortas. Cuando venía Dismas solo, duraban más. José llevaba tanto tiempo en este país y también con ella que, a pesar de su blancura, casi fosforescente en los días de mucha luz, uno conversaba con él como si fuera colombiano. Aparte de José y Dismas, que se interesaban por todo, ningún huésped del hotel, fuera nacional o extranjero, vería nunca ni se interesaría por ver los cangrejos comiendo quién sabe qué en los desagües de los plateros de las casas de tablas sin pintar y techos de zinc o de palma de las que hay tantas en las playas habitadas por seres humanos en estas costas.

Me quedé pensando que los empleados que cada mañana limpian el apocalipsis de basuras que deposita el mar en la arena habían visto el Croc y tal vez quisieron dejarlo donde yo lo encontré, adorno solitario en esta arena donde se exhibe mañana tras mañana, una vez escondidas las basuras, la armoniosa infinitud de tonos, opacidades y brillos posibles del gris. En la casa éramos muchos –ahora estamos sólo Ester, Grekna y yo–, pero también eran muchos los que cuidaban de que esto no dejara de ser ni un segundo un pulcro paraíso. Además de Naila, la chef de batolas de colores y turbantes yorubas, y de sus dos ayudantes y muy queridas víctimas, estaba la señora encargada de la ropa; la señora encargada de barrer y trapear y desempolvar y recoger juguetes y vaciar ceniceros; Rico y sus dos hijos mayores; otros dos jóvenes altos y atléticos; uno bajito y macizo; y otro que no era alto ni bajito, ni atlético, ni flaco y tampoco muy joven. Estos cuatro se ocupaban de los jardines y de mantener los techos limpios y las maderas barnizadas, de modo que la casa pareciera siempre nueva. Enterraban basuras, recolectaban los mangos y los cocos, quemaban los caparazones, mantenían limpio el pozo séptico y la trampa de grasas y cargaban el trono Rimax de mi mamá por las trochas y las playas. El muchacho que no era ni alto ni bajito ni demasiado muchacho se cansaba más rápido y era por él que el trono de mi mamá se bamboleaba un poco en los regresos. También estaba la mujer de Rico. La conocí el primer día, no me le aprendí el nombre y muy poco la he visto hasta hoy. Es esquiva. A veces por las noches miro la casa de Rico, arriba, ya en la loma, detrás de unos uvitos que no la tapan del todo y veo las sombras que se mueven en el interior alrededor de la luz eléctrica. La de su mujer es una de ellas.

Teníamos manicurista profesional. La descubrió mi mamá quién sabe dónde, pues no era del caserío. Desde el principio me cayó apenas regular, por el tono de superioridad que adoptaba con los otros empleados. Supe después que era novia del profesor de la escuela, un muchacho joven que sale todo disciplinado al atardecer caminando por la playa a visitarla donde sea que viva. Iris se llama. Es de piel clara, casi blanca, y está muy lejos de ser fea. Excelente manicurista. Todavía la llamo de vez cuando, a pesar de todo, pues me está costando algún trabajo cortarme y mantener bien limpias las uñas de los pies. Cada que veía a Rafael Alberto, Iris le sonreía con esa dentadura que tiene y él le sonreía con la propia, que no es gran cosa, pero a las mujeres no hay quién las entienda.

El joven profesor de la escuela del caserío es delgado, muy alto, muy negro, extraordinariamente buenmozo. La primera vez que vino a recoger a Iris lo vi contemplarse en los ventanales mientras la esperaba. Algunas personas nunca tienen paz con su propia belleza. Y éste no era nada bobo. Tenía ideas muy cuerdas sobre muchas cosas, pero lo que más le importaba en la vida no eran esas ideas sino su extraordinaria buenamozura. Hablamos de los problemas de la gente negra, de la educación, de la paz, y al irse no dejó de mirarse otra vez en un espejo de cuerpo entero que hay en la sala. Frente. Perfil. No sabía que lo estaban mirando. Otra vez perfil. Sus dientes blanquísimos le sonrieron un segundo al espejo y entonces bajó las escaleritas y se fue por la playa caminando con elegancia, inconsciente esa sí, ancestral.

Mi mamá pagaba el arriendo de la casa. El transporte, los sueldos y el mercado, como era costumbre en nuestros paseos, los poníamos entre todos. Extras como servicio de manicure o de masajes los pagaba ella. Los masajes no duraron mucho porque la masajista, que se reía mucho y con gracia, era bastante incompetente y dejaba los músculos todos aporreados, acobardados y con ganas de que su dueño se acostara a dormir un rato a ver si lograban reponerse. Ni el ocioso de Rafael Alberto se atrevió a repetir, a pesar de tanta simpatía.

Suena Alci Acosta en mis audífonos. *Sufrir*. Tengo también la versión de Rodolfo Aicardi, con aquellos hipos dramáticos que no terminan de gustarme, pero disculpo, pues en el calor de Magangué cualquiera hipa. Si por algún milagro alguna vez vuelvo a ir por aquellos lados tengo que cuidarme de no preguntarle a algún policía si ha estado haciendo mucho calor en la ciudad por estos días.

Avistadas las ranas, fueron la semana siguiente a unas cascadas que caen a una hora larga de aquí y también a ver los micos aulladores, que con suerte podrían estar cerca. Mi mamá se acomodó otra vez en su trono de plástico y se

interné en la selva sonriéndole a todo el mundo con la caja
que le puso Dios. Me contaron que se hizo sentar debajo de
la cascada, claro que no en el centro, pues la habría arras-
trado o empelotado, sino casi en su borde, para gozar con
el agua fresquísima que le vertía encima, pero de ladito, la
montañosa selva. De ese paseo regresó con los retorcijones
de la diarrea. Mamá Antonia y yo habíamos estado en lo
nuestro, es decir, hablando de libros y fumando cuando los
vimos aparecer por la playa.

–Algo le pasa a Isabel, Ignacito.

Entre las muchas cosas buenas de mi tía Antonia estaba
el de ser inmune a los males del trópico. Nada de diarreas.
No la picaban los zancudos ni se le posaban las moscas, y
si le garantizaban las novelas, la cigarrera, el cenicero y el
encendedor Colibrí de gasolina se habría podido sentar
toda contenta a fumarse los diez Pielrojas diarios y leer sus
libros en alguna choza perdida en la mitad del Congo.
Siempre y cuando Isabel no estuviera lejos. Muy pocas veces
hubo más de una cuadra de distancia entre ellas durante
sus vidas. Las dos ancianas se iban juntas o no se iban, y la
tía en ese momento no tenía mucho aspecto de irse para
ningún lado. Viéndolo así el pronóstico de mi mamá era
bueno.

Diarrea aguda, peor que la anterior. Le suspendí los alimentos sólidos y la puse a tomar dos litros de agua al día en
pequeños sorbos cada quince minutos, con las sales de rehi-
dratación que traía en mi maleta elegante –la de las conven-
ciones, que hace aquí las veces de dispensario–. Fue una
batalla impedir que las muchachas de la cocina le trajeran al
escondido ceviche, postas de pargo frito, postres. Al final
tuve que ponerme estricto. Fui a la cocina, les eché un discurso. Si ustedes le siguen llevando cosas al escondido la van

a matar, así de sencillo, les dije. Naila, usted es la principal responsable si algo pasa. Qué pena, doctor, no se preocupe, dijo, yo no sabía lo que estaban haciendo estas criaturas.

Hasta ahí llegó el lío de la comida de contrabando, no el de la diarrea. No cedía, le subió la fiebre y tuve que hidratarla por vía intravenosa. Naila quedó muy preocupada con todo el asunto, pues al fin y al cabo lo que había causado la soltura flotaba como una sombra sobre su cocina. Empezó a hacer averiguaciones y supimos que también Dismas había llegado con diarrea aguda de la excursión. Por eso no había pasado por aquí. Como información adicional se supo que el podenco había sido parte de la excursión y había empezado a gruñir y a ladrarle a la selva y a lo que él creía que había por ahí, tigres, leopardos, hienas pensaría desde su memoria más antigua, así que Dismas debió llevarlo cargado durante toda la excursión. Desde el alto corpachón de su amo el perro seguía gruñendo y ladrando, o chillando bajito, en protesta porque no lo dejaban salir a pelear. Podenco de pelea. Valentía auténtica, no como la de Noreña, compañero mío de colegio que se hacía agarrar de los amigos cuando tenía que pelear. "¡Agárrenme o acabo con él! ¡Agárrenme o no respondo!", gritaba. Los amigos lo agarraban y el hombre se libraba de la pelea, sonreía.

Si todos fuéramos como Noreña se acabarían las guerras. Quedaría el ruido, o la música de la guerra, pero no la guerra misma. Se dispararían muchas balas de salva de lado y lado, habría mucho "cuidadito, señores, con lo que hacen", "cuidadito ustedes más bien, señores", bum, balas de salva de un lado, bum, balas de salva del otro, armisticio. Y nunca más el mar volvería a inundar las botas de jóvenes que en ese mismo momento recibieran balazos de ametralladora que les perforaran la frente y les deshilacharan el cerebro, ni se los vería flotar bocabajo después y dejarse mecer en la playa por el mar.

Ni que yo hubiera tenido algo que ver con todo eso. Es como los discos rayados de las pesadillas y debe ser también la fiebre y el ruido de estas olas. Todas las olas. Dos estudiantes de biología de una universidad de Bogotá aparecieron muertos en una playa a dos horas en lancha de aquí, hacia el sur. Alguien los confundió con alguien y los asesinaron. Y son tantos los alguien que pudieron haberlos confundido con otros alguien que el crimen promete quedar siempre sin explicación y por supuesto impune. Los narcotraficantes podrían haberlos tomado por espías disfrazados de estudiantes; o los paramilitares, que además son narcos –como tener sífilis y además tuberculosis– los acribillaron simplemente por el gusto de matar a personas que según ellos estaban donde no deberían estar, y peor todavía si tenían edad de ser guerrilla; o los mató alguna banda de delincuentes comunes, que las hay en aquellas costas, por alguna de las muchas razones que tienen los delincuentes comunes para matar; o guerrilleros desalmados por el narcotráfico o por el contacto diurno y nocturno con el metal de las armas; o miembros maleados del ejército nacional, para hacerlos pasar por guerrilleros y cobrar la recompensa –y entonces vieron que no, mejor no, mi sargento, marica, eran universitarios, mejor no tratar de cobrar nada, uno no sabe, olvidémonos de esto, volvámosles a poner la ropa de ellos y vámonos–. Todas las olas. Los ejércitos. Incluso se habló de que podrían haber sido los canadienses que están talando selva no lejos de aquí –el viento trae el bramido de las motosierras–, pero los dos muchachos estaban muy lejos de los aserríos y es muy poco probable que hayan sido ellos.

Uno vivió dieciocho años, diecinueve el otro.

–¿Cómo seguistes, Ignacito?

–Bien ya, pero no le cuente a nadie. Mejor que me den por agripado todavía o me toca avistar.

Me gustaba hacerla reír hasta que se pusiera a toser. La diferencia de sonido entre una cosa y la otra no era mucha. La tos otra vez se convertía suavemente en risa y al revés hasta que aparecía, tan iluminado como una paloma que recibiera un rayo de luz, como el Espíritu Santo, el pañuelo con brocados que le tocaba los ojos, los labios y la frente. Entonces se ponía seria y reorganizaba un poco la falda del vestido, que en ningún momento se le había desorganizado. Hora de dejarse de chistes, quería decir con eso. Hora de que la pusiera al día con la diarrea de mi mamá, primero, y de fumar después, y oír el mar, y sentir la brisa en la cara y las orejas, y entonces comentar *Esta semana me llamo Cleopatra*, el libro que habíamos empezado a trabajar después de terminar con *El pasado me condena*.

–Quedó muy débil, Ignacito. ¿Vos decís que ya está fuera de peligro?

–A la edad de ustedes uno nunca está fuera de peligro –dije y sentí vértigo–. Bueno, a cualquier edad, pero de esta no se muere.

La verdad era que yo había empezado a pensar que esta vez sí se la llevaba la soltura. Los volúmenes de salida eran bastante mayores que los de entrada, que no eran bajos, pues me había aplicado a hidratarla a marchas forzadas. Cuando la vi mejor la puse a estricta dieta blanda y sin aliños, puré de papa y caldos livianos, por más que se antojara de la espectacular sopa de queso costeño de Naila o de la cazuela de muelas de cangrejo azul, que habrían acabado con ella.

Y forzadas fueron las marchas. Ya no quería hidratarse más y había que convencerla.

–Hacéme la eutanasia si querés, pero por favor no me hagás tomar más agua.

El lenguaje vigoroso de toda la vida, pero en voz muy débil. Y detrás de la diarrea el intelecto siempre encendido.

–Sin prisas pero sin pausas –le dije.

–Médicos cansones. Y no te olvidés del árbol donde queremos descansar. No se vayan a poner a llevarnos para Medellín ni nada de eso.

–¿Queremos?

–Vos hacé lo que yo te diga, ¿okey? En cuestiones médicas vos decidís, qué le vamos a hacer. Pero en esto no tenés arte ni parte. Antonia… ¿Qué va a hacer ella toda sola en Medellín, decíme? ¡Ay! ¡Qué cansancio!

–La noto muy bilingüe, mamá.

Nos interrumpió mi sobrina Alicia, la gordita, y me dijo que en el corredor había un señor agarrándose el estómago. A la niña le silbaban las palabras por aquello de los alambres de la mandíbula. Me dijo que era *dan Narshisho*.

–¿Dan quién? ¿Narshisho?

Se sonrió por mi imitación. Nos caemos bien. Todo lo que digo la divierte. Alicia, o Alicita como la llamaban mi mamá y la tía, sabía ya muy bien quién era quién en estas playas, cosa nada fácil, pues todo el mundo es más o menos pariente de todo el mundo, ya sea consanguíneo o político. La niña se estaba integrando rápido y sin problemas a la población local.

–Un tío de doña Naila. Creo, creo, creo –dijo entonces, matizando el asunto, para no quedar de sabihonda. Me gustaba que la llamara doña.

Yo había terminado por abrir una especie de consultorio aquí en el corredor, pues empezaron a venir enfermos desde que llegamos y nadie me creyó aquello de que yo solo sabía de gráficos, no era médico lo que se dice médico sino radiólogo, y no era capaz de trabajar con gente de verdad sino con máquinas, y en todo caso no era capaz de trabajar con las uñas, como se hacía por estos lados. Parecía un niño de los que se hacen rogar para que canten. Un médico es un médico, así sea radiólogo, y además ellos se hubieran conformado con algún estudiante de medicina, o un veterinario, tan desamparados estaban. Casi sin darme cuenta empecé a preguntarles por los síntomas y, llevado en parte por la curiosidad o quién sabe por qué, a examinarlos y, ya estando en esas, a recetarles.

–Doctor, mi mujer está inapetente y tiene la barriga como un balón –dijo don Narciso.

Para no perder la costumbre entoné el discurso sobre los radiólogos, y esta vez algo me oyó.

–¿Radio qué fue que me dijo, doctor?

–¿Le está doliendo? –pregunté. Yo estaba seguro de que él sabía perfectamente lo que era un radiólogo.

–¿Cómo me dice?

–¿Le duele la barriga?

–¿A mí?

–A su señora.

–A los dos nos duele, doctor, pero distinto.

–¿Diarrea?

–Diarrea.

–La inapetencia es lo de menos, don Narciso. ¿Y usted por qué se está agarrando el estómago?

–Úlcera péptica, doctor. Estrés –dijo. Mucha gente maneja ahora esos términos. Estrés, desestresar, terapia,

péptico, hipoglicemia, sistema inmunológico, arritmia, gló-
bulos rojos…

–¿Gástrica o duodenal?

–Gástrica, me parece –dijo, falsamente dubitativo,
como Alicia.

Al día siguiente trajo a su mujer. Diabetes mal cuidada.
Estaba a punto de caerse del mareo. Era necesario mandarla
al hospital de la ciudad, pues en cualquier momento nece-
sitaría cuidados intensivos. Quién sabe por qué tenía la
barriga como un balón. Daba lo mismo. A lo que había que
correrle era a lo otro.

–¿En cuánto tiempo puede llegar al hospital, don
Narciso?

–¿En mi lancha? Menos de una hora –dijo. Se sentía tan
orgulloso de su lancha que por un instante pareció olvidarse
del lío en que estaba–. Tengo un animalón Yamaha ciento
cincuenta. Una belleza.

–Vuelen.

Le estaba agarrando el gusto al asunto. Mi papá fue
un mago para los diagnósticos. No descansaba hasta dar
con el problema y nunca fallaba. Perro cazador pura sangre,
si alguien como él aguanta semejante comparación, pues a
la hora de cobrar ya no era tan de presa. Por ser diácono
además de médico no les cobraba a los del clero, que abundaban y estaban lejos, muy lejos, lejísimos, de insistir en
pagar, y tal vez debido a eso mi mamá, sin ser una María
Cano, no los quería demasiado; tampoco les cobraba a los
miembros de la familia, que incluía a las amigas de las her-
manas de tías políticas, o primos tan lejanos que en realidad
eran primos de otros; y no les cobraba a los pobres. El por-
centaje de pobres en su consultorio era tan alto como el del
país y a la casa la plata no entraba a chorros.

Durante algún tiempo, ya en la finca y tal vez por respeto a su memoria, seguimos rezando el rosario en el cuarto de ellas por la tarde. Mi mamá lo dirigía rápido, como sin prestarle mucha atención, y al terminar nos quedábamos conversando. Los niños que se habían escabullido por los huecos de decapitar bandoleros volvían por ahí mismo para la conversación. Por mucho tiempo el tema principal fue mi papá. A pesar de los reproches a su exagerada santidad y escaso espíritu empresarial, mi mamá lo había querido mucho. También la tía. No todo el mundo sabía que había sido diácono. La bondad y la diaconatura no son para exhibirlas. En la conversación que seguía a los rosarios se comentaba que los diáconos se ordenaban como ministros y no como sacerdotes. Bautizaban, daban la comunión, casaban a la gente, les llevaban el viático a los agonizantes y presidían los entierros. Pero lo más interesante para nosotros era que si se ordenaba ya estando casado, el diácono podía seguir casado y diácono, como mi papá, pero sólo en ese caso. Si era soltero y se volvía diácono, soltero se quedaba. Si era casado y enviudaba, hasta ahí le llegaba la dichita al libidinoso ese. No se podía volver a casar.

Noche tras noche fríjoles con plátano verde –cremosos, deliciosos–, arepa redonda bien asada, vaso de leche, porción de bocadillo de guayaba. Hablábamos otro rato en el comedor, nos acostábamos a leer, a dormir, a echarnos pedos, y al otro día mi mamá madrugaba a trabajar y enriquecerse y nosotros a formarnos intelectualmente en el colegio mientras seguíamos echándonos pedos. Mi mamá recorría todos los días los cafetales con Bernarda y Duvalier. Lo que hablaban era para nosotros un blablablá del que a veces algunas palabras, como "almácigo", "traviesa", "arábigo", se separaban del discurso amorfo y se definían en nuestra mente, llenas de asociaciones e implicaciones. Cosechas traviesas o necias y tinto del que tomaban los jeques arábigos del desierto mecidos arriba en sus camellos, sorbiéndolo quién sabe cómo por entre turbantes azules que sólo dejaban ver los ojos.

Hermosa la palabra almácigo, extravagante, exótica, como les gustan a los niños. Los cocoteros tienen semillero, las hortalizas también. El café mereció una de las palabras del lujo árabe del español, almácigo, que según Google viene de *almástaka*. Ya no me acuerdo de lo que significa. Semillero, seguramente. De los jeques sólo sabíamos que tomaban café y cargaban entre sus ropajes cimitarras curvas, para cortar cabezas en caso de que hiciera falta. Imágenes tal vez tomadas de Salgari o de Julio Verne, tan poco aficionados como nosotros a las verdades secas y estériles. Y todo estaba siempre matizado por el terror dulzón, atosigante, que infundía en nosotros la posibilidad de que los chuzmeros llegaran en cualquier momento con sus ropajes sudados y sucios y sus cimitarras rectas, marca Corneta, a cortarles la cabeza hasta a los perros, como había ocurrido en fincas iguales la nuestra.

Dos años de buenas cosechas a buenos precios en medio del coletazo último de la Violencia y mi mamá se vio ya con un capital para invertir en lo que se presentara. Y lo primero que presentó fue un edificio de cinco pisos en Medellín, que compró barato, renovó, vendió caro. A mí tampoco me gusta contar, sumar. Mis bienes me llegaron por mi trabajo como médico y por las reparticiones que ha hecho mi mamá. Vivimos cómodos, Ester y yo. Casa agradable y no demasiado grande en un barrio de clase media alta. Consultorio en el primer piso, como los médicos de antes. Me doy gusto en todo. Aquí en el Pacífico he extrañado el consultorio por su buen ambiente para leer y oír música. Tiene incluso camilla para los exámenes físicos y diplomas en las paredes, pero no he atendido arriba de quince pacientes en él. Trabajo en el mismo hospital desde hace dos decenios. Aparte del trago de calidad, paseos como este y otras cosas sin importancia mis gustos no son caros. Claro que si algún resentido abre nuestra nevera va a encontrar el atún ahumado a ciento cincuenta mil la libra y las chatas Angus a cincuenta y va a mirarme como miran ellos. "¿Estos son tus gustos que no son caros, gonorrea?", dice y me recorre con desprecio de arriba abajo. "¡Psss!" agrega y se va antes de poder explicarle que yo sería capaz, parce, de vivir sólo de arroz, huevo frito, salsa de tomate, lentejas y guandolo. Pero una persona con mis ingresos que viviera de lentejas estaría pendejeando. Hay que gastarse la plata en algo, ponerla a circular o se gangrena.

Las dos veces que me vi de repente con cantidades importantes que se habían ahorrado solas, por así decir, me sentí encartado. Habían pasado el límite hasta el cual podía hacerme el de la vista gorda y tenía que hacer algo con ellas. Entonces Ester se sentó a mirar clasificados, compró un local, primero, un apartamento después, y me quitó el lío de encima. Es buena negociante además de buena médica y tal vez por eso hoy somos pudientes. "Ricos, ustedes son ricos, güevones, nada de 'pudientes'", dice el que odia los eufemismos, que resultó ser medio resentido también y ojalá se vaya cansando de tener que corregir todo lo que digo. Salí del problema al estilo de mi mamá. Hago de vez en cuando donaciones a organizaciones ecológicas o a grupos socialdemócratas o un poco más de izquierda, y así ya no se junta nada ni tengo que pensar en qué hacer con esas platas o preguntarle a Ester.

Parientes pobres no tenemos, aparte de El Mono, primo hermano de mi papá, y a quien mi tía Antonia, y sólo ella, llamaba Raúl. Desde que tengo memoria todo lo que ha sobrado en la familia en materia de ropa e implementos domésticos ha ido para El Mono, que vive en una casa pequeña de un pueblo frío del Oriente, con su mujer, que también es mona y se parece mucho a él. Tienen tres hijos hombres, monos los tres, que a su vez tienen varios hijitos también monos. A todos los motilan al rape y a todos les brilla el pelo como cepillo de cobre cuando les da el sol. Dos de los hijos de El Mono tienen taxi, el otro, bus de transporte intermunicipal, y cada uno vive en su casa pequeña, parecida a la de El Mono original. Cada vez que mi mamá, por lo menos una vez al año, reunía una o dos cajas de cosas, yo me preguntaba dónde lograba él meter todo eso. En los armarios de su casa y en las de sus hijos no debía caber ya un alfiler. A no ser que sub-beneficiara a los parientes de su mujer que, según entiendo, no solamente son monos sino también pobres, más pobres, de verdad pobres.

Llegaron entonces las ballenas y nos agarraron de sorpresa mientras pensábamos en otras cosas, como pasa siempre con lo que uno espera demasiado tiempo. Se había hablado de que este año no venían, por aquello de los plásticos que flotaban en su ruta, pero aquí llegaron, algunas con ballenato y todo, resoplaron, se alzaron, se hundieron y el corazón parecía no cabernos en la caja torácica. No tiene sinónimos, no hay otra palabra exactamente igual a alegría. Yo las miraba, sonriente y con ojos brillantes, me imagino, pero tratando de no alterarme demasiado. Nada de pupilas empañadas o lágrimas. Como si hubiera hecho estudios superiores en alguna ciudad universitaria medieval, helada y muy al norte del sur de España o de Italia.

Nunca me ha gustado mostrarme demasiado emotivo. Prefiero que la procesión vaya siempre por dentro, como dicen. Pongamos Ester. No creo que le haya dicho ni una sola vez en la vida que la amo. No así. Una de las cosas que hago, más bien, es soltarle de vez en cuando alguna de aquellas frases medio pomposas que se me ocurren a veces o que he leído en algún lado y que parecen nacidas con el único propósito de confundirla y hacerla reír.

–No es que la gente tenga sentido del humor. Lo que pasa es que la vida es cómica –le digo de pronto en la sala, con expresión grave, después de haber estado leyendo un rato en silencio. La frase no es un chiste, pero tampoco es seria y Ester parece desconcertada. Le digo entonces que si Dios no existiera tendríamos que inventarlo, y hasta ahí llega la confusión. Se ríe. Hace la pantomima de cerrar bien las piernas como para no dejar entrar a nadie.

–Vos lo que querés es tirar –dice–. Venga, pues.

La placidez del acento del Valle. Imágenes de Ester que me dejan sin aliento. Palmira, Valle. Erección. ¡Y aquí en esta soledad! Mejor pensar en cosas más serias. Estuvimos en Normandía hace ya muchos años, vimos los cementerios. Belleza de acantilados, belleza de playas. Arenas que absorbieron sangre como secantes. Ni que hubieran sido mis sobrinos. No hablaban español siquiera y aquello es en la mismísima mierda de aquí. Uno que otro lo hablaría, inmigrante mexicano, puertorriqueño. "¡Madre mía, me mataron!" No sé por qué me dio por esto, teniendo tan buenas matanzas nacionales. En la universidad Estercita se ponía minifaldas que no eran ni siquiera demasiado cortas, pero atraían como si terminaran muy poco después de la curva del pubis. Cuando iba a hablar con el profesor apoyaba los codos en la mesa y los estudiantes hombres se miraban entre ellos desde sus pupitres. La minifalda subía un poco por detrás. Y sus manos aún dentro del látex y sosteniendo un hígado o un páncreas en la sala de disección eran hermosas.

Los niños correteaban por el corredor mientras la tía y yo, que sin darnos cuenta mirábamos de vez en cuando el mar, por si veíamos ballenas, comentábamos *Esta semana me llamo Cleopatra*. Sin gritar, niños, que estamos trabajando, les digo, y ningún caso me hacen. Los gemelos de Antonio son de miedo. ¿Por qué no van a jugar a la playa?, pregunta ella, y tampoco le hacen caso. Vayan a la playa a mirar ballenas, buchones, digo yo. San Herodes bendito, dice la tía y se ríe y tose.

–Ya casi lo termino y me ha gustado, mamá Antonia, pero me llega más Corín Tellado

–Ah, sí, Ignacito, es que ella es la mejor, avemaría.

Según me he enterado, doña Corín manejaba una fábrica de novelas. Escribió más de cinco mil. Cada mujer frente a su texto, dándole y dándole ocho horas diarias con media de almuerzo. Doña Corín camina por los corredores mirándoles el trabajo por encima del hombro y regañándolas, rara vez elogiándolas. Sus novelas tienen el encanto de la pastelería poco cara, yo no la llamaría barata, afición que me viene desde que estaba en el colegio, pues era la que vendían en la tienda, y que Ester definitivamente no comparte. Los rollos cubiertos de anilina roja y con relleno de bocadillo de guayaba, que se llaman "liberales", son buenos. También las lenguas, y más si están pasadas de horno y tienen exceso de azúcar.

Mi mamá ya se había recuperado del todo, de modo que se apuntó a la excursión que el hotel vecino había programado para avistar el bebé ballena –ballenato según los entendidos– que había llegado con su mamá hacía pocos días. Paseo multitudinario. Estuvieron todos, menos la tía Antonia y yo.

Esa mañana debía llegar Ester. Los de la excursión habían salido temprano hacia el hotel, con mi mamá adelante, y yo me eché en la hamaca a esperar el sonido de la lancha, para bajar a la playa a recibirla. Cuando abrí los ojos ya me había besado y estaba desvistiéndose. "Ya vuelvo, ya vuelvo. Te noto flaco. ¿No querés venir? Chao, chao. Muá, muá muá", dijo y se puso el vestido de baño. En otras palabras, ella que llega, a mí que se me para y ella que sale a la carrera a ver ballenatos. ¿Se imaginaría que con dos chaos y tres muás quedaba yo tranquilo? A ratos no es tan bueno estar así de apegado. Fue un día largo y me quedé con varias frases preparadas, que murieron, se me olvidaron. Entonces decidí mostrarme amable, sí, aunque sexualmente frío cuando ella volviera, pero las lanchas se demoraban demasiado y terminé por olvidarme también de semejante decisión. Me puse a releer *Esta noche me llamo Cleopatra*, para distraerme, precisar ciertos detalles y comentarlos con la tía Antonia.

A eso de las seis de la tarde se oyó por fin el ruido de los motores, muy lejos, por el sur, del lado de los canadienses. Se había largado uno de esos aguaceros contra los cuales no valen ponchos ni vestidos de hule ni nada. Se meten por las costuras o quién sabe por dónde, buscan la piel y emparaman a profundidad y más todavía si uno viene en una de las lanchas rápidas del hotel, pensadas para perseguir ballenas. Mi mamá llegó verde como una papaya y tiritando de frío. Hipotermia y además mareo. Como estaba desgonzada, no hubo modo de bajarla sentada en el trono de plástico y ponerla en la playa. Tenía expresión de miedo, algo muy poco frecuente en ella, y sólo quería que Grekna y Yoyito, el novio de mi sobrino, la manipularan, cosa imposible con el mar como estaba, por más hábil que fuera Yoyito y fuerte la enfermera. Tuvieron que intervenir Rico y sus hijos, y mi mamá no pudo disimular el gesto de mortificación al ser manipulada por ellos. Ya en la casa hice que Grekna y mi futuro sobrino político le quitaran el vestido de baño mojado y la acostaran con muchas cobijas. Le pusimos cuatro botellas de agua caliente dentro de las cobijas y le hicimos beber aguadepanela caliente. No hubo necesidad de aconsejarle que durmiera. Se profundizó tan pronto empezó a sentirse cómoda. Hacía un calor pesado, pues el sol había vuelto a salir y levantaba de la tierra en forma de vapor caliente el agua del reciente aguacero. Raro estar tratando una hipotermia en semejante bochorno.

Me sorprendió Yoyito. Mejor auxiliar de enfermería imposible. Le pregunté que en qué trabajaba y pensé que me iba a decir auxiliar de enfermería precisamente o tal vez peluquero. Lo que son los prejuicios. No. Era contador graduado en la Universidad de Antioquia y trabajaba para una compañía de contaduría en Bello. Se rio cuando me vio el gesto de incredulidad y dijo que era una profesión divina. Me aguanté las ganas de preguntarle en qué consistía la divinidad de la contaduría, pues la explicación podría ser extensa y yo estaba impaciente por ir al cuarto, a la pieza, que llaman, a ver en qué estaba Ester.

Tendida en vestido de baño en la cama miraba el ventilador del cielo raso con cierta sonrisa, las piernas ligeramente separadas, para refrescarlas con el viento. Desconcertado e incluso tímido, yo no sabía por dónde empezar, como niño frente a bandeja de confites surtidos. Me acerqué por fin, ni muy rápido ni muy despacio y tomé la decisión de empezar por el principio, de abajo para arriba, es decir, por los pies. "Los pies sostienen todo", dije, solemne, y a Ester se le amplió la sonrisa. Se quitó el vestido de baño sin dejar de estar acostada ni de mirar el ventilador. La arena que traían sus pies se me pegó en el bigote, la sentí en la boca y me crujió como chispas entre los dientes. Al ir subiendo me di cuenta de que en el interior de los muslos se sentía un calor especial, pues la lluvia y su frío los habían cubierto sólo al regreso, pero el resto del paseo había sido de sol fuerte, y yo sentía aquella tibieza antigua en mis mejillas y también el olor y la frescura de la lluvia reciente. Después siguió aún más calor y sal y más arena.

Al día siguiente estábamos ya sentados en las mesas del comedor cuando entraron mi mamá y Grekna. La enfermera seguía tan blanca como el día que llegamos. Parecía una inglesa bonita y un poco caballuna, como las de las películas. Llevaba el uniforme por encima de la rodilla, y sus piernas eran también de inglesa, es decir, espectaculares, como se supone que son las de ellas. Sentí curiosidad por saber cómo se vestía cuando estaba de civil. Alcancé a disculpar hasta cierto punto a Rafael Alberto, que en este momento fingía leer una Cromos vieja para no mirar a la que seguramente era ya su amante, y no alborotar más a Claudia, que por esos días estaba en ascuas. Mi mamá había esperado que estuviéramos todos sentados, para hacer una entrada tan sonriente como triunfal. "Buenos días a todos", dijo. Yoyito flotó y fue a correrle la silla. Se sonrieron él y Grekna como si fueran mejores amigas.

Por esos días mi sobrino y Yoyito habían tenido una pelea grande y empezamos a pensar que se dañaba el matrimonio –o la "boda", como le gustaba decir a Yoyito–. Yoyo a secas lo llama mi sobrino, Yoyito el resto de la humanidad, diminutivo que le sienta a su físico extramenudo y extraliviano. En el aeropuerto de Medellín nos había explicado que se llamaba Antonio –"¡cómo les parecen las coincidencias, queridos!"– y que, aún muy niño, le preguntaban por su nombre y él decía "yoyo". Dos o tres carcajadas de registro alto después de la explicación. Yoyito es mago, además de contador público. Se saca monedas de los oídos y hace trucos con los naipes de la baraja española. Los trucos son sencillos, cierto, pero la coreografía es abigarrada y florida. Muchos ojos en blanco, turbante, grandes anillos, bigote y patillas pintadas con carbón, en fin, todos los fierros, como dicen. Y los chiquitos disfrutaban a fondo y con toda inocencia del espectáculo, y aplaudían. Los dos niños alfa de Gloria Isabel aplaudían demasiado fuerte y se la pasaban cruzando sonrisitas.

La pelea tuvo que ver con el campeonato de fútbol que cada año organizaba el profesor de la escuela del caserío o pueblito vecino. El que se mira en los espejos. El novio de la manicurista. Participaron equipos de las veredas y también de las comunidades cercanas de indios. No estuve, claro que no, aunque sí alcancé a oír el reguetón que nos traía el viento. Yoyito es además futbolista, volátil puntero izquierdo, y aparte de eso es muy rumbero, de modo que pasó derecho de jugar fútbol en la playa a emborracharse en la rumba que siguió al primer partido del campeonato. "En Medellín formamos un equipito todo de maricones. Si vieras lo divino que jugamos", me contó. Y en la rumba quién sabe qué pasó. Antonio hijo, que había jugado también como invitado llegó por la noche, furioso y con los guayos en la mano. Dijo que ese era un campeonato de ron y ruido, no de fútbol, y que a esta gente hasta se le había olvidado bailar y había perdido su propia música. Y se silenció del todo. Yoyito llegó de día.

Ni siquiera la tía Antonia es capaz de enojarse tan en silencio y con tanto hielo. Lo que pasa es que ellos dos no se enojan casi nunca, y cuando ocurre lo hacen a fondo.

Debe ser algún gen de enojo helado y mudo que corre en la familia, porque Alicia es lo mismo. Mi mamá, en cambio, sabe expresar el enojo. Es cortante, precisa y definitiva, pues si uno está en el mundo de los negocios no puede andar con enojos helados y mudos ni tampoco confusos. Se va el negocio a pique. Yo la vi en la finca echar a trabajadores que no cumplían, y la explicación del despido era tan clara y justa que los echados se quedaban en silencio, así les brillaran maluco los ojos por una fracción de segundo. Pasado el rencor instantáneo, se despedían de ella con amabilidad y agradecían la bonificación que les había agregado al liquidarlos. Tal vez por eso, por ser persona justa y además generosa, nunca, que yo sepa, se vio en peligro en aquella región tan acostumbrada por La Violencia al chantaje y al asesinato.

Un mañana temprano llegó a la finca una señora muy delgada a pedir trabajo. Aretes de filigrana de oro, ojos negros, rasgos indios, vestido gastado pero limpio. Mi mamá no le averiguó su historia –y horrible historia había sido, supimos, pues venía de una región donde La Violencia se sentía todavía con saña–. Le preguntó, en cambio:

–¿Y usted qué sabe hacer?

–Cocinar y criar gallinas.

No dijo ser la mejor cocinera del mundo ni una maga para criar gallinas, pero mi mamá no dudó de que fuera hábil para las dos cosas.

–Cocinera ya tenemos. Lo que podemos hacer es que yo compro doscientas gallinas ponedoras, a ver cómo nos va. Véngase mañana a las siete y vamos usted y yo al pueblo a hablar con el maestro de obras que nos va a hacer el galpón. ¿Su nombre?

–Bernarda.

Mi mamá se presentó con mucha amabilidad y gesto de cariño, y le dijo a la señora que por favor fuera a la cocina y les dijera que le prepararan un buen desayuno.

–Mejor dicho, yo voy.

–¡Yo voy, yo voy! –dijo José Daniel, todo afecto, como es él, y salió corriendo para la cocina. Los seis habíamos estado mirando todo sin pestañear, como si fuera una obra de teatro. Cuando se mencionó el desayuno, a la señora le habían temblado un poco las mejillas y los párpados, pero no alcanzó a llorar.

Las gallinas eran blancas, llenas de vida, todas idénticas, perfectas. Nos pegábamos de la malla del gallinero a mirarlas. Me gustaba el olor del cisco de arroz mezclado con el de rila. Me gustaba el aroma del desinfectante donde teníamos que pararnos y mojar las botas pantaneras antes de entrar. Rico, el administrador y lanchero, tiene aquí un gallo de cuello pelado que parece un avestruz. Rico vive con su mujer y sus hijos en una casa detrás de esta, pero arriba, ya en la loma. Sus gallinas son todas diferentes entre ellas, sanas, bien tenidas.

Los únicos animales feos son los enfermos. ¿Buena frase para Ester? No sirve. Cruel. Aparte de enfermos, feos. Al caído caerle. Tras cotudo con paperas. Quién sabe si estos dichos también los conocen en Asturias. De vez en cuando alcanzo a oír los gritos de terror de las gallinas de Rico cuando, bonitas y sanas todavía, son ejecutadas sumariamente, desplumadas y puestas a hervir por el delito de haber empezado a poner menos.

Vegetariano me debería volver. Claro que con mi digestión tan precaria ya casi lo soy, pero así no es gracia, como dicen. Pequeños asesinatos. Las reses, los cerdos. El veintitrés de diciembre se levantaba por todas las montañas el clamor de agonía de los marranos que estaban matando en las fincas vecinas. No en la nuestra. Adrianita se tapaba los oídos. Al día siguiente nos mandaban aromáticas morcillas, chorizos de cañón o lomitos de consistencia y sabor muy suaves, en los que no se alcanzaba a sentir la crueldad de la muerte. El estrés no había afectado el sabor. Otro eufemismo: estrés por terror, dolor sin nombre, horror. La única que no comía era Gloria Isabel, y pocos años después se volvió vegetariana estricta. Cuando estuvo aquí, Gloria salía en horas de sol para la playa con su pava, que se desgonzaba un poco, con mucho glamour, a todo lo redondo de su circunferencia. Pero ella es sobria. En eso se parece mucho a mi papá, que se mantenía vestido de oscura elegancia y vestido así se ponía botas altas si la casa del paciente era de acceso pantanoso y se debía llegar a caballo. Era tal su bondad y habilidad que los pacientes ni siquiera notaban su elegancia. La pava de Gloria Isabel se le veía muy bien, con su cuerpo todavía esbelto y su costoso vestido de baño negro de una sola pieza.

Yo hace tiempos me dejé de elegancias. Un día resolví tener cinco camisas de una pinta, cinco de otra, que turnaba, y cinco pantalones de los mismos y así no tenía que pensar nunca en aquel asunto. Todo iba a estar tapado por la bata blanca de todas formas. La idea me la dio el marido de Gloria, precisamente, sólo que él tiene tres juegos de camisas y cuatro pantalones de los mismos. Roberto Maldonado Parnell. Gran nombre. Gran persona. Inventor. Bogotano. Buen inventor. Ingeniero doctorado en el MIT. Gloria, Adriana y mi mamá le dicen Beto. Raro ese diminutivo para él, una lumbrera y altamente respetado en los círculos de su profesión. Veloz para todo, para pensar, para jugar tenis, para montar en bicicleta, para inventar cosas y para quebrarse. Contra esa vocación de quiebra ni siquiera el MIT pudo hacer nada. Mi mamá tiene el toque de Midas para el lado que es y mi cuñado en la dirección contraria. Sabe salir de las quiebras, eso sí. Se quiebra del todo, a fondo, tanto que tienen que buscar apartamento más barato, vender carro, cerrar oficina, y a mi hermana le toca sostener la casa por una temporada. Entonces él algo hace, inventa otra cosa y al momento está de nuevo con oficina, secretaria, carro, apartamento y a veces avioneta. Como si fuera traqueto, sólo que la plata es más que bien habida, excelentemente habida, el apartamento es caro pero sobrio, lo mismo la oficina, y la secretaria es una señora muy eficiente de vestido entero, no alguna muchacha torpe, demasiado risueña y con bluyines forrados. Es amigo del riesgo, pienso yo que ese es el problema. Otro dicho para nuestro asturiano: "El que juega pierde y el que bebe se emborracha". Se ha estrellado ya dos veces en sus avionetas. El que juega pierde y el que vuela se estrella. En el primer estrellón debieron reconstruirle parte de la cara. Y buen trabajo que hicieron mis colegas, pues quedó igual a como la tenía antes de que se le deconstruyera. En el segundo tuvieron que reconstruirle una pierna. Tornillos, placas de titanio, todos los fierros, literalmente, y también injertos de piel. Esta vez le quedó una cojera casi imperceptible y dolores ya no tan imperceptibles, especialmente con el frío bogotano, que nos hace doler los huesos aún a quienes no tenemos placas ni tornillos. Ibuprofeno en forma, cuando le llegan los dolores. En los dos accidentes lo sacaron inconsciente de entre la chatarra. Por Zipacón el primero; llegando ya a la sabana, y por el Magdalena Medio el segundo. Y podría haber un tercero, porque otra cosa con él es que no conoce el miedo. Al paseo no vino porque está solvente desde hace ya algún

Se había puesto una bata guajira. Póngale esa belleza de bata a una mujer como Ester y uno empieza a no hallarse. Ésta incluso tenía la figura de la Virgen cargando al niño, de pie sobre una medialuna, lo cual, por alguna razón, empeoraba la situación. Me puse a buscar frases, pero sólo lograba pensar en cómo la figura de la Virgen había podido usarse así sin caer en el mal gusto. Había sido confeccionada por alguna artista, ni más ni menos, pensé. El apremio estaba bajando la calidad de mis elucubraciones. "La naturaleza imita al arte", pensé entonces y la descarté. Con esa no llegaba ni a la esquina. "Aquí en este momento te reto a que me olvides", sacada de una bachata, me gustó, pero me pareció arriesgada. Con eso no se juega. "Ars longa, vita brevis", pensé entonces, pero tampoco me atreví a ensayarla. Tenía solamente una oportunidad y no podía desperdiciarla con latinajos.

–Ya después se te ocurrirá algo –dijo.

Sin frase ni nada otra vez tenía al frente la bandeja de dulces surtidos. Resolví empezar esta vez del centro hacia arriba, y Ester se fue desplegando y abriendo como botón de dalia, claro que no tan despacio. La Virgen de la medialuna estuvo presente todavía un buen rato, algo arrugada e incluso humedecida, hasta que terminó en una esquina del cuarto. Ahora sí siesta, dijo ella.

"Todo quedó consumado, Ester", pensé decirle, no al oído sino en el oído interno mientras, ya en la cucharita de las siestas, le cubría suavemente el muy húmedo pubis con la mano, para dormir más profundo. Respondió a mi pensamiento empujando un poco las nalgas hacia atrás, para sentirme, pues la erección se estaba yendo muy despacio.

Hoy vi un grupo de unos cincuenta soldados mientras caminaba por la playa. Venían hacia mí en una fila larga que terminaba al final de la bahía, y a medida que me acercaba iban desapareciendo en la selva, como si fueran espejismos o los estuviera soñando. Creo que eran soldados del ejército nacional, pero uno nunca sabe. Ya no camino largo, por flojera en las piernas, y porque, a medida que uno se aleja de la burbuja resguardada por Rico y su gente que es la casa, se empieza a ver la basura o pasa uno por casas muy pobres donde la gente no me contesta el saludo. Una vez me acerqué a preguntarle algo a un señor que estaba parado frente al mar con una lata de cerveza Águila en la mano, no un turista, un local, y me miró como si yo no estuviera ahí, como si nadie le hubiera hablado, como si él siguiera mirando el poderoso Pacífico a través de mi pecho. Dio la vuelta muy despacio y caminó hacia su casa, con la cerveza en la mano. También esto fue como encontrarse con un fantasma o ser yo mismo un fantasma. Dolió. Ester había tenido que viajar el día anterior y no vio a los soldados. Menos mal. Ya ella tenía suficientes preocupaciones con lo que estaba pasando. Para Ester el primero de sus viajes a esta costa fue de felicidad plena. Ahora casi siempre son todo lo contrario.

Después de la hipotermia de mi mamá hubo otros paseos a ver ballenas, siempre de mucha gente y en varias lanchas. Ella se apuntó a todos, sin consecuencias graves. Volvió con síntomas de insolación de una de las excursiones, pero no pasó de ahí. Todos querían ver de muy cerca, una y otra vez, "estos grandes zetázeos", como dice el español que tiene un programa de televisión sobre animales al que estuve aficionado hace algunos años. Habla parecido a Alicia con sus alambres y es hábil para pronunciar palabras como "fascinación", "ascender", etcétera, con semejante enredajo de eses y ces. Los acentos regionales, el del castellano en este caso, traen sus complicaciones. El presentador no es Marcial Lafuente Estefanía, claro que no, pero tiene un nombre parecido.

¡Como si de lejos fueran menos espectaculares las ballenas! ¿Qué necesidad hay de acercárseles tanto? Tal vez lo que quieren los turistas estos es no quedarse sólo boquiabiertos ante el volumen, la masa, sino comunicarse con ellas, tocarlas, y resquebrajar así, aunque sea un poco, la soledad de nuestra especie. Aquí podría haber frase, cuestión de trabajarla. La temporada fue de abundancia. Había colas, volúmenes y surtidores por todas partes y mi mamá volvía siempre contenta en su trono de la proa. La tía Antonia y yo discutíamos mientras tanto *Boda clandestina* y mirábamos las ballenas como de reojo por la ventana o desde el corredor. Las avistábamos de reojo, por así decir.

–Me gustó mucho la entrada, mamá Antonia. "Un tenue haz de luz penetraba callado, diríase temeroso, por la pequeña ventana de la buhardilla".

Me habría gustado oír a doña Corín pronunciar "haz de luz" y "buhardilla".

–¡Y qué me decís, Ignacito, de esos personajes que le parece estar a uno viéndolos! Es como si uno los conociera.

–Y esa muchacha tan bonita, Katty, y tan enredada en la vida.

–Ketty.

–Ketty. Lo que me pareció más complicado fue el apellido. Yo creo que no existe, mamá Antonia. Doña Corín se lo inventó.

–Iuajinoski… –dijo mi tía Antonia–. ¡Que si enredada!

Abrí el libro y leí el nombre, Iwahinosky, y volví a decir que se lo había inventado y que sólo la tía Antonia y doña Corín eran capaces de pronunciarlo.

–Bueno, eso es lo que hacen los escritores ¿no te parece?

Dije que sí, que pues sí, mientras pensaba que una de las señoras costureras de novelas se lo habría inventado, con la seca aprobación de doña Corín, asomada al texto por encima de su hombro.

–¿Y cómo lo pronuncias? –pregunta doña Corín, y la operaria no sabe si metió la pata y la van a echar.

–Iuanoski –dice tratando de que no se le note el temblor en la voz.

–Iuanoski. Me gusta. Bien. Bien –dice doña Corín–. Ese "Iua" me parece estupendo.

A los españoles les gustan mucho las palabras estupendo y alucinante, las dos de mucho uso entre los turistas de ese país. Para ellos todos los rincones del planeta, que recorren con muy poca plata, son alucinantes. ¿La comida? Estupenda. ¿El Atlántico colombiano? Con muy pocos euros te puedes dar ¡una de mariscos! No creo que mi español de Castilla sea mucho mejor que mi argentino porteño, la verdad. La tía y yo comentamos entonces personajes, situaciones, mientras de reojo, contra el horizonte, veíamos los surtidores, las islas que aparecían y las colas que subían y etcétera, etcétera. Ninguna ballena se elevaba, por más de reojo que las miráramos.

Las reuniones de lectura con mamá Antonia me producían paz, me distraían de mi preocupación –"¡angustia!", grita el tipo–, me regresaban a la infancia. Ella había sido nuestro refugio en todas las complicaciones de la niñez, para las que mi mamá no tenía paciencia y de las que no estaba muy enterada. Mi mamá nos mantenía sueltos, libres, y por eso nuestra infancia fue rica en emociones. Nos dejaba ir solos a la quebrada, que se oía bastante desde el corredor de la casa, a pesar de que pasaba muy abajo, al final de los cafetales. Bueno, con Lito bajábamos.

–Muchachos, la quebrada está bajando con mucha agua por la llovedera. Manténganse atentos. Si ven la gallina no se queden pasmados. Corran para la casa ahí mismo o el agua se los lleva a los siete.

–Bueno, señora.

Una gallina desnucada y arrojada a la corriente –¡hablando de pequeños asesinatos!– era la señal entre los campesinos para avisar a la gente de más abajo que se venía una avalancha. Lito era el encargado de avistarla. Él no era la autoridad del paseo, a pesar de su edad, sino Gloria Isabel, la mayor. Lito se había embarnecido de cuerpo gracias al trabajo de campo y a la leche condensada, pero seguía esbelto de intelecto. Era la fuerza bruta. Con él por ahí nadie se iba a meter con nosotros, ni siquiera los chusmeros que quisieran venir a cortarnos los brazos y las cabezas, pensábamos. Estricta, seria para sus años, Gloria Isabel se hacía obedecer de todos, incluido Lito, a quien indicaba la piedra exacta en la que se debía sentar para que nos avisara a gritos cuando bajara la gallina. Gloria es sensata y su palabra todavía pesa mucho en las decisiones que nos afectan a todos.

Nos bañábamos horas en un remanso de la quebrada, encendíamos fogata para asar masmelos y calentarnos, construíamos un dique con una especie de murito de piedras, talábamos un pequeño árbol para hacer una choza – mi mamá me había nombrado encargado del hacha y de la tala– y dejábamos la choza apenas comenzada, porque nos agarraba un hambre que no daba espera. Empezábamos a subir por un camino que zigzageaba entre el cafetal y que, tal vez por el hambre, parecía ponerse cada vez más pendiente a medida que avanzábamos. "Canina", decía Antonio, que había aprendido el término quién sabe dónde. "Tengo un hambre canina".

–¿Se quedó alguno? –preguntaba Gloria, mirando para abajo, y todos sabíamos que el alguno era Antonio precisamente, que subía muy despacio y jadeando por el sobrepeso que le amargó un poco la infancia. Inmediatamente aparecía arrancábamos y, como venía agotado, decía esperen esperen y se iba quedando otra vez. Por fin llegábamos a la casa y mi mamá le preguntaba a Gloria:

–¿Se te ahogó alguno?

–No, señora.

Fingía contarnos con el dedo.

–Cinco. Más Lito. No me da la cuenta.

Empezaba otra vez a contar.

–¡Antonio apenas viene por la pesebrera! –gritábamos.

–Qué bueno. Menos mal que no se nos ahogó Antonio. Yo no sé para qué, pero hace mucha falta.

También Bernarda, la señora que se encargaba de las gallinas y ayudaba en la cocina, bajaba a veces con nosotros. Organizaba dos canastas con huevos duros, arepas redondas con la mantequilla adentro, plátanos maduros asados y rellenos de queso. También nos ayudaba con la fogata, con la choza, que esta vez terminábamos, y hasta con la represa.

Mi mamá instaló a Bernarda en una casita de tapia a unos mil metros de la casa principal y que estaba desocupada y medio abandonada. Los galpones quedaban a mitad de camino entre las dos casas. Bernarda muy rápido llenó la suya de geranios, novios, anturios, rosas, dalias y hierbas medicinales. "¡Eavemaría, Bernarda", le decía mi mamá, "esas matas suyas siempre es que son como de exposición!".

Teníamos ya dos personas solas en el mundo viviendo con nosotros. A Lito lo había recogido mi papá en una institución católica. A Bernarda los bandoleros le habían matado la familia. Algunos meses después de llegar se casó con un trabajador de la finca, Duvalier. No pudieron tener hijos –ella no volvió a mencionar a los que había perdido ni a nadie de la familia anterior– y adoptaron una niña negra que tenía algo de retardo mental. Y no sé dónde pudieron conseguirla en esa región de gente mona. Casada Bernarda y adoptada la niña quedamos otra vez con apenas una persona sola en el mundo, Lito, pero con dos bobitos fronterizos. Y allá están todavía, mi querida Bernarda, su hija y Duvalier –que es mono, aficionado a la cerveza y, según mi mamá, honrado pero flojo para el trabajo–, en su casa con dalias, geranios, anturios y gallinas todas distintas entre ellas, algunas con cuellos pelados, como cóndores terrestres en miniatura, iguales a las de aquí. Quién sabe si vaya a volver a verlos algún día. Lito ya no está en este mundo.

Estas hamacas son buenas para recordar.

Ayer conocimos a una señora del caserío que habla como bogotana del Teusaquillo o del Chapinero de los sesentas. Ester y yo íbamos por la playa y de una de las casas salió la señora y caminó hacia nosotros. Marea baja. La esperamos. Se oían las motosierras y los helicópteros sacando madera. Detrás de la señora venían dos perros cazadores flacos, de pintas negras y blancas, y los tres dejaban las huellas muy nítidas en la playa, que estaba impecable. Los perros no eran feos. Flacos, mal alimentados, pero no feos. Amistosos. Las pintas eran muy blancas y muy negras. Los cepillaba todos los días, dijo la señora. Se llamaban Zeus y Penélope, igual que los labradores que había cepillado durante muchos años en Teusaquillo. El problema de los labradores es la displasia, dijo, y por eso prefirió adoptar estos, que son casi cazadores puros. La mamá tenía pedigree, dijo. Yo le había acertado al barrio y también a la época: mediados de los sesentas. No me parecieron tan puros los dos perros. Le había dado mucho guayabo separarse de los labradores, dijo la señora, y por eso les había puesto los mismos nombres. Supuse que estos no se alimentaban de concentrado importado, como los de la displasia, sino de las escasas sobras de sancocho de pescado que les dieran y de lo que lograran matar en la selva. Pájaros, micos tal vez. Y les tocaba aullar.

–Son maravillosos –dijo, mirándolos exactamente igual a como una señora de Teusaquillo habría mirado sus perros. Igual que a niños.

–Esto parece un sueño –dijo Ester.

–Sí, mi amor, ella es como de sueño. ¡Penélope, ven...! ¡Gooood girl!

–¿Usted habla inglés?

–Cositas.

Vestido remendado. Gorda y a la vez desnutrida, pelo rojizo por el sol y la mala alimentación, gran panza que parecía poco firme, agua, ascitis. Una sandalia de una pinta y la otra de otra, como si las hubiera recogido de entre las muchas que trae el mar. Aparte de los pedazos de icopor de un millón de formas y tamaños lo que más llega a las playas son los frascos plásticos, luego las sandalias, seguidas por los cepillos de dientes y los de pelo. La infinita variedad de productos derivados del petróleo. Ester y yo vimos una vez al lado de un caparazón de coco un consolador negro medio enterrado en la arena.

–Y usted ¿cómo se llama? –le pregunté a la señora.

–Otilia.

–Ignacio, mucho gusto. Ignacito, me dicen. Doctor Ignacito.

–Ester, mucho gusto –dijo Ester.

La señora Otilia había salido de esta playa a los doce años y regresado a los sesenta y cinco, después de trabajar cincuenta y pico en una casa de familia en Chapinero. Puso el tema de las cirugías plásticas y, mientras se miraba el vientre abultado, dijo que a ella la estética le parecía fantástica, pero no como para sufrir con operaciones ni vainas de esas. Habló entonces de la inseguridad de Bogotá. De lo arriesgado que era tomar taxis, por aquello de los paseos millonarios. De que ya no se podía confiar en nadie. Mencionó la escopolamina. El paseo con la señora Otilia poco tendría de millonario, pensé mirando su ropa remendada, pero si uno cerraba los ojos podía creer que hablaba con alguna de las amigas de doña Jenny Parnell de Maldonado, la mamá de mi cuñado Roberto, que se mantienen aterrorizadas por aquellos paseos. No doña Jenny. Ella no le tiene miedo a la escopolamina ni a nada.

Nos despedimos de la señora Otilia y seguimos caminando. Ya no hay ballenas. Trato de no ser sentimental, y si hay, hay; si no hay, no hay. El único animalito a la vista, aparte de nosotros mismos y la gente del caserío, era un pájaro zancón gris, entre garza y martín pescador, parado en el borde del agua, y que, al llegar la ola, se retiraba con pasos largos hacia atrás, como un turista. Saludábamos con la mano a la gente de las casas, que a veces respondía, a veces no.

Uno no sabía si todo aquello de la señora Otilia era horroroso o qué. No se veía para nada saludable, desnutrición, dentadura en mal estado, señales de problemas cardíacos, coronarias con seguridad llenas de calcio. Y comentamos que inspiraba afecto inmediato. Ester se sentó en el muñón de un árbol muy grande que había traído el mar y tenía restos de raíces y marcas de motosierra, y se quitó las sandalias. Se puso de pie, nos cogimos de la mano y caminamos con los pies en el agua. Le solté la mano y le acaricié la parte de atrás de la cabeza. Había llegado esta vez con el pelo muy corto, que le luce, pues tiene bonito cráneo. Volvimos a tomarnos de la mano. En cierto modo Ester está más conmigo ahora que cuando estaban todos.

Este apego por ella es de las cosas imposibles de no tomar en serio –"¿'apego' decís?"–. La muerte es otra. Mi profesión. Muchas, en realidad. Tomarme en serio la plata nunca he podido. Tengo mi oficio y además mi mamá trabajó por mí, por nosotros. Y trabajar puede que no sea la palabra en el caso de ella. Ha sido siempre mucho más placer que trabajo. Levantó una belleza de cafetal, una especie de obra de arte, en sí misma y también como negocio, en una finca bastante descuidada por mi papá, que nunca fue persona para esas cosas. ¡Y lo que disfrutó con aquel gallinero! Más que nosotros y ya es bastante decir. Las muchas amigas que tenía –y tiene– en el pueblo le compraban los huevos. La demanda superó la oferta y el maestro de obras construyó otro galpón. Empezamos a venderles a las tiendas. Y después otro galpón, y otro. Alcanzamos a tener arriba de cinco mil gallinas, todas blancas, idénticas. Mi mamá se ocupaba del macroasunto y Bernarda del microasunto. Vendimos todas las gallinas juntas cuando nos regresamos para Medellín. Rendirían para unos treinta mil platos de sancocho, dependiendo de las presas que les pusieran, o para unos cuarenta o cincuenta mil platos de arroz con pollo. Gallina.

Bernarda tiene gallinas y pollos sueltos en su casa. Usa cuchillas de afeitar esterilizadas con llama de vela para hacer cortes en los buches de los pollos que ve por ahí entristecidos debajo de las matas, y les saca los gusanos, que aplasta con el pie. Capillariasis. Cose los pollos con el mismo hilo y la misma aguja que usa para la ropa de Duvalier y la propia, los cuida en su cuarto de un día para otro y los suelta ya medio desentristecidos y en camino hacia la recuperación. En este momento la finca está a cargo de Bernarda, con acompañamiento pasivo, aunque muscular, de Duvalier, pues los paramilitares han estado por la región haciendo sus horrorosos daños y no hemos querido volver. Dice Antonio que Bernarda administra como con monedero; que se ocupa más en tener las cuentas claras y no irse a quedar con plata ajena que en el mismo cafetal. Para eso está Duvalier, que nació y se crio en la región y es conocedor. Lito está en una tumba que Bernarda mantiene limpia y con flores. Cuando murió vivíamos todavía en la finca, y si no es por mi mamá habríamos terminado arrancándonos el pelo y arañándonos la cara al pie del ataúd, igual que hizo Lito al saber lo de mi papá. Cuando vio que aquello de nosotros iba por mal camino apretó las riendas. Frunció el ceño y nos habló firme al oído, uno por uno, y todo quedó otra vez bajo control. Todavía nos hace falta Lito. Me preguntan por ahí que cuántos somos y cuántos vivos, y yo digo seis y todos vivos, pero pienso en Lito. También los tarros de leche me lo recuerdan.

Vender la finca, ni soñar. Los asesinos van y vienen y la tierra permanece. Ojalá no les pase nada a Bernarda y a Duvalier, pero ella dice que no se va, que no tiene para dónde irse y que ni riesgos le va a dejar la finca tirada a mi mamá, ni riesgos, Ignacito. Osiris no está. Hace como un mes volvió al pueblo donde había nacido, también en el Chocó, pero en el Atlántico. Quiere conocer a sus padres biológicos y vivir con ellos. Es posible que ellos no la quieran conocer muy a fondo, y sobre todo alimentar, y que nos avisen muy pronto que la niña, de casi treinta años, está de regreso. Aquello fue hace como un mes. Ojalá se casara. No es el leve retraso lo que le ha impedido conseguir marido, pues hay hombres tan masculinos que aquello poco les importa, estando por lo general ellos mismos muy lejos de sufrir de adelanto, sino la obesidad y con toda seguridad el apetito. Una vez se nos embolató una ternera y duró como tres días perdida. José Daniel no quería mucho a la niña de Bernarda. Él nunca hacía ni hace chistes a espaldas de nadie, y menos de minusválidos, pero esta vez fue de la opinión de que Osiris se la había comido. No lo dijo delante de Bernarda, para no mortificarla. Lo dijo en privado, es decir a todo el mundo después de un rosario, cuando no estaban Bernarda y Duvalier.

José Daniel tuvo prácticamente tres mamás: Bernarda, mamá Antonia y la mamá oficial. Cariño a primera vista con Bernarda. Él es uno de esos malgeniados con corazón de oro. Excelente endodoncista. Bravo. A la salida del colegio no se hacía agarrar de los amigos para librarse de las peleas, como Noreña, así que llegaba a la casa cubierto de chichones y sangre a decir que teníamos que ver cómo había quedado el otro. Aquí en el Pacífico salía muy temprano a pescar con los dos hijos de Rico, y volvía al mediodía. Flaco como yo cuando las peleas del colegio, flaco todavía, y largo. Nos parecemos, pero ya quisiera yo tener su valentía. "Vean a mi niño cómo me lo dejaron", decía Bernarda al verlo llegar, y esa era la primera oportunidad de José Daniel para decir que si viera cómo había quedado el otro.

Enojarse y reírse ha sido lo suyo, se puede decir. Un día, ya otra vez en Medellín y por la época en que yo creía estar aprendiendo sobre música, dije que los *andantes* seguían el ritmo del caminar humano. Me sentía orgulloso de haber usado la expresión "caminar humano". Todavía me gustaría pensar alguna frase en que aparezca. Uno no cambia. "Ester, cuando te veo venir por el corredor me alegro de que exista el caminar humano". Ahí no más estaba.

–Vos crees entonces, Ignacio –dijo José Daniel–, que "andante con moto" vendría a ser, ¿qué? ¿Un policía de tráfico en motocicleta?

En las novelas que la tía y yo estuvimos leyendo aquí en el Pacífico, a la risa de José Daniel la llaman "argentina", que, en el caso de él, aparte de argentina, es incontenible. Es capaz de reírse diez minutos con esas carcajadas suyas, francas, muy abiertas, que lo terminan de acabar a uno. Adriana fue su compañera de juegos, le tiene adoración y no lo molesta. Con él es sólo dulce; con los demás tiene tanto de agrio como de dulce. De pronto se aparece, digamos, con una arepa con mantequilla y queso y se la entrega a uno frunciendo ese ceño bonito que tiene. ¿Cómo supo que uno estaba pensando en eso? Misterio. O será que de forma inconsciente uno siempre está pensando en arepas con queso. Mucha gente, por ejemplo yo, siente pasión por esas plastas de maíz hervido, molido y asado. Es muy importante asarlas hasta que se quemen un poco, para que den todo el sabor. Entonces, usando un cuchillo o un rallador, se les raspa con cuidado la parte demasiado dorada, es decir, quemada, y ahí sí se les pone la mantequilla, la sal y el queso. Y nunca ponerle sal a la masa.

En una de las salidas de pesca, José Daniel agarró un pez grande que dio muy buena pelea, como dicen los pescadores refiriéndose al animal aterrado que tira como loco del anzuelo o se cruza veloz por debajo de la lancha para tratar de esquivar la muerte. Algo hizo mal al recobrar o soltar, no sé, y tan despavorido estaba el pez que a José Daniel el nailon se le entró en la mano casi hasta el hueso. Le cosí la herida en la cocina y lo aguantó sin gestos, como si tuviera anestesia.

–Machito vos, ¿no? –le dije al terminar.

–No me jodás ahora –dijo José Daniel. Estaba algo pálido.

Cuando se pone así es mejor no hablarle de a mucho. "Genio vivo" es el eufemismo para "un malgenio del putas". Ya no me ofendo. Se trata de algo en su cableado nervioso, que no puede evitar. Una tarde se agarró a puños en la finca con Rafael Alberto y si no es por Bernarda acaba con él. Mi mamá lo obligó a pedir disculpas delante de todos, hasta de los trabajadores. Única pelea a puño limpio que hemos tenido en la casa. Reconciliación fácil. Se querían. Se quieren. Curioso como uno sigue llamando la casa La Casa, cuando cada uno tiene la suya. Él se la pasó pescando y Rafael Alberto en sus payasadas. Muy de vez en cuando Rafael habla en serio, y se da uno cuenta de que está lejos de ser ignorante. Un día me dijo que nuestra misión en este mundo era jugar hasta que nos diera la maluquera y nos muriéramos. De los apuntes suyos de esta temporada recuerdo el del señor a quien le dijeron que en el país estaban violando los derechos y el señor respondió que por fortuna él era zurdo. Todavía me río solo por ahí. Muy apropiado lo de la violación de derechos para lo que ahora se vive aquí y lo que por allá vivieron no hace mucho a la enésima potencia y podrían volver a vivir. La mano sumergida del soldadito que flotaba muerto boca abajo, con su cráneo y sus derechos humanos en pedazos, parecido a un poco de trapos, recorría la arena como si la estuviera acariciando.

¡Y dale con eso! La mente se me está empezando a comportar raro y yo estoy lejos de ser tan valiente como José Daniel. Pescó y trabajó en mi "consultorio" del corredor, y no sólo con los dientes de la gente. Heredamos los dos el gusto por los diagnósticos, y él, endodoncista y tal, sabe de medicina general y es acertado. Llegaba de la pesca derecho a eso y atendía descalzo, todo flaco y en pantaloneta, sin siquiera ducharse para quitarse la sal. Aunque yo todavía disfrutaba atendiendo a los pacientes, si es que disfrutar es la palabra cuando uno se enfrenta a semejantes problemas endémicos de salud, empezaba ya a sentir el cansancio y me alegraba que José Daniel me disminuyera la carga.

¡Si uno pudiera pensar nada más lo que le diera la gana! Pero no. Imposible. Llega al consultorio la anciana desnutrida, arrugada como un papel, párpados inferiores caídos mostrando la carne blancuzca de la anemia, expresión de tristeza, un manojito de huesos que son sólo su forma vacía, por la osteoporosis. Listo. Se le ayuda tanto como se pueda, y después, inmediatamente después de verla alejarse despacio por la playa, uno piensa en otra cosa y es feliz. Nada de eso. El gesto de la señora se queda y el soldadito sigue flotando bocabajo en una playa, con gran parte del cerebro todavía por ahí cerca. Y es también uno mismo, lo que uno sabe que va a ser de uno mismo. Es la angustia. La ola lo rastrillaba contra la arena, y un brazo roto por otra bala hasta casi desprenderlo del cuerpo se levantaba de forma rara, se levantaba como por su propia cuenta al cielo, con la mano toda retorcida, igual que si tuviera artritis, las uñas llenas de arena.

Ojalá llegue pronto Ester.

Los hijos de Rico están jugando un partido de fútbol con sus amigos en la playa, al frente. El profe es buen entrenador. Parecen brasileritos. Se adornan y todo, pero no son lo que llamábamos "personalistas". Y son rápidos. Antonio fue el jugador más personalista que he conocido en la vida. Me da malgenio todavía. No soltaba la bola ni a palo y era como para sentarse a llorar o ponerse a jugar parqués, mejor, y dejar que hiciera con ella lo que le diera la gana. De los futbolistas de la playa sólo distingo a uno de los hijos de Rico, el que me trajo un día dos mameyes de regalo. Es de los que más se adorna. El día de los mameyes le pregunté el nombre y me dijo que se llamaba Mai, como Mai Taison. Lo escribió en una hoja blanca de *Esta noche me llamo Cleopatra*, la de las dedicatorias, y lo puso tal cual sonaba, Mai "Taison" Rivas, y además con muy buena letra. Del poder y la pesadez del Tyson original no tenía mucho. Mai es delgado y ágil. Le pregunté después a Naila si ella era familiar de Rico, y me dijo que eran primos segundos.

En el potrero de la finca se complicaba lo del fútbol, por lo pendiente, pero lo disfrutábamos como en cancha plana, así nos tocara cada rato bajar a buscar la pelota en el cafetal. Los niños no les dan importancia a esos detalles. El mundo de los niños nunca envejece. Frase. "Ester, envejece la persona, pero no el mundo". Estaba también la piscina en cemento que había en una finca bastante más arriba, donde ya no se daba el café. Sólo pasto, niebla, pinos. Otro país. Pedíamos permiso para bañarnos, nos daban permiso, nos lanzábamos al agua sin pensarlo mucho, nadábamos, buceábamos, nos raspábamos las rodillas contra el fondo rugoso. Ni siquiera nos dábamos cuenta de que teníamos moradas las comisuras de la boca y las puntas de los dedos y de que el dolor de oído nos estaba dejando casi sordos.

En el potrero de nuestra finca se aferraban al suelo lo mejor que podían las dos vacas y los tres caballos que teníamos. Por la región es todavía frecuente que en algunos potreros demasiado pendientes vacas y caballos se descuiden, dejen de tenerse, "desziendan" de prisa y se quiebren las piernas o se desnuquen loma abajo. A nosotros se nos mató así una vaca. Estrella. Llegamos al sitio donde había quedado, los seis, siete con Lito, y empezamos a llorar como plañideras del mejor nivel al pie de la vaca mientras mirábamos los ojos abiertos y ya empañados del animalito, que era todo negro menos la estrella blanca de la frente.

Un tropezón cualquiera da en la vida. *Estrella.* Versión de Alberto Castillo con su dejo deslizado, muy arrabalero. El baile del tango en los salones de Buenos Aires tiene más rituales que la liturgia del zen. Se deshicieron por la humedad los pañitos protectores de mis audífonos y quedaron todavía más incómodos, pero con el excelente sonido de siempre. Les puse un par de gasas aseguradas con esparadrapo, les hice un huequito en el centro apuntándole al oído y algo mejoraron en comodidad, que no en belleza. Ayer oí un buen rato a Daniel Santos y a Odilio González, par de caribeños quintaesenciales, cantando tangos famosos en versión de bolero mientras diluviaba e incluso hacía frío. Una maravilla. Grekna entró y miró con cierto detenimiento la colcha que me había puesto encima.

En la salida de esta mañana de repente me metí a la selva y empecé a caminar hacia el árbol de mi mamá. Hacía ya dos días que no llovía y la trocha estaba relativamente seca. El algarrobo era todavía más monumental que los árboles que lo rodeaban. Caracolíes había, ceibas, abarcos; de los demás no me sé el nombre. Cerca del árbol bajaba de la espesa montaña una quebradita verde y cristalina. Y se sentía la presencia del mar en todas partes, aunque se lo oyera lejos, abajo, y no se lo alcanzara a ver por ningún lado.

Señales de construcciones humanas ya no hay. Se deshizo la casa y después se deshicieron las ruinas de la casa. Si yo hubiera sido persona de rezos habría rezado allí mi par de avemarías. Buen gusto para todo y también para escoger árboles, el de mi mamá.

Una tarde, por los días del avistamiento de los micos aulladores, yo había ido a buscarla y como no la encontraba le pregunté por ella a Adriana, que leía en una hamaca. Le gustan los libros buenos y le gustan los libros gordos. Había traído también Moby Dick, entre otros, por lo bueno, por lo gordo y por aquello de las ballenas.

–Se fue con Rico a mirar el árbol ese.

–¿Árbol?

–Ese donde la vamos a enterrar. No veo la hora. Lástima por mamá Antonia. Está demasiado joven para morir.

–¿Rico la llevó?

–Ella llevó a Rico. Ella es la que sabe dónde queda. Ahora sí, dejáme leer, ¿bueno?

Le dije en mi mejor argentino –que no es gran cosa–:

–Ché, no te ahorco aquí mismo por el cariño que te tengo.

–Cansón. Mala la imitación. Este hijueputa mató a toda esa gente.

–¿Cuál hijueputa? –dije, pero ya sabía yo de quién hablaba –. ¿Ya leíste lo del regreso del príncipe herido?

–¡Qué tristeza!

No pregunté más. Adriana estaba muy indignada con Napoleón Bonaparte, podríamos alargarnos y yo tenía que saber de mi mamá cuanto antes. ¿Hasta dónde el pueblo tiene la culpa de lo que le pasa? Hay enfermos que se crean sus propias enfermedades, cierto, y otros a los que no les da la gana de defenderse de ellas, pero de la peste bubónica, por ejemplo, nadie habría podido defenderse en esa época. Y Napoleón y los otros eran la peste. Fui a hablar con la tía Antonia, por si acaso ella sabía algo sobre lo de mi mamá, y lo poco que me dijo, y sobre todo lo que no me dijo, estuvo a la altura de *Boda clandestina*. Estoy casi seguro de que este fue escrito de punta a punta por la misma doña Corín, que en aquella época todavía se mordía la lengua mientras afilaba en persona sus propios lápices con su tajalápiz personal.

Sentí cierto miedo vago por el detalle de que era mi mamá la que llevaba a Rico. Él es un señor de autoridad y dignidad, pero con mi mamá nadie podía. Rico tampoco se había dado cuenta de que ella era sólo una anciana pequeñita y frágil. La tía Antonia estaba fumando y leyendo en su cuarto, reposada, digna. Afuera, el mar, tranquilo, liso, lleno de sol. La brisa entraba seca y perfumada de sal. Parecía el Atlántico, pero eso no iba a durar. Sonaban a lo lejos los helicópteros. La elegancia de la tía Antonia estaba en la manera de permanecer como plegada sobre ella misma, toda en orden, la moña, el chal, su ancianidad misma, sus noventa y dos años, su sonrisa acogedora, maternal, por la que pasaba el centro de gravedad de la Tierra, su cigarrillo. Todo en su sitio y en calma. La de mi mamá, en cambio, había sido siempre elegancia intensa, exuberante y con espinas, digamos, insomne, inquieta hasta la médula.

Le pregunté a la tía que si sabía algo del árbol.

–Te enterastes.

Siempre me tenía que contener para no ir a abrazarla.

–¿Cómo así, mamá Antonia, que ella es la que sabe dónde queda el tal árbol?

–¡Si te contara, Ignacito!

–¿O sea que...?

–Es que no puedo. Le prometí que no lo iba a contar mientras ella viviera.

Estábamos ya en pleno territorio de Corín Tellado. Casi digo que a mi mamá siempre era que le gustaba mucho joder la vida, pero también me contuve. Usar palabras vulgares delante de la tía era imposible.

–Y como ella decidió que...

–Pero usted no tiene que hacerle caso.

Había estado a punto de ponerme nervioso y sentimental, y tuve que hacer un esfuerzo para recordar que era todo un médico entrando en años. En aquel momento me estaba haciendo falta la compañía del ángel de la guarda, pero estos ángeles, cuando el tipo tiene más o menos treinta años, se cansan de él y lo dan por perdido. A partir de ahí nos toca seguir solos. Y puede que me equivoque con lo de los treinta años, pues si yo fuera ángel de la guarda abandonaría a mi cliente mucho antes, exactamente poco después de que entrara al colegio, que es cuando y donde aparece, con excepciones, la maldad. Mal ángel sería en tal caso, como un perro de ciegos con la maña de irse de repente a escarbar basuras, ladrarles a las llantas, buscar amigas.

–No es sólo Isabel. Es que ya voy estando cansada, Ignacito.

–Cansada –repetí. No se me ocurrió nada mejor y los dos casi al mismo tiempo y con algo de afán, como escapando, pasamos a hablar de la novela. Comentamos esto y lo otro y le pregunté que si estaba segura de que no me podía decir más.

–Al principio Ketty no me.... No sé. Yo no lograba cómo agarrarle cariño, pobre... ¿Cómo que *más*? ¿Te pareció poco?

Le dije que había sido entre poco y nada. En ese momento entró Adriana y dijo:

–Llegaron. Y yo que pensé que se iba a hacer enterrar de una vez.

No duró la brisita que parecía del Atlántico. En la ventana el cielo se había puesto gris, y el horizonte, negro. Sonaba el mar. Viento y gotas de lluvia golpeaban los ventanales. Era el Pacífico. Ahora comenzaría a llover a chorros. En el Chocó llueve, señor. Amainó el viento, cayeron los primeros goterones, el aire se puso espeso. Alumbraron los relámpagos detrás del horizonte. Se dibujaron dos rayos. Empezó a llover a chorros. ¡Cómo me gustan estas lluvias!

Una tarde de aguacero y rayos, cuando los problemas con Grekna estaban al rojo vivo, Claudia se metió en el mar. Cuando estaba en la universidad había pertenecido al equipo olímpico nacional y todavía nadaba por lo menos dos horas todos los días, así que al principio no nos pareció raro que saliera a nadar con semejante aguacero. Entonces los hijos mayores de Rico botaron la lancha y empezamos a sentir miedo. Rafael Alberto estaba blanco y no hacía chistes. "La loca esta", decía. La lancha rugió y se internó en la bruma. La gente se había reunido en la playa a pesar del aguacero y miraba el horizonte negro. Yo esquivaba la mirada de Rafael Alberto, para que no viera el reproche en mis ojos, el juicio, pero creo que ese gesto para él fue todavía peor de incriminatorio. Con tal de que no vaya a llorar ahora, pensé con algo de pánico, sobre todo porque no recordaba haberlo visto llorar nunca, ni siquiera de niño. Y no lloró.

Una hora después apareció Claudia en la grisuranegrura del agua nadando con el mismo brío con el que había salido. ¡Las fuerzas que nos da la rabia y el mucho entrenamiento! Llegaron los hijos de Rico y vararon la lancha como si su salida no hubiera tenido nada que ver con todo esto. Claudia salió del mar, bronceada, pelo más corto todavía que el de Ester, sólida, muscular, atractiva, y fue por su toalla, que estaba sobre un tronco entre el gentío que comenzaba a dispersarse. Se frotó la cabeza con gestos vigorosos de deportista, como si no hubiera nadie mirándola. Ni siquiera se dio cuenta de que la toalla estaba emparamada. Y ella sí lloró, mientras se secaba con furia. Fui a confortarla y cuando la abracé me dijo en el oído: "La puta esa". Temblaba. Mi mamá supo del drama del que había sido protagonista su querida enfermera y de la nadada medio suicida de Claudia a las seis de semejante tarde de tormenta, pero sólo dijo: "¿Y a esta Claudia qué mosco la picaría, pues?" Después habló aparte con ella, con Rafael Alberto y con la enfermera, y quién sabe cómo les dijo lo que les dijo, pero lo cierto fue que mi hermano y Claudia se reconciliaron.

Me sigue asombrando cómo esta mujer, Grekna, se dejó convencer de Rafael Alberto, pues de puta no tiene nada. Se enamoró, así de sencillo, y estuvo dispuesta a desgraciarse con tal de tenerlo, aunque fuera un rato. Y después, a sufrir el infierno en silencio. Yo alcanzo a sentir el calor de las llamas sólo de pensar que me pudiera tocar vivir algo parecido. Qué suerte he tenido. No me reconciliaría jamás. Durante algunos días tuvimos en la casa dos parejas disgustadas y una mujer infeliz, pero entonces el noviecito de mi sobrino logró congraciarse y la boda se reprogramó, con monje y todo, tal como al principio.

Por estos días que he estado solo con Grekna he sentido el antojo o la necesidad de preguntarle por lo que tuvo que vivir con todo aquello. Curiosidad y también para darle la posibilidad de desahogarse. Imposible. Reservada como una pirámide. Mientras hace una y otra cosa me ha contado sobre su pueblo y su familia, me ha hablado incluso de sus exnovios, pero cuando siente que voy a hacerle alguna pregunta incómoda regresa rápido a su profesionalismo.

–Boca abajo, doctor, que lo voy a chuzar.

¿Cómo hacen los mujeriegos para convencer a cada una de sus conquistas de que ella, ahora sí, por fin –créeme, amor–, es la mujer de su vida? Y sobre todo ¿para qué? No la enfermera. Ella sabía bien lo que iba a pasar. Lo de las mujeres es más fácil de entender. Románticas. No por nada tengo en mi computador tres mil novecientos y pico de boleros. Pero ¿ellos? No alcanzan a tocar ni de lejos los límites de una sola y ya quieren muchas más. También románticos, algunos, y amantes del bolero, que prefieren oír y bailar pensando en otra. Conocí a uno que alardeaba de haber tenido hasta ese momento cinco mil mujeres. Una locura, si cierto, una idiotez, si falso. Supe de un señor que se vanagloriaba de haber tenido relaciones con cuatro mil jóvenes y niños. Otro bobo con su falo y tampoco de los románticos. Carne de presidio.

Entonces llegó el monje del zen. Fui con los novios al aeropuerto en calidad de representante de mi mamá, e invité a Alicia, que viene siendo casi nuestra hija. Tomó las fotos con una cámara pequeña y de muy buena calidad que le regalamos Ester y yo cuando terminó el año escolar. Esperábamos ver al monje descender con su *rakusu*, su *shukin*, su *koromo*, su *kasa*, su *jubon*, su *kimono*, su *jiki-tabi* y su *guaraji*, pausado, cauto, solemne, cuidadoso de no enredarse con su propia humilde pompa e irse de narices por la escalerilla antes de pisar el suelo de este denso universo que es el Chocó.

Se bajó, en cambio, un turista muy sonriente, de mediano porte, mediana estatura y mediana edad, con la cabeza rapada, eso sí, y ya humedecida y brillante por la atmósfera del Pacífico. Me saludó de abrazo, de beso en la mejilla a Alicia, y reclamó un morral más grande que él mismo. Después entendería yo la razón de semejante tamaño para una estadía que se suponía corta. Ahí no sólo venía su *rakusu*, su *shukin*, su *koromo*, su *kasa*, su *jubon*, su *kimono*, su *jiki-tabi* y su *guaraji* sino también los pebeteros, la campana, el cojín de meditación y la especie de tambor de madera con forma de gurre que se usa para marcar el ritmo de los sutras, aparte de su poca ropa de civil y dos botellas de bourbon.

La ceremonia debió posponerse por mal tiempo y entonces tuvo que pospsponerse, y al parecer de forma indefinida, no porque el monje se hubiera dedicado a beber, sino porque se dio a caminar por playa y selva y a sonreírles con sus dientes ligeramente volados a las muy escasas personas que se encontraba durante las cuatro o cinco horas diarias que duraban sus excursiones y, de ser posible, conversar un poco con ellas. Playa, montaña, playa, montaña. Iván Saldarriaga, el monje, salía de la selva al mar y entraba otra vez a la selva. Así son las excursiones por estos lados. No hay más opción, si uno quiere caminar largo, pues la marea alta no deja pasar de una bahía a otra a ciertas horas y es necesario agarrar la trocha.

El agua está siempre encima, abajo, adentro y alrededor. Se pasa por todas las gamas del gris y del verde en todo tipo de penumbra diurna, luminiscente, acuática, anfibia. Ranas. Cangrejos amarillo, azul y rojo monte adentro. Huellas de tigre. Iván caminaba siempre sonriente, con su chaqueta verde de nailon y un morral de los que tienen infinitos bolsillos, bolsillitos, bolsillitos con cierre, bolsillos internos de red, bolsillos externos de red, bolsillazos. Tuve uno así. Me la pasaba tratando de encontrar lo que había puesto en él, e insultándolo. Todavía no se usaba lo de la gonococia. O sea que no decía "¡esta goooonorrea de morral siempre es que va a acabar conmigo!" ni nada de eso. Hijueputazos normales. Iba revisando los bolsillos, e insultando, sí, pero sin perder el orden, y me tocaba siempre revisarlos todos, empezara por donde empezara, pues cualquier cosa que yo buscara se las arreglaba siempre para estar en el último. Ahí lo insultaba la última vez.

Le pregunté un día a Iván que de dónde era y me dijo que del barrio Conquistadores, en Medellín. Le pregunté que dónde se había formado como monje y me dijo que en el barrio El Prado, en Medellín. Casi dice Medallo. Brilló Kioto por su ausencia. Como era de esperarse se hizo amigo de mi mamá. Hablaban de temas filosóficos y místicos y al parecer nunca de la boda, pues a las cinco de la mañana el hombre volvía a echar a andar y regresaba bien entrada la tarde, cuando tomaba su única comida del día, copiosa, eso sí, y se iba a hablar con mi mamá de los apegos y de la impermanencia. El apego a la vida, el más grande, supongo. Antonio hijo seguía caminando todo varonil por la playa, con el carnaval que es Yoyito a su lado, sin mostrar impaciencia por la indefinida pospospostura de la boda. Llegué a pensar incluso que en todo eso consistía tal vez la ceremonia: casarse ellos mediante el gesto de dejarnos a nosotros con la enseñanza de que todo está en el aire y no hay solidez por ningún lado.

Entonces una de las señoras vestidas de impecable blanco y siempre sonrientes abrió la cocina del hotel una mañana, cerró el paraguas y lo apoyó en una esquina, donde empezó a formar un charco redondo, encendió la estufa para poner el café, se encendió la pipeta, explotó, se salvó la señora, se destruyó la cocina. Tremenda llamarada en semejante aguacero. La impermanencia, ahora sí, en un universo que de repente se había vuelto de lujo. El humo rojo y blanco entraba con fuerza en el rugido de la lluvia que rayaba el carbón de piedra de la noche con sus diamantes invisibles que se volvían vapor antes de tocar la candela. Ojo. Aquí hay frase con lo del carbón de piedra de la noche. Tengo el hermoso lugar común, tengo el tono grandioso. "Ester, me gusta cuando las gotas de la lluvia como diamantes invisibles rayan el carbón de piedra de la noche, ¿y a ti?" No está mal. Nada se pierde. La señora quedó inconsciente, sin quemaduras, un brazo quebrado, el uniforme ahumado. La pareja propietaria del hotel se la pasaba en Medellín, de modo que el asunto quedó todo en manos en Rico. Después supe que, así estuvieran ellos, todo, en última instancia, quedaba siempre en manos de él. Y antes de que Rico consultara con mi mamá, ella consultó con Rico.

Acordaron que el comedor del hotel funcionaría en nuestra casa mientras se reparaba la cocina. La de aquí es más grande que la del hotel. Mi mamá le reajustó el sueldo a Naila. "Le reajustamos", me corregiría, refiriéndose a ella y a los dueños del hotel, con los que había estado en negociaciones telefónicas. Y las señoras sonrientes, menos la que yo había entablillado, llegaron a trabajar en nuestra cocina, bajo el mando de Naila. Tampoco volvió Carmen, la que había sido cocinera de planta de la casa cuando llegamos. Tal vez había aprovechado la coyuntura para renunciar y escapar de la bondadosa tiranía de Naila. O Naila la había echado. O se había enemistado tal vez con las señoras sonrientes del hotel, no sé. En todo caso no se sintió mucho el vacío de Carmen, que tenía poca gracia física y no sonreía. Parecido a sufrir de sinusitis y faltarle la oreja izquierda.

como tolimense. Olguita, su mujer, había tenido que regresar a Ibagué. En uno de aquellos almuerzos nos entusiasmamos hablando de libros y de fútbol y fui por la botella de ginebra que guardaba para lo que se pudiera presentar. Mi información sobre fútbol es buena, pero sólo llega hasta el último mundial de Pelé. Con eso me he defendido bien hasta ahora. Cubeta con hielo, botellas de ginger ale, plato con limones, cuatro líneas de cocaína que también tenía reservada, pequeñas, extra delgadas, de calidad. Las absorbimos José y yo, y sentaron bien. Dismas sólo tenía el vicio del chocolate y el de mirar. A eso de las seis llegó Iván de su correría por la selva. Sus pequeños actos formaban parte ya de los ciclos del gran Pacífico. A él no le sentaba bien la cocaína, dijo, para él era veneno puro. Con la ginebra, en cambio, nunca había tenido problemas. Pucho de marihuana ya en la playa, cortesía de José, y los cuatro, los cinco, contando el perrito, manejamos las horas, los temas, la yerba, la perica, la botella, los chocolates –que Dismas había traído de su país, muy buenos–, pasando de la playa a la casa y de la casa a la playa según lloviera o escampara, hasta llegar a un amanecer lluvioso y de luz como de vidrio esmerilado. Leí en algún lado que los perros no deberían comer chocolate ni zapallo. Veneno para ellos, igual que la cocaína para Iván. El perrito de Dismas comía chocolate. Llegó, pues, el amanecer, sin música, sin gritos, sin carcajadas que buscaran sonar por encima de la lluvia. Iván, que tampoco tenía problemas con la hierba, no había hablado de la impermanencia ni de los apegos sino de la pizza siciliana que había aprendido a hacer y también de que el buda histórico había muerto de disentería sangrante tras ingerir un plato en mal estado que le había preparado uno de sus más fieles seguidores. Iván pasó de una cosa a la otra como si fuera el mismo tema, tal vez por las dos poderosas aspiradas que le había dado al cigarro, y yo pensé en pizzas vinagres con rodajas verdes de pastrami. "¿Pizza?", pregunté, todo gracioso, y él se rio como si el chiste hubiera sido bueno. A veces nos quedábamos callados, cómodos, contentos con el sonido del mar y de la lluvia. Antes de acostarme, ya de día, el agua gris sobre la que se desplazaban lluvias de un gris más claro me hizo sentir contento todavía. El mundo aquí es de tantos y tan distintos grises como colores tiene en otras partes. Quién tuviera siempre los ojos que se necesitan para verlos.

Esa noche Dismas contó que una vez había conversado con una niña como de ocho años que pasaba todos los días frente al hotel, camino de la escuela, con su morral de Hello Kitty en la espalda. Me gusta tu peinado, le dijo Dismas, y la niña le contestó que se lo había hecho la tía. Eran unas trencitas terminadas en chaquiras de colores. Le preguntó que dónde vivía y la niña dijo que en su casa. ¿En el caserío? Sí, señor. Se puso de repente muy seria y dijo que su hermanito había perdido una pierna por una mina y su mamá estaba con él en el hospital. "Al principio se le llenó de gusanos el ñuco, pero ya no tiene gusanos". ¿Y eso dónde le pasó? preguntó mi amigo y ella señaló las montañas. ¿Y qué estaba haciendo tu hermanito por allá? Peleando, dijo la niña, y con la misma sencillez agregó que su hermanito tenía catorce años. Yo tengo diez, dijo. Hablaron entonces de las materias que estudiaba, y ella le pidió que le dijera algo en inglés. Mi amigo le habló en alemán y la niña sonrió y le preguntó por lo que quería decir. "Dije que me gusta tu peinado de chaquiras", explicó Dismas, y supongo que la niña volvió sonreír, feliz. Después yo le explicaría a Dismas que ñuco quería decir muñón. Para "muñón lleno de gusanos" ya no necesitó traducción.

Mi amigo es periodista. Había traído una cámara de las de trípode. El fotógrafo cubre cabeza y cámara con una tela negra antes de obturar. Dismas me explicó que el formato grande del negativo da más detalle. Son costosas, como costosos son los negativos. Fotografió con ella los equipos de fútbol y también con una cámara digital pequeña, para mostrarles las fotos a los jugadores. Vi hace poco las de la cámara de trípode, que hizo revelar en Alemania. ¡Y qué bonita se ve esa gente, una hilera en cuclillas, otra de pie, todos sonrientes! Blanco y negro. En ellas se ve lo que Dismas ve y además quiere ver en estas personas. No aparecen el miedo, la rabia, la derrota. Están, pero no aparecen. El brillo del pelo liso y muy negro de los integrantes del equipo sí aparece en las fotos de Dismas, el porte compacto, la luz de las sonrisas, y atrás, la selva y los ríos donde han vivido desde hace muchos siglos. En las fotos se ve un grupo de personas, no de indígenas ni de indios. A pesar de los uniformes deportivos, los supo retratar en su permanencia, en su resistencia y en su territorio inmemorial, que son los mismos de la humanidad.

Trajo la serie del campeonato y también la que tomó en el hotel de un señor de apellido Arango Arango Arango, en una playa selvática no lejos de Nabugá. Por aquí decir "selvático" no orienta demasiado, pues todo es selvático. La de Arango era una playa todavía más trasmano que esta. Mejor ponerlo así. Excelentes fotos las que tomó allá Dismas. Desde que llegamos habíamos venido hablando de ese paseo, pero siempre se atravesaba otro y le cambiábamos la fecha. Cuando ya iba a llegar la nueva fecha, aparecía alguna otra cosa y, lo mismo que pasaba con la boda, el paseo de Arango volvía a posponerse.

Acaba de irse la señora Otilia. Tiene angina pectoris muy fuerte y está triste por sus achaques, pero no asustada ni angustiada. Me dijo que se despertaba juagada en sudorsh, el corazón se le bamboleaba en el pecho que usted no se imagina y sentía mucha moridera. Un bypass coronario le daría otros años de vida, pero bypass dónde, cómo, cuándo, con qué y sobre todo para qué. Estaría mejor muerta. Eso no debí siquiera haberlo pensado. Yo sé bien que ese asunto no es de mi competencia, que es soberbia, y así y todo mi deseo es que se muera pronto. De habérmelo ella pedido, y aunque no le faltara ya mucho, le habría ayudado.

–¿Con quién vivís, Otilia?

–¿Yo? Con la negra y mis canes.

–¿La negra?

–La Negra Soledad.

Desde hace años se le viene acumulando calcio en las coronarias. Le pregunto si alguna vez ha pensado en llevar un estilo de vida diferente, con más ejercicio y menos consumo de grasas, y me contesta que aquello del cambio en el estilo de vida le parece fantástico para ciertas personas, lo mismo los aeróbicos, pero no para todo el mundo.

–¿Y tus patrones?

–Me dieron dos millones de pesos y santo remedio.

–¿Santo remedio?

–Se olvidaron de mí.

Me lo sé de memoria. En el tratamiento de la enfermedad coronaria debemos hacer énfasis en el cuidado personal. Realizar una actividad aeróbica durante veinte a treinta minutos cinco días a la semana, para mejorar la salud cardiovascular. De existir lesión es preferible realizar actividades que no requieran el uso de la articulación o del grupo muscular lesionado, con el fin de preservar la función física y permitir la recuperación. Según el caso se administran anticoagulantes y otros medicamentos o se recurre a la cirugía.

Con qué elegancia nos expresamos en esta profesión.

Preferí no mencionarle nada de eso, muy en particular lo del grupo muscular. Ella era piel, mucho líquido, mucha grasa, y grupos musculares no tenía. Quién sabe cómo estaban los huesos. ¿Ahora qué hago yo?, pensé. ¿Recetar aspirinas como en los chistes de médicos malos? El señor con la pierna gangrenada a quien le dicen que se tome dos de estas pastillas cada ocho horas, guarde reposo y beba mucha agua. Había estado lloviendo fuerte cuando ella llegó y acaba de escampar, pero yo me sigo sintiendo encerrado. Antonio podría mandar la nitroglicerina y algunos analgésicos fuertes.

–¿Vos tenés la dirección o el teléfono de tus patronos?

–Cambiaron de teléfono. La dirección.

Le pasé un papelito y me dijo que no sabía escribir. Me dio una dirección. La apunté.

Ni siquiera habían tenido la decencia de enseñarle a escribir.

–Les voy a escribir y ellos te van a mandar los remedios. ¿Cómo se llaman?

Era un señor Mejía y una señora Uribe de Mejía. Los apunté.

–¿Segura de que es en Bogotá?

–Diagonal a la Porciúncula.

–Pásate por aquí en tres o cuatro días y te doy los remedios que ellos te van a mandar para el dolor de pecho.

Les escribí a los patronos, queridos señor y señora Tal y Pascual. Les dije que eran unos hijueputas, doblehijueputas, engendros de cloaca. Caminé un poco por el corredor. Seguí avanzando con la carta, rápido, aunque la rabia me estuviera perjudicando el estilo, por la monotonía. En cada párrafo decía lo mismo que en el anterior. Insistía en lo doble, triple, tetra y recontra mal nacidos que eran, y eso no en mi letra horizontal y casi ilegible de todos los días, sino con rasgos claros, angulares. Puse la longaniza de insultos en un sobre, firmada y con mi sello, cosa que no debí haber hecho nunca, y se lo entregué a uno de los hijos de Rico para que lo pusiera al día siguiente en el correo, en Bahía Solano. Iba a armarles un escándalo grande, así dejara mi licencia en el camino igual que las botas que casi me arrebata aquella vez el pantanero. Llamé a Antonio y le pedí los medicamentos. Rafael Alberto, en plenos amoríos playeros con su propia mujer, me pasó el teléfono de un abogado laboral. El abogado me dijo que le resultaba imposible tomar el caso en este momento. Me dio el número de otro abogado. Llamé y la secretaria se fue a hablar con el doctor. Volvió. Me dijo doctor, gracias por esperar. El doctor dice... Y se fue la señal. Esto no iba a poder manejarlo desde aquí y no quería involucrar a Ester, que ya tenía bastantes asuntos encima. Llamé otra vez y ya no contestó la secretaria ni nadie.

Rafael Alberto parecía enamorado y a Claudia se la veía tranquila, como si el asunto de los cuernos se hubiera acabado ahora sí para siempre. Él se había dejado de chistes, señal de que era sincero. En los enamorados el humor entra en hibernación. Menos mal yo sólo estoy apegado. Si hubieran envenenado con arsénico a uno de los dos, o a los dos, habrían culpado a la enfermera, como en Agatha Christie, la lectura preferida de mi mamá en la finca, donde teníamos la colección completa. Tuve la sospecha de que mi mamá precisamente había hablado con la feliz pareja, pues acortaron la luna de miel y regresaron a Medellín. Grekna tuvo que haber respirado con alivio por primera vez en mucho tiempo.

Mi mamá leía Agatha Christie sólo cuando estaba en la finca. Era lo único que leía estando allá. En la casa de

Sabaneta, que compramos de contado a muy buen precio cuando decidió que era hora de volver, leía asuntos más serios. Se suscribió a periódicos y a revistas de arquitectura, de jardinería, de modas. Después empezó a leer los periódicos internacionales por Internet. De vez en cuando se sacaba un ojo con el inglés de algún artículo científico y me decía oíste Ignacito, serví para algo, ¿sí? ¿Qué es lo que están diciendo estos aquí?

Le interesaban los artículos sobre el Dalai Lama, o sobre el calentamiento mundial, o sobre especies que reaparecían después de creerse extintas, o sobre los Homo sapiens neanderthalensis, humanos de segunda categoría aniquilados por el Homo sapiens sapiens. Casi tres sapiens, como el Arango. Para eso, sobre todo, aniquilar, nos ha servido lo del doble sapiens. Una de las máquinas de guerra de Leonardo, con cuchillas de guadaña que giraban como hélices, cortaban las piernas de los enemigos a la altura de los tobillos. En los pastizales de los campos de batalla irían quedando los pies cercenados, ya anónimos y sin dueño, que durante un rato moverían todavía los dedos bajo el sol. Un genio.

Me alegró el regreso de la familia a Medellín, por lo del colegio y la universidad, aunque fue raro volver sin Lito, tanto que a veces le parecía a uno que seguía por ahí entre nosotros. Como si hubiera preferido quedarse fronterizo con este mundo, para conocer la casa de Sabaneta y pasar unos mesecitos más con la familia antes de irse a su paraíso arábigo, abundante en leche condensada y prostitutas bellas a las que no había que darles plata para que le mostraran los senos. Adrianita dijo que lo había visto ya dos veces en la casa y una vez en sueños, parado en el estribo del tractor que se lo llevó.

Que lo mató, mejor dicho.

A Lito le gustaba montarse en el estribo del tractor de obras públicas que usaban en la vereda para arreglos de caminos y carreteras. Se subía, se agarraba de uno de los tubos y hacía con la boca el ruido del motor del tractor, pero muy bajito, para que nadie lo oyera. A veces les ayudaba a los obreros a palear tierra, cosa que le gustaba, o a levantar cargas pesadas. Sudar, hacer esfuerzos le gustaba. Entonces el tractor se metió en un charco más hondo de lo previsto, se volcó como en cámara lenta y muy, muy sencillamente, con naturalidad, digamos, aplastó y mató a Lito. Fue como si Dios lo hubiera llamado de afán. Sin preaviso. "Al joven del tractor lo necesito aquí, pero es ya ya, pantier". Pum. Diciendo y haciendo, que es como hace Dios.

Otra vez plañeron los plañideros infantiles del mejor nivel, pero con mucha más angustia todavía que a la muerte de Estrella. Mi mamá se mantuvo atenta. Entre la intensidad de los sentimientos, la imaginación y la teatralidad algunos niños son capaces de cualquier cosa. El sitio en el cementerio lo escogió ella: tranquilo, alejado de los corredores más transitados. Cuando volvíamos de vacaciones, las niñas y Bernarda iban a ponerle flores. También íbamos nosotros, pero no poníamos nada. Los hombrecitos no ponemos flores. Yo me quedaba de pie frente a la tumba, grave, con algunos barros y espinillas, no demasiados tampoco, recién salido de la adolescencia, la voz igual a como la tengo hoy, sopesando los pros y contras de las distintas facultades de medicina. No estaba seguro de pasar a la Universidad de Antioquia. Miraba la lápida de Lito, el ángel y el ramo de lirios en bajo relieve sin verlos mucho en realidad, por estar pensando en el examen de admisión. No me atraía ninguna de las universidades privadas. Le decía a todo el mundo que no me convencían sus pénsumes –y tal cual lo decía, pénsumes–, pero el motivo de fondo era la necesidad que yo tenía de sentir que estaba con la gente. Como si los estudiantes de las universidades privadas no fueran gente. ¡Y lo que sabría yo de pénsumes de medicina!

Bernarda llevaba las flores viejas a uno de los basureros y ponía agua limpia y flores nuevas. Duvalier y la niña no iban al cementerio. Bernarda estaba cada vez más delgada y dinámica. La niña parecía haber seguido comiendo terneras y lo que aumentaba en gordura lo aumentaba en pereza. Y Duvalier había cambiado de colores, pero no de forma. Lo primero fue que pelo, patillas, bigote y vellos de los brazos se pusieron blancos. Eso fue de repente. Un año rubio, el año siguiente, blanco. Tuvo dos años de capilares blancos y entonces pelo, patillas y bigote se pusieron negros, como tinturados con betún para zapatos, mientras los vellos de los brazos se le quedaban blancos. Mejor hubiera usado betún amarillo o café para salir del blanco, algo menos drástico, pero tal vez se quería parecer todavía más a los cantantes y actores mexicanos de cine, a quienes admiraba mucho y de quienes había copiado desde joven el sombrero, el bigote y hasta las botas y la camisa. Ellos se tinturan con betún negro. Y mientras pasaba por esas transformaciones de color, Duvalier se mantuvo macizo como siempre y tan perezoso como su hija adoptiva o un poco menos.

Entre tinturada y tinturada de Duvalier terminé bachillerato y pasé a medicina en la Universidad de Antioquia. Se puede decir que Ester y yo estamos juntos desde que empezamos la carrera. También se podría decir que todo empezó por el trasero y las piernas, es decir por el caminado, pero la vida no es tan sencilla. Con seguridad algo tuvieron qué ver las manos y, muy especialmente, los ojos. Me pregunto ahora si una cirujana oftalmóloga de ojos especialmente bellos podría crear dudas entre algunos pacientes. Pensarán que la doctora había elegido la especialidad como consecuencia directa de la belleza de los ojos. "¿Qué voy a estudiar..., a ver..., qué voy a estudiar...? ¡Ya sé! ¡Adivinen!". Algunos pacientes habrán pensado que con semejantes ojos y esa figura tiene que ser incompetente. O que "de esa con ojos tan bonitos yo no sé, me da como cosa, marica. Eh, yo mejor de ella no me dejo operar. A mí", dirán, "demen una oftalmóloga fea". Lo que pasa es que los ojos de Ester, como diría doña Corín, son penetrantes. Amarillos. Claros e incisivos, casi duros, casi masculinos de lo puro incisivos. No son de mariposario, y ahí sí es donde entran en juego las rodillas y la involuntaria cadencia del cuerpo, que de masculinos no tienen absolutamente nada. Demasiados contrastes para un modo de ser como el mío, que desfallecía. Nos sentimos los dos desfallecer, eso fue lo bueno, y nos fuimos a la cama.

Casados ya en el primer semestre por todos los medios posibles, que eran dos en ese tiempo: civil y católico. Nos habríamos casado también por lo agnóstico; por lo esquimal, por lo que hubiera, por el zen, para no ir tan lejos, pero en ese tiempo en Medellín no había monjes del zen ni siquiera en el barrio Prado. Curitas había. Siguió el chorro de años de la carrera. Siguieron los años de separación por mi viaje a Nueva Orleans, con visitas conyugales en las dos direcciones. Ester se especializó en Medellín. Ester se ligó las trompas a los treinta y cinco sin imponerme la obligación de hacerme operar también, lo cual en teoría habría tenido sus ventajas. "Él está operado", dicen de los gatos. "El doctor Ignacito está operado, te podés acostar con él tranquila". Pero no. Soy más fiel que San Joaquín, que a su vez es más fiel que perro embalsamado.

La casa de Adriana en Miami no tiene manzanas verdes de adorno en ningún frutero, pero hay floreros que parecen presentarse ellos mismos con discreción y lámparas puestas en el sitio donde luce al máximo su propia sencillez y la belleza de todo lo que iluminan. Mucho equilibrio, buscando siempre quedar del lado del color. El que recién la conozca podría pensar que su casa es como ella, un poderoso caos de color sin equilibrio de ninguna especie. El mismo San Joaquín parece a toda hora como distraído por su casa y su mujer. Los jamones serranos él los cuelga en la cocina y ella los recuelga para que queden bien, a la altura precisa, de modo que les de buena luz y se vean todavía más antojadores. Abajo en el mesón mantiene plato, pan, cuchillito afilado y botella de vino caro con su copa, para facilitarle la vida a San Joaquín, que agarra el cuchillo cada vez que pasa y se lleva un trozo de jamón, pan y casi siempre la copa con vino.

San Joaquín es piloto de jet comercial de una aerolínea de las grandes, ni más ni menos, y mi hermanita no ha tenido nunca necesidad de trabajar y se ha podido dedicar de tiempo completo a ponerse cada día más bonita, a tener animales, a embellecer sus casas, a contarle a todo el mundo que se cayó de cabeza a las baldosas, a seguir molestando a mi mamá y viceversa, a buscarnos pleito y a decirnos barrabasadas.

Hagamos cuentas.

En una época tuvimos dos bobitos fronterizos: Lito y la hija de Bernarda, que cada rato se me olvida... Osiris; tuvimos tres personas que habían estado solas en el mundo: Lito, Bernarda y Osiris. Después se casó Bernarda y murió Lito, de modo que quedamos uno y uno. Por ese tiempo las cinco mil gallinas de los cuatro galpones se volvieron sancocho o arroz con gallina, no recuerdo cuántos de cada uno, y seguimos uno y uno. Ojalá hayan quedado bien las cuentas hasta ahí. Después se casó Gloria Isabel y tuvimos uno y uno y un piloto aficionado. Entonces, con el matrimonio de Adriana, tuvimos uno y uno y dos pilotos, uno aficionado y con tendencia a estrellarse y a las bancarrotas y otro profesional y con tendencia a tomar vino y sidra, verter la sidra desde lo alto sin derramar una gota, comer jamones y embutidos y subirse el colesterol y los triglicéridos, pero tampoco nada como para preocuparse todavía y no mucho en el futuro, pues al fin y al cabo el infarto es a veces la buena muerte. Puede ser también terrible.

–Oíste, Joaquín. Y si te da un infarto allá arriba... ¿qué?

–El copiloto se encarga del avión y las azafatas del piloto –dijo mi cuñado Roberto Maldonado Parnell, que estaba con nosotros ese día. Roberto habla parecido a la señora Otilia, claro que grueso, no delgado, casi aflautado, como hablaba ella.

–Mañana te traigo el electro, para que dejes de joder –dijo San Joaquín.

Ya no dice "jorobar".

Cuando Adriana y Joaquín estaban en Medellín yo los visitaba con frecuencia y llevaba un pan francés muy bueno que vendían cerca del hospital. Joaquín hace buenas tapas y mantiene buenos vinos. Creo. Yo soy de los que compra vino por el precio. El de cincuenta mil, tinto, es mejor que el de cuarenta mil, tinto. En los restaurantes a veces pido "vino rojo". El mesero me pregunta "¿tinto?", y como es obvio que ya me había entendido, le digo que no, que no quiero tinto sino vino.

"Traje al mundo al segundo Fénix de los Ingenios", diría mi mamá. A los pobres meseros les toca sonreír por cuanto chiste malo les hacen los clientes, pero ¿quién lo mandaba a preguntar lo que ya sabía? Voy a tenderme un rato boca abajo en la cama, a ver si descanso. Lo malo es que en esta postura se adelgazan por todos lados los pensamientos, se evaporan, se disuelven y se queda uno dormido. Mi capacidad para las siestas no venía bajita y ha aumentado. Abro los ojos y es... esto que no es niebla ni lluvia. La playa llena de basuras y en un parpadeo otra vez es pura y al parecer cada vez más amplia y brillante. Todo corre tan rápido que la playa está limpia y sucia al mismo tiempo, es de día y de noche al mismo tiempo y está siempre lloviendo y haciendo sol. Había abierto los ojos y estaba lloviendo y haciendo sol, y seguí viendo cosas que tenían su toque de rareza hasta que me di cuenta de que estaba dormido y soñando que estaba lloviendo y haciendo sol y me tenía que despertar. Acabo de hacerlo con mucho esfuerzo y algo de pánico. Se me cayó la colcha y tengo frío. Ya tengo menos. Ya no es día y noche al mismo tiempo, por lo menos no aquí. Es de noche y suena el mar. No está lloviendo. Suena también una de esas lanchas que pasan veloces con su luz por la bahía oscura, moviendo drogas o armas o quién sabe qué a la una y diez de la mañana que es ahora.

Una noche, cuando todavía estaban todos aquí, me dijo Rico:

—Doctor, mañana por la mañana mejor no camine hacia el lado de los canadienses, si va a caminar. Yo sé que usted a veces sale todavía de noche. Espérense que sean siquiera las siete si de todas maneras quiere ir por ese lado.

—Listo, Rico. No camino hacia allá —dije y no quise preguntar más. Lo agradeció con una de sus sonrisas apenas esbozadas. Rico se entera de muchas cosas. Es parte de su trabajo. Quién sabe quiénes estarían embarcando o desembarcando quién sabe qué por el lado de los canadienses. Los mismos canadienses, tal vez. También me dijo Rico que les había hecho una advertencia parecida a mi sobrino y a Yoyito, que se alejaban demasiado en sus caminadas. Mejor no ir lejos por estos días, les dijo, porque el orden público iba a estar complicado.

–Nada para alarmarse, doctor, a ustedes nadie los va a tocar, pero mejor no exponerse sin necesidad.

Entraron Yoyito y mi sobrino y les dije que habíamos estado hablando precisamente del rey de Roma.

–¡Hooola, zapatín con cola, doctor Ignacio!

–Qué ha habido, don Yoyito.

–Con su permiso, doctor.

–Nos hablamos, Rico.

–¿Le contaste, belleza?

–No, Yoyo. No le he contado –dijo mi sobrino, muy seco, como siempre que Yoyito usa términos como belleza, amor y cariñito delante de nosotros.

–¿Qué me iban a contar?

–Adivina adivinador, doctor.

–Que no van a poder caminar lejos.

–¿Caminar? Nooo. Si yo lo que estoy es volando, ¿no, amor? Adivina, adivinador. Póngale. ¡Que la semana entrante es la boda, doctor Ignacito! ¡Por fin, por fin, por fin!

Aparte de los soldados que se esfumaron aquella vez cuando yo me iba acercando, no se había visto nunca nada raro por estas playas. Estaban, eso sí, los mismos jóvenes de siempre con las mochilas donde tal vez cargaban revólver y que no se dedicaban a nada preciso, aparte de entrar a la selva y salir de ella. Los pescadores pescaban, pero de día, y ya por la tarde no volvían a salir en sus lanchas. Por las noches sonaban otras. Naila hablaba y a veces cantaba en voz baja en la cocina. Todo estaba igual que siempre, pero Rico nunca hablaba por hablar. Algo estaba pasando sin que nosotros, afortunadamente, lo supiéramos.

Llegó por fin, por fin, por fin, el día de la boda e Iván usó todos los cacharros que había traído. Es excelente músico y actor. No tiene buena voz, pero la usa bien y es rítmica. La cambia para cantar y le suena frágil, incluso cascada, como si saliera de un cuerpo más viejo que él. Algunas cosas las canta en japonés antiguo, otras en sánscrito. La campana de bronce, con figuras de budas y elefantes, tiene forma de cuenco, está sobre un pequeño cojín en el piso y produce un sonido profundo y constante cuando Iván hace girar por el borde el palo recubierto de fieltro rojo con el que lo toca, sonido que combina con golpes propiamente de campana. Un niño del caserío, de ojos muy grandes y unos doce años, al que varias veces yo había confundido con uno de los de Rico, sabía tocar el gurre de madera. No sé a qué horas aprendió, pues yo nunca lo había oído. Nació aprendido, tal vez.

Yoyito se portó muy bien. Le sentaba la sobriedad de su vestido de lino blanco. Parecía un esbelto joven aristocrático de alguna dinastía china. Me sorprendió su compostura. Estaba nervioso. Casi no hablaba, cosa rara en él, que es una cajita de música y me quedo muy corto. Antonio hijo, cuadrado de espaldas, reservado como siempre, se casó con camisa hawaiana de flores rojas de hibisco sobre fondo negro, una bermuda gris oscuro más abajo de las rodillas y zapatos de lona blancos. La lista de prendas y su descripción nos la había dado el mismo Yoyito pocos días antes. Para los arreglos florales mi mamá usó follaje y flores de la selva. Y como era de esperarse cayó un gran aguacero antes durante y después la ceremonia, que se celebró en la sala.

Solemne, humilde, importante, la cabeza recién afeitada, vistiendo su *rakusu*, su *shukin*, su *koromo*… Iván dio comienzo a la ceremonia. Desde el estrépito del agua su voz, como de ultratumba –pero no de una ultratumba triste, sino de una sin edad, sin tiempo– y mientras sonaba continuamente la campana, se trepaba luego de unos como golpes insistentes, urgentes, de vocales de japonés antiguo, alcanzaba una especie de cúspide, cima, o sima, no sabía uno, y de repente se silenciaba dejándonos a todos en vilo en medio del sonido del aguacero y de la campana, que también había aumentado la intensidad de sus vibraciones hasta alcanzar un rugido profundo. Mi sobrino y Yoyito estaban de pie, al frente, muy serios, sin tomarse de la mano. El niño que había nacido aprendido remachaba cada golpe de vocal japonesa con uno de gurre y aumentaba la urgencia del cántico, su insistencia. El gurre se silenció tan abruptamente como la voz y, por encima de todo, flotó entonces, mezclado con el rugido de la campana, el sonido de la lluvia y el mar, que también habían nacido aprendidos.

Casados quedaron.

Le pregunté después a Iván que si había sido en el barrio Prado donde le habían enseñado tanta figurita y me dijo que había estudiado música varios años en Bellas Artes y que los cánticos, la campana, las maromas con el incienso, las inclinaciones, la manera incluso de sentarse y de pararse durante las ceremonias, las había aprendido en San Diego. Nunca le dije que yo había estado en eso durante varios años, y así no tener que explicarle las razones por haberlo dejado, pero creo que él lo sabía, tal vez por el toque de inocencia y de indiferencia que seguramente se sentía en mis preguntas.

–¿Atrás del centro comercial? Te la has pasado de barrio en barrio.

Me dijo que San Diego, en California, con un maestro discípulo del gran maestro Suzuki, pero que en Prado había aprendido lo que para él era lo más importante de toda la joda.

–¿Susuki como los carros? –pregunté.

–Susuki como los carros.

Hasta ahora Iván había caminado sin problemas por playas y selvas. Su amabilidad, la sonreidera, incluso la dentadura ligeramente volada, al parecer le daban inmunidad. Iván habría sido muy capaz de acercarse a alguna lancha de cuatro tipos que embarcaran o desembarcaran cocaína o armas y conversarles como si estuvieran subiendo plátanos o bajando pargos. Y un día no regresó de su caminada de la tarde. Hablamos con Rico. Mi mamá opinó que debíamos salir a buscarlo. El plural la incluía a ella.

–Él sabe lo que hace, doña Isabel, créame –dijo Rico con tanta seguridad que el asunto quedaba así zanjado. Si Rico estaba tan convencido era porque Iván sabía lo que hacía. Lo mismo pensaría mi mamá, pues no dio órdenes de que llamaran a los jardineros encargados de llevarla en andas.

Iván se había quedado acampando en plena selva, no lejos del famoso algarrobo. Su explicación fue simple. Quería sentir la noche profunda de la selva y ver nacer de ella la mañana. A Rico el asunto no le hizo mucha gracia.

–Don Iván lo que quiere es que se lo coma el tigre –dijo–. Y después me toca a mí responder. Doctor, por favor dígale que eso no se puede hacer, ni tampoco las caminadas raras. No se lo quiero comentar a la señora Isabel, para no molestarla. Usted es su amigo. Si va a quedarse en la casa, el señor tiene que atenerse a lo que yo diga. Y si va a caminar, que salga con uno de mis hijos, que lo acompaña con mucho gusto y ni siquiera le va a cobrar, o nada más lo que don Iván quiera darle. Yo sé que él no es primerizo para estas cosas. El hombre conoce el monte, pero está abusando, me parece a mí. Aquí los tigres malucos son otros.

Semejante discurso viniendo de una persona tan callada no era largo, era inmenso, y daba ya una idea de su preocupación.

–Tiene razón. Yo hablo con él.

Lo del tigre no era sólo un dicho. Yo había visto sus huellas en mis caminadas, huellas no muy grandes tampoco –como las de un San Bernardo, por decir algo–, pero un tigre pequeño también alcanza a pegarle su buena arañada y sacarle sangre a cualquiera, por budista que sea. Y había quienes habían visto al animal salir a la playa y tenderse a recibir el sol con la tranquilidad de un boxeador famoso en Miami Beach o de un todavía joven accionista de la empresa maderera canadiense en alguna playa de Ibiza o de Belice.

Nos hicimos bastante amigos, Iván y yo. Él había sido minero artesanal, ni más ni menos, aquí mismo en el Chocó, pero en la región del Atrato y muchísimos años atrás, en su primera juventud. De ahí las confiancitas que se daba con la selva, que tendría por qué tenerle ojeriza, odio, mejor dicho, pues Iván le había destruido no pocas hectáreas de sus árboles.

–Hace poco volví por esos lados. Comparado con lo que es aquello ahora, lo de hace cuarenta años era el paraíso.

Yo estaba muy sorprendido con su historial de minería.

–¿Cuántos años tenés vos, pues?

Sonrió.

–Ponele.

–Cincuenta y cinco. Noventa cuando cantás.

–Hay que sumarle diez.

Le pregunté que si debía sumárselos a los noventa, y otra vez sonrió. Se tiraba uno un pedo y él se reía; eructaba y sonreía. Como a Alicia, todo lo que yo hacía o decía le causaba gracia.

—Vas a durar más de cien años.

—¿Creés?

—Si antes no te agarra alguien en una caminada de las tuyas. Te pican con la motosierra y te dejan para alimento de hormigas. Esas hormigas de por aquí son capaces de llevarse una mano completa árbol arriba. Iván, no podés volver a salir solo.

—Una vez me picó una hormiga bala... ¿Fue que hablaste con Rico?

Dije que ajá y él dijo que ya iba siendo hora de volver a Prado. Comenzó entonces a describir el dolor de la picadura de la hormiga bala. No las llaman así por lo rápidas. Es tortura. El dolor, como la bobada, se mide por números. La picadura de la hormiga bala alcanza cuatro puntos algo en la escala del dolor, el puntaje más alto del mundo para picaduras de insectos. La abeja común sólo llega a dos. El nombre científico da una idea de lo que se siente. Paraponera clavata, que no sé lo que significa, pero duele de sólo leerlo.

—Es un dolor inmediato insoportable. Duele tanto que si te chuzan ahí mismo con la punta de un lápiz afilado no lo sentís. ¡Y da como un temblequeo!

—¿A vos te picó una de esas?

Dijo que sí.

—¿Dónde?

—En el codo... En la selva. En Nicaragua.

No quise preguntarle qué había estado haciendo en la selva en Nicaragua. La conversación podía volverse a ramificar, fácil, fácil. Era capaz de resultarme exguerrillero o algo. Estábamos al final del día y yo empezaba a sentir cansados los hemisferios cerebrales. Iván se dio cuenta de mi fatiga, puso cara de preocupación y se despidió con venias hacia cada uno de los puntos cardinales. Cuídate, me dijo. Fue la primera vez, aparte de la boda, que lo vi haciendo venias litúrgicas.

Los días que siguieron al matrimonio resultaron problemáticos para los recién casados. Yoyito es un ser raro y me quedo corto. Es un extraterrestre. Parece ahora y a los setenta años va a seguir pareciendo un joven chino, o vietnamita o filipino o coreano o japonés o camboyano o indonesio o laosiano. Ojalá no se me haya olvidado nadie. Es un posadolescente eterno. Tiene algo de marciano en su psiquis y su modo de ser y de joven romano antiguo decadente, por sus brotes esporádicos de promiscuidad incontrolable, casi siempre disparados por el alcohol y por su propensión natural a dilapidarse. Parece ser que muy poco después de la boda, justo el día antes del supuesto regreso de Iván para el barrio Prado –donde un día habría alcanzado la iluminación, creo, o alguna clase de iluminación en todo caso, eso es seguro–, Yoyito se fue al escondido para el caserío, que celebraba sus fiestas anuales, empezó con el ron y cayó por segunda vez víctima de uno de aquellos brotes.

Durante las fiestas se oyó reguetón puro tres días con sus noches y a volumen que alcanzaba a llegarnos a la casa y mortificarnos a todos, menos a la tía Antonia, que estaría durmiendo como si nada con las perlas de los aretes metidas en los oídos. Sus orejas eran un poco alargadas, como las de los budas. Las perlas, auténticas, valiosas, de brillo gris azuloso, bloqueaban el canal auditivo y dejaban la música por fuera. Si acaso aquello es música. Si lo es, es la del fin del mundo en este trópico donde el final de los tiempos se anuncia con plásticos en las playas, música de retardados arrechos y bebés con cola de cerdo. Otra vez tengo este dolor en la boca del estómago y este sabor amargo. Música con cola de cerdo. Bebés que nacen chillando muy fuerte y son como rencorosos de expresión, pero en realidad están ya casi muertos. ¿Dónde quedaron mis audífonos? Creo que soy el único de mi familia y del resto del mundo que supo lo de las perlas en los oídos. Mis hermanos estaban muy apegados a la tía, pero era yo quien más la observaba y pasaba más tiempo con ella, aparte de mi mamá, claro, que nada supo nunca sobre el uso que desde hacía ya bastantes años su hermana les daba a los aretes. Aquella había sido la solución bendita, me dijo la tía, para el ruido que había empezado a hacer Isabel por las noches.

Los negocios son insomnes y la gente que los trabaja se vuelve tan insomne como ellos. Por ejemplo, mi mamá. Antes, cuando estaba de lleno en eso, eran los negocios los que le quitaban el sueño. Los disfrutaba, pero le quitaban el sueño. Después, ya digamos jubilada, le quitaron el sueño los pequeños proyectos que mantenía, la piscina, o un estadero de madera y techo de palma, caro él, que hizo al lado de la piscina, o sus bibliotecas y demás obras de beneficencia. Nunca se le olvidaba nada ni se le quedaba nada en el tintero. Aquí empezó a insistir otra vez en lo del viaje a lo de Arango cuando a todo el mundo se le había ya olvidado y a pesar de que Rico no parecía ya muy convencido de que aquello fuera a gustarle. Y aquí se me atravesó el antojo de oír a Alci Acosta, así deba levantarme para ir por los audífonos, muy despacio, del chinchorro que me regaló Iván. En la sala, me parece que están. Cuando Iván me dijo que había sido hecho por los wayúu admiré primero el hermoso chinchorro, que él extendía con las dos manos al frente suyo, para que yo lo apreciara mejor. Fondo azul profundo, como de tarde-noche, estrellas de color amarillo quemado y cuadrados verdes casi fosforescentes. Admiré el chinchorro y después lo miré a él con cierta curiosidad.

–Lo compré en una de mis caminadas –dijo.

En alguna parte de la espesa selva mi amigo le había comprado a alguien un chinchorro tejido en el otro mar, más de setecientos kilómetros al norte, donde los desiertos llegan hasta las playas y el viento seco hace sonar las bolsas plásticas azules engarzadas en los cactus. Así era casi todo con él.

Después de haber sido aplazada varias veces se le puso fecha firme a la excursión a lo de Arango Arango Arango. Ya Rico me había descrito el sitio, advirtiéndome de que aquello no era del gusto de todo el mundo y sólo se podía apreciar bien si uno lo conocía en persona. Era hotel, pero allá casi nunca se alojaba nadie y a Arango al parecer no le importaba. No estaba interesado en tener huéspedes, pero mantenía todo como si fuera un hotel funcional. Camas tendidas, cocina lista para recibir comensales. Y todo lo hacía él mismo. Barrer, desempolvar, echar insecticida a las seis de la tarde en las cuatro habitaciones, para que los zancudos que ya había murieran y los que tenían intenciones de entrar reflexionaran.

Hasta ahí todo normal, más o menos. Pero no había agua corriente sino de aljibe y aunque la cocina parecía lista, no lo estaba. Ollas e instrumentos todos brillantes y en su sitio, pero alimentos no había. Ni un grano de arroz. Cuando llegaban posibles huéspedes, Arango les decía que si traían con qué alimentarse bien podían quedarse, pero que la cocina estaba cerrada por vacaciones del personal o por mantenimiento o por alguna otra razón. En caso de que insistieran les advertía que luz eléctrica apenas había dos horas diarias a causa del invierno. Él mismo se cocinaba en una estufita de leña en la cabaña donde vivía.

–¿Entonces qué es lo que usted alquila, pues? –preguntaba alguna señora, toda desabrida, supongo.

–Todo lo que usted puede ver, señora.

Reconocimos el sitio desde lejos. Habíamos pasado frente a muchas bahías y todas las playas tenían detrás la selva, monótona cuando se la mira desde la lancha, uniforme, estéril en cierta forma, si uno puede decir eso de una selva. Y entonces apareció el parche con flores, tamarindos, cocoteros, mangos. Urantia, se llama. Según Arango, es el nombre que le dan los extraterrestres a la Tierra, el Planeta Azul. "Yo quería hacer un santuario a orillas del Pacífico", me dijo. "Muy difícil, pero me fui involucrando en vegetación, vegetación, vegetación, que me gusta mucho, muchísimo, entonces así empezó la idea de Urantia sin saber demasiado bien para dónde iba. Quería que llegaran las aves, los cangrejos, todo, todo, todo a nivel vegetal y animal. A mí me da miedo pensar. Prefiero estar haciendo cosas desde por la mañana sin pensar".

Tal vez por ser triple Arango tenía la tendencia a repetir dos o tres veces, por énfasis, algunas palabras. Ni mi mamá, ni tampoco Iván Saldarriaga, que por esos días seguía desempeñándose como su mentor en el budismo, dijeron mucho durante todo el recorrido, al parecer pasmados por lo que veían y oían. Sólo un hablador puede callar a otro hablador y sólo un hiperactivo es capaz de rebasar y dejar viendo un polvero a otro hiperactivo. Y al quedarse ellos callados, me vi de repente convertido en el entrevistador, o moderador más bien, del hiperactivo de Arango durante lo que llaman tour, que consiste en ir a un sitio, caminar y mirar todo, con o sin la presencia de una persona que describa lo que uno por su propia cuenta ya está viendo.

Aquí íbamos a necesitar esa presencia.

Se puede empezar por cualquier parte. El cementerio, digamos. Arango tenía un camposanto santo y también un camposanto réprobo. En el campo santo propiamente dicho, con filas de cruces blancas plantadas en diagonal, como las de Omaha Beach, sólo que llenas de jardín, estaban: Gandhi, Maradona, Pelé, Cortázar, Engels, César Vallejo, Martin Luther King, Pambelé, el ratón Pérez, Melville, Monzón el boxeador, Robin Hood, Dimas, Gestas, Muhamad Ali, James Brown, y muchos otros. Ah, sí, María Magdalena. Eso en el camposanto santo. Los réprobos estaban afuera, en un camposanto para malos que se pegaba al de los buenos como si hubiera sido cosa de ellos mismos, para ver si de pronto los dejaban entrar. La verdad era más cruel que eso. Era para señalar el hecho de que estaban afuera, igual que los cementerios de suicidas de los antiguos cementerios católicos. Sólo hay réprobos si hay santos y viceversa. Si los enterraban lejos habrían quedado con cementerio propio, la diferencia entre réprobo y santo se perdería, dejarían mejor dicho de ser réprobos, y no era esa la idea. La idea era que los atormentara su maldad.

En el camposanto de los malos las cruces estaban pintadas de un café coprológico parecido al del pupitre que usé cuando estudiaba en el pueblo vecino de nuestra finca. Cruces puestas por ahí de cualquier modo, plásticos azules y negros engarzados en la maleza, esquinas donde parecían haberse arremansado pedacitos de icopor, trozos de leña a medio quemar, kleenex sucios y colillas de cigarrillo. Pero lo que más había era mierdas de perro.

Arango tenía, como todo el mundo, perros cazadores flacos, tres, y al parecer los llevaba a que hicieran sus necesidades en el cementerio de los réprobos o los había entrenado para eso. Tiene que ser, pues abundaban, lo que se dice abundaban, en distintos grados de frescura o resecamiento. En este camposanto estaban, entre muchos otros: Rommel, Gestas –por algún motivo estaba en los dos–, Videla, Pinochet, Wagner, Walt Disney –ese me asombró–, Monseñor Builes, los hijos de Osama Bin Laden, doña Bertha Hernández de Ospina Pérez –con travesaño más largo, por la longitud del nombre–, los hijos del rey Lear, el Ayudante Comemoscas de Nosferatu –dos travesaños– y varios de los ayudantes comemierdas del padrecito Stalin, con sus nombres en cirílico y todo. Reinaban el mal y la mediocridad, es decir El Mal. Por eso no estaba Hitler. Nos explicó Arango que Hitler había sido horror puro, el dios del horror, pero que peores fueron sus secuaces y admiradores, el mal amorfo, el más terrible e insidioso, el que sólo es sombra viscosa del mal real y es su servidor y lo propaga, el que engendra como de un pantano la cobardía y la crueldad máximas, el horror insoportable. No había malos de maldad autónoma en ese cementerio. Nosferatu no estaba, pero sí su ayudante. También estaban, entre mierdas de perro, Laureano Gómez y Ospina Pérez, sombras, según Arango, de Mussolini, Franco y Hitler. Estos últimos eran los que Eran, mientras que el par aquel, Laureano y Ospina, fueron apenas dos de entre sus millones y millones de pajes espectrales. "Y si yo no me pongo las pilas, mi hermano", me dijo Arango ", todos estos con cruz de caca habrían pasado frescos al olvido después del mal tan grande que hicieron".

El cementerio de los buenos tenía las cruces en sesgo y hasta ahí le llegaba el parecido con el de Omaha Beach. El jardín que Arango le había sembrado ya no dejaba ver el orden geométrico de las cruces. Los balazos, las enredaderas florecidas, las heliconias florecidas, los almendros de los que colgaban canastas con helechos o con geranios florecidos lo cubrían y ocultaban. Nunca nos habríamos dado cuenta si Arango mismo no nos lo hubiera señalado. El orden de fondo que coexiste con el desorden de la exuberancia corresponde a los buenos; el caos de cruces torcidas y jardines entecos y malolientes, el rencor, el retorcimiento, la falta de ambiciones grandes, a los malos.

Dismas Wenzel se alegró al ver la tumba del buen ladrón en el cementerio de los buenos. Le tomó fotos y nos explicó que en alemán Dismas era Dimas y que si bien en su país en tiempos pasados vivieron algunos Dismas que pasaron a la historia –mencionó tres o cuatro– el día de hoy en Alemania, Suiza y Austria él era tal vez el único con ese nombre. Hubo también un Dismas checo, compositor, y, aparte de esos, el amigo Dismas Wenzel sólo sabía del buen ladrón, que no era alemán ni checo. Nunca pensé que se le pudiera tomar tantas fotos y de tantos ángulos a una cruz blanca que en ella misma no tenía nada de especial. Algo que había logrado Arango aquí era la misma uniformidad de las cruces de los soldaditos. Y le sembró jardín por cariño, precisamente, para contrarrestar el frío como de neón de morgue que produce aquella monotonía. Vi después las fotos de Dismas. Yo había estado equivocado. La novedad no está en las cosas sino en la forma de mirarlas. "Ester, la novedad no está..."

Recorrimos el cementerio de los malos y el perrito popoció por los lados de la cruz de Ospina Pérez. "Muuuy bien, muuy bien", dijo Dismas Wenzel, con una de sus sonrisas "malvadas", cuando el perrito podenco terminó el asana de defecar, que en todas las especies es desagradable y feo sin remedio. Al rastrillar la tierra con las patas traseras, que es el movimiento final de esta postura o la postura final de este movimiento, el perrito le disparó arena a la tumba de El Esclavo Comemoscas de Nosferatu, que estaba cerca. "Muuy bien" volvió a decir Dismas.

Perros defecadores que hayan entrado a la historia cultural de la humanidad hay uno solo, que yo sepa. En el grabado de El Buen Samaritano, a Rembrandt se le ocurrió poner un perrito a cagar en primer plano –tan primero que al principio no se lo ve–, mientras atrás se desarrolla la escena bíblica de la llegada del hombre todo aporreado al mesón. Gran, gran, gran artista, diría Arango Arango Arango. No muy felices habrían de estar los señores de la Iglesia cuando vieron al perrito pujar en mitad del cuadro. Rembrandt tiene alma de reportero gráfico, igual que Goya. La curiosidad objetiva y compasiva de los buenos reporteros se ve clara en los autorretratos, donde Rembrandt pinta sin hipocresías su propia vanidad cuando joven y orgulloso, y su desgaste y resignación cuando le llega la hora de descuadernarse todo y morir. Y siempre con humor, incluso cuando aparece viejo y con frío. No derrotado, pues él tal vez sabía lo que había hecho, pero sí cansado y más bien desilusionado.

Mi mamá se cansó en lo de Arango y quiso volver a la casa. Creí entender lo que le pasaba, mejor dicho, me di cuenta de que Rico había tenido razón. El sitio era fuerte, de mucha energía, buena y mala, como Arango mismo explicó durante el tour, y no todos los turistas la aguantaban.

–El algarrobo ya me está llamando, Ignacito.

Poco después de embarcarnos vi que no era cansancio, pues ella de pasear no se cansaba, ni que estuviera abrumada por lo que había visto ("qué loquito ese señor tan flaquito, tan chiquito y simpático", me dijo después), sino otra vez la diarrea. Y no dio espera. Grekna y Yoyito se encargaron de todo, actuaron rápido y ni una gota de nada cayó dentro de la lancha. Grekna, siempre previsiva, había traído una sábana, que nos hizo sostener a babor y estribor.

Conozco sólo cuatro términos marinos, pero que son los más importantes en la historia de la navegación: babor, estribor, proa y popa. Cinco. Irse a pique es otro. Remo es otro. Nos indicó Grekna que miráramos siempre hacia la popa, es decir a Rico, y nunca, nunca, hacia adelante, donde estaba mi mamá. Las otras lanchas habían recibido órdenes suyas de navegar detrás de la popa de nosotros, para que tampoco desde ellas se pudiera ver nada de lo que ocurría tras la sábana, como quien dice entre bambalinas. No hubo ni siquiera ruidos. Rico recibió la orden de navegar a media máquina, cuarto de máquina, mejor dicho, y mientras íbamos digamos que a muy pocos nudos o fracciones de nudo –también ese lo conozco, pero no tengo idea de qué tan rápido es un nudo– algo pasó detrás de la sábana, algo que jamás conoceremos a ciencia cierta, aunque tampoco es difícil de imaginar. Uno pensaría que nudo es medida de "amarre", lo cual es todo lo contrario de velocidad. Sería más bien una medida para señalar el grado de repulsa a navegar de un navío o cualquier tipo de resistencia. Los candados se medirían por el número de nudos, cuarenta nudos, setenta nudos. Yale.

–Pueden bajar la sábana, doctor –dijo Grekna.

La bajamos y allí estaba mi mamá como si nada en su Rimax, bastante pálida, eso sí, pero digna y a la vez afable y completamente segura de ser, con diarrea o sin ella, la máxima autoridad de la familia en general y de este paseo en particular. Miraba el mar al frente, como si no hubiera pasado nada, y de repente señaló hacia el horizonte y vimos el lejanísimo surtidor de una ballena.

—Ahora sí acelere a lo que dé, don Rico —dijo Grekna. Me gustaba que le dijera don, igual que Alicia le decía doña a Naila y a Grekna y a todos los mayores.

—Con prudencia, Rico. No es para tanto. Tampoco hay que ser exagerados —dijo mi mamá, con voz más débil de lo que ella misma habría querido.

Le prescribí el mismo tratamiento de la vez anterior.

—Yo quisiera morirme de dengue o lesmaniasis y no de una bendita diarrea. ¡Y ahora me vas a poner a tomar agua, que es lo único que sabés hacer!

—Correcto. Mucha agua. Se dice leishmaniasis.

—Qué seriote que sos.

—Única en este planeta que me ha dicho eso.

Los ojos le chispearon a pesar de la diarrea. Hablar con ella era caminar por un campo minado, pero se aprendía. No se podía bajar la guardia. El margen para autocomplacencias era nulo, y esa era la diversión. El juego me entretenía y de vez en cuando salía bien librado, aunque no ahora. Mis respuestas habían llegado lastradas por la seriedad, por la vanidad. Además, se me había notado lo mucho que me preocupaba lo débil que ella estaba.

—¿Cómo la vistes? —me preguntó después la tía Antonia.

—La soltura es casi tan fuerte como la que tuvo en Medellín. Y no sé qué se la pudo haber causado. Para mí que fue ese cementerio.

—Es la vejez. ¡Y todo lo que nos falta!

—Cierto. Usted tiene salud de hierro, mamá Antonia.

—De vacaciones, Ignacito. Todo lo que nos falta. No llevamos ni un mes.

Las dos cosas que más nos habían intrigado de la tía Antonia cuando éramos niños eran las mismas que ponen a pensar hoy a los niños: ¿por qué que no se casó? ¿Por qué ella y mi mamá han vivido siempre juntas? A estas preguntas los niños de hoy agregaron otra: ¿Usted por qué es tan vieja? No se casó, contestaba, porque no quería dejar mandarse de ningún hombre. A ella el papá la había tratado como se trata a una flor, e Ignacio papá había sido casi peor de caballero. ¡Dígame, joven, si me voy a poner yo a dejarme mandar de hombres que no les dan ni a los talones a esos dos señores! Y vivían juntas, explicaba, porque eso era lo natural: ¿Con quién más iba a vivir, pues, niño? Y a los buchones irrespetuosos de la nueva generación que tenían el atrevimiento de preguntarle por qué era tan vieja, les contestaba, con una medio sonrisa que uno habría pensado maligna si no hubiera venido de ella:

–No se preocupe, niño, que para allá va usted.

Ayer se murió Otilia, la señora que hablaba como bogotana. Ella ya llegó. Yo me quedé con los dos perros cazadores. Mejor dicho, Rico se quedó con ellos. A lo que yo me comprometí fue a comprarles el concentrado y que coman igual de bien que los labradores color chocolate de Chapinero. Pero Rico es quien administra la comida y sus perros andan todo el día con él, y así, ¿quién controla el concentrado? Nadie. Lo más probable es que vayan a seguir tan flacos como venían, pues la comida que compro, distribuida entre todos, incluidos cerdos y gallinas, no va a alcanzar para engordar a ninguno. Mientras Ester esté no va a haber problema. A ella no se le pierde un grano de nada, y los dos perritos la quieren. Cuando ella esté viviendo aquí van a olvidarse de Rico y a agarrar brillo, que no carnes.

Cheo Feliciano dice: "En otros entierros las lágrimas son de mentira y las flores son natural. En los entierros de mi pobre gente pobre, las lágrimas son de verdad y las flores son de papel". En el de la señora Otilia todo fue de verdad, el aguardiente, las flores, el dominó. Lo que no hubo fue dolor, ni auténtico ni falso, aparte del mío y el de Ester, verdadero pero superficial comparado con el que habrían sentido los parientes. Sólo ellos sienten dolor profundo por nosotros, llegada la muerte, y la señora Otilia parientes no tenía.

Naila Rivas ya me había descrito lo que es un velorio en el caserío. Antes de embarcar al difunto para el pueblito vecino, donde está el cementerio, lo pasean en una especie de parihuela, desde la desembocadura del río, en un extremo de la bahía, hasta donde hay una casita abandonada, en el otro, pasando por la escuela con la hélice eólica dañada, para que el difunto se despida de todo lo que hay entre esos dos extremos. Eso después de haber estado cantando, bailando, bebiendo y jugando dominó la noche entera. Entonces ponen al muerto en el ataúd, ponen ataúd y muerto en la lancha y les dan Evinrude hasta el cementerio. Los que quedan hacen la réplica de una tumba en la casa, que desmantelan después de nueve días, cuando se apagan las velas y se retiran los adornos, las sábanas, el cristo. Se encienden de nuevo las velas y ya no queda nada. El espíritu del muerto ha emprendido el camino hacia el otro mundo.

Los del caserío participaron todos en el velorio. Desde aquí alcanzaron a oírse los cantos de las mujeres la noche entera, lejos, mezclados con el ruido del mar, con la voz del mar, como dicen, sobrecogedores. ¡Qué animales espectaculares somos los humanos! La muerte a mí me escribió y la carta aquí la tengo, pero no sé lo que dice, pues la letra no la entiendo. Así cantaban, todavía muy tarde en la noche, las señoras. Ester había venido de Medellín para acompañarme y asistir al entierro. Le dimos plata a Rico para aguardiente, cerveza, ron, cigarrillos y cosas de comer, mecato, pues iba a llegar mucha gente, como siempre en estos velorios, aunque el muerto hubiera sido persona solitaria, sin parientes. Ya le habíamos dado para el ataúd. La señora Otilia había sido todavía más sola en el mundo que Lito. "Pasabocas", habría dicho ella, e incluso "canapés", nunca "cosas de comer" y mucho menos "mecato". Estuvimos un par de horas en su destartalada casa, animada ahora por el gentío, y me tomé una cerveza al frente, en la playa, con algunos de los dolientes a los que nada les dolía, mientras sonaban las fichas de dominó con ese repicar que traigo en la memoria desde siempre y me suena a marfil, aunque las fichas sean de plástico. "No hay cadáver dentro de ella. No hay cadáver dentro de ella. Solamente la acompañan, solamente la acompañan, de luto las cuatro velas, de luto las cuatro velas," cantaban las señoras. Aguacerazo. Corrimos de vuelta para la casa destartalada. Jugué un partido de dominó y con mi torpeza enredé a todo el mundo, pero a los médicos todo se nos perdona. Me quedó la satisfacción de haberle ayudado a morir a la señora Otilia sin que sintiera casi ningún dolor, y eso se lo debo a Antonio, que me hizo llegar siempre a tiempo los medicamentos.

–Estos funerales afrocolombianos son fantásticos –dijo Ester, ya en la casa, en una imitación perfecta de la señora Otilia, mientras se quitaba el impermeable amarillo sol poblado de gotas que brillaban en la semipenumbra del corredor.

En la mañana, ya sin lluvia, se hizo el recorrido con la difunta para que se despidiera de la playa antes de embarcarse. Cantaron con ella mientras la paseaban por la arena ancha, gris brillante, llena de sol; la embarcaron, la enterraron y hasta este momento nadie ha vuelto a saber de ella, aparte de un señor, Justino, que la ha oído llamar a sus perros desde la selva. "Vengan, mis niños", grita la señora Otilia. "¡Penélope, ven! ¡Veeen, Penélope. ¡Zeus! ¡Zeus, ven! ¡Veeen Zeus!"

El señor Justino goza del don de percibir el inframundo y sufre de las hemorroides. Su imitación de la señora Otilia llamando a los perros le erizaría los vellos de la nuca a cualquiera. Según Justino, cuando la señora Otilia los llama, los perros empiezan a aullar más de terror que de nostalgia y ni sueñan con ir a encontrarse selva adentro con su dueña. Y es verdad. No la oímos a ella, una lástima grande, pero sí a los perros, cuando hay viento a favor, igual que oímos las motosierras. Han aullado un poco más que de costumbre, pero nada demasiado sobrenatural tampoco, me parece, teniendo en cuenta que estos animales son de por sí aulladores.

A Justino yo le estaba prescribiendo un tratamiento con caléndula y cambio de dieta, pues las pomadas eran demasiado costosas para él.

–¿Cambio de dieta? –preguntó, alarmado.

–Pescado al vapor. Verduras. Cero chicharrones. Cero patacones. Así. Frutas.

–¿Así, doctor? ¿Vapor?

–Mayor ingesta de fibra. Pan integral.

–¿Ingesta?

–Huevos duros, hervidos.

–Ajá...

–Cortarle al ron.

Era una conversación entre extraterrestres de diferentes planetas, pero yo entendía su desconcierto. ¡Pescado al vapor! "Oye, negra, preparáme un pescadito al vapor ahí, ¿querés?, que es para las almorranas".

–Y de paso se le hace un bien a esa presión tuya, que está medio alta.

Cuando debo recetar así, por cartilla, me desdoblo. Me separo del cuerpo, me elevo, como las ballenas de mi mamá, y me miro desde el cielo raso dando consejos absurdos con toda la seriedad del mundo. Y oigo voces. "¡Al vapor! Vos tráeme el vapor y yo te hago el pescadito ese. ¿Querés los patacones también al vapor? ¡Si es que es de beber que tenés el culo como lo tenés!"

Otra vez se impuso el tema del sistema gastrointestinal. Y bien largo que lo tenemos. Solamente los intestinos miden casi diez metros y a eso hay que sumarle el estómago, el esófago y hasta los dientes. Llevamos a todas partes nuestro paquete largo de excrementos, al banco, a las reuniones de padres de familia, a los bautizos, a las reuniones de las juntas de acción comunal, a las dos cámaras del congreso. Soltamos el producido más o menos una vez cada día, nos limpiamos y a pesar de eso nos creemos los chachos del asunto todo, los preferidos de la Creación. Después de la segunda diarrea que sufrió aquí en el Pacífico, la de los cementerios de Arango, mi mamá perdió peso y quedó demacrada. La diarrea nos baja los humos. No somos polvo, somos agua.

–Se especializó usted en salir de las diarreas, mamá. Ya estoy pensando en cambiar de ramo. La radiología aburre, comparado con esto. Doctor Ignacio Gutiérrez. Tratamos diarreas seniles e infantiles –dije, dándole cierto énfasis a la palabra seniles.

Mi mamá estaba abatida, pero combativa, y me dijo que tuviera cuidado o me volteaba el mascadero. Un guarapazo es igual a un guanabanazo e igual a un cocotazo e igual a voltearle a uno el mascadero. Durante toda nuestra infancia mi mamá nos amenazó con voltearnos el mascadero y a ninguno se lo volteó, al fin de cuentas, todos lo tenemos más o menos derecho. Los problemas normales de mordida. Cuando salíamos corriendo después de hacer algún daño nos tiraba cepillos, zapatos, jabones, lo que tuviera a mano, y a veces nos daba en la cabeza, donde fuera. "Déjense pegar, niños, y salimos de esto", decía de pronto, dulce, cansada, convincente, después de perseguirnos un rato por cuartos y corredores. Nadie se entregaba. Habría sido deshonroso. Y cuando lograba agarrarnos –tenía reflejos– había digamos un noventa por ciento de posibilidades de que no nos pegara duro: dos palmadas simbólicas, caricias en realidad, y nos dejaba ir. "No te acabo porque me da pesar", decía. El diez por ciento restante lo usaba, y con fuerza, para mantener el terror y con él la diversión. Joven mamá todavía en los cincuentas, nada solemne, gozaba lanzándonos los jabones, y más todavía si lograba pegarnos con ellos. Mientras tanto la tía, leyendo en el cuarto, se reía con la misma calidez de siempre, aunque por esos años con risa un poco menos ronca. En la contraluz de su puerta, y entre el humo azul de cigarrillo, aparecía de repente algún niño de ojos desorbitados.

–Aquí ni sueñen con esconderse o soy capaz de ganarme un zapatazo.

El niño de ojos desorbitados hacía un gesto de desesperación y se esfumaba.

Aquí en el Pacífico algunos de nuestros niños, en piyama, pasaban un rato todas las mañanas a conversar con la tía Antonia, igual que habíamos hecho nosotros. Sabía preguntarles por sus vidas sin cuestionarlos ni sermonearlos. Incluso Adriana conversaba un momento con ella todos los días, le contaba de sus asuntos y le oía los consejos, que nunca seguía, como no seguía ni los míos ni los de nadie.

Los consejos de la tía Antonia tenían siempre por allá en el fondo el ligero perfume de sus novelas.

–Él te quiere mucho, Adrianita, vos lo sabés. Lo que pasa es que somos todos humanos y tenemos nuestras... cosas.

"Dos cosas, y grandes, son las que tiene el huevón ese", le habría contestado Adriana a cualquier otra persona que le hubiera dicho aquello en ese momento. Se quedó en silencio. Parecía incluso estar meditando en lo que le había dicho. Y era que San Joaquín por fin le había largado un guarapazo, guanabanazo o cocotazo y ella acababa de comentarlo con la tía. ¡Por fin había ocurrido! Nadie le dijo nada a Adriana, por supuesto, pero a todos nos alumbraron los ojos de satisfacción y hasta de alivio. El guarapazo, guanabanazo o cocotazo, fue corto, preciso y no dejó marcas. Quirúrgico, digamos, o tal vez sería mejor compararlo con los famosos palazos del zen o con la acupuntura. En un avión del tamaño de los que maneja San Joaquín hay que ser exactos para todo, pues cualquier equivocación se lleva alrededor de trescientas almas para el más allá, incluida la propia. Si le hubiera aplicado el guarapazo, con rabia o con torpeza, Adriana le habría arrancado los ojos. Cuando se enfurece no hay quien la pare. Adquiere don de lenguas para herir en lo más sensible y hondo, como si estuviera endemoniada. Se enloquece del todo, mejor dicho.

Después del incidente Adriana lloró dos días con sus noches mientras el mar seguía con el tema musical en el que viene insistiendo desde hace miles de millones de años. Dejaba de llorar para comer y seguía llorando.

–Déjenla, déjenla, que eso le va a convenir –decía mi mamá–. Fue que su papá la mimó demasiado. Y además todo se lo empezaron a disculpar con el asunto de la caída.

–Es decir, ¿usted afirma que Adriana no se le cayó de cabeza contra las baldosas?

–A nadie le conviene que le peguen –dijo Ester, y eso que estima a San Joaquín, como todos nosotros.

–Afirmo. ¿La bebita? Sí, pero… –dijo mi mamá.

–¿Se le cayó o no se le cayó?

–Bueno, estábamos en la cocina…

–¿A las baldosas?

–¿Y fue que te dio por andar de Perry Mason?

Yo habría podido decir "no más preguntas por ahora, su señoría", pero mejor todavía era quedarme callado. Tengo que preguntarle a Alicia si ella sabe quién es Perry Mason. Lo dudo. El cine y la televisión –los medios audiovisuales, como dicen algunos, con tanta sencillez– envejecen y mueren rápido y sin dejar demasiada huella.

–¡Su papá la malcrió toda!

–Difícil le habría quedado malcriar sólo una parte.

–Estás sobrado hoy, ¿cierto? –dijo mi mamá.

Malcriarlas es lo que hacen los papás con las niñas si son las menores de muchos hijos. Cuando iba a visitar algún enfermo mi papá subía a Adriana al caballo y recorría con ella un pequeño trecho. La niña se agarraba del cabezal y empezaba a decir arre arre baballo. Después el pobre Lito debía traerla cargada a la casa, muchas veces entre alaridos y pataleos. Y eso había sido antes de la caída, lo cual apunta al endemoniamiento congénito. La caída tal vez se lo empeoró, no sabe uno.

–Ella es caprichosa porque ha sido mimada por la vida, pero es un alma noble –decía la tía.

Alma noble, no hay duda, y emotiva. El enredo de Adriana con los animales viene desde que tiene uso de razón. Desde hace mucho tiempo, mejor dicho, porque uso de razón nunca ha tenido. Vivíamos en la finca todavía cuando le regalaron un ganso chiquito, un gancitoj. Parecía relleno de algodón y se movía como si fuera de cuerda. ¡Qué amor el de la niña por el ganso aquel, que empezó a crecer y crecer hasta que se convirtió en un monstruo! Uno no podía acercársele a Adriana porque el animal empezaba a silbar como un cisne malo, una criatura de algún espantoso jardín de delicias, una culebra emplumada. Sólo en las fincas pasan estas cosas. El ganso paró de crecer, a Dios gracias, pero se volvió cada vez más apasionado y violento, hasta que tuvo una muerte difícil en las mandíbulas de Dantón, uno de los perros de la finca. Los dos traían una fuerte enemistad desde hacía rato y muchas veces nos había tocado separarlos a manguerazos. Hasta que un día el odio escaló a tal punto que los dos decidieron no hacerle caso a la manguera y zanjar el asunto de una vez y para siempre, así los siguieran emparamando. El ganso se defendió como demonio medioeval que era, y Dantón, a pesar de su tamaño y poderío, tuvo que aplicarse a fondo. Ganso y perro se sentían los dueños de Adriana, de modo que fue una pelea a muerte por celos. Plumas en el aire, picotazos que hicieron daño y sacaron sangre, pero al final no llevaron a ningún lado. Gruñidos infernales del perro, que casi pierde el ojo derecho en la pelea, silbidos no menos infernales de la culebra emplumada, estrangulados y silenciados al fin por las mandíbulas, que sólo volverían a aflojar mucho rato después, cuando el perro se calmó un poco y por fin entendió que se había quedado sin enemigo. La niña gritaba, quítenselo, quítenselo, ¡Dantón, no!

–Siquiera acabó Dantoncito con ese ganso hijueputa –dijo al rato Duvalier donde la niña no pudiera oírlo –por miedo de ella, que desde niña fue temible, o tal vez por respeto a sus sentimientos–. A Adriana todo el mundo la quiere y, así sea sangrando o haciendo sangrar, también ella quiere con pasión a todo el mundo.

Adriana tiene en Miami una guacamaya azul, amarilla y roja que le ha durado bastante, comparada con loros anteriores. El animal sabe reproducir las sirenas de la policía y el pito aquel de los camiones cuando reversan. "Oigan, oigan, allá está la boba esa reversando", comenta Adriana. Uno de sus perros, Ronco, parecido al podenco de Dismas Wenzel, no hace mucho se salió de la casa y acabó bajo las llantas de un carro en pleno Coral Way. El joven que manejaba el Corvette no se voló. Parado al lado del perro, le explicaba una y otra vez a la poca gente que se había reunido que el animalito había salido de pronto de una calle y él no había tenido tiempo de frenar. Adriana, sin parar de lamentarse y de llorar, lo consoló como a un niño.

La relación de los seres humanos con los loros comienza por los pericos. Después de algunos desastres con ellos pasamos a loros de mayor envergadura. El primer perico de Adriana murió durante un partido de béisbol que jugábamos con los niños locales en uno de los paseos de la familia al Golfo de Morrosquillo. Palos de palma macana hacían de bates; tapas de gaseosa, de bolas. La macana transmite poder. Después yo jugaría con bates de béisbol, que también se sienten bastante bien en las manos, pero no se comparan con la magia de aquella madera durísima con la que se fabricaban los pasamanos o chambranas de las casas de tapia y de bahareque. Son las famosas Macanas de las Chambranas. Cuando éramos niños jugábamos a confundir a los más chiquitos para que terminaran diciendo las chambranas de las macanas. A ver, repita, las… cham...branas, muy bien, de las… ma... El niño se aturullaba todo y

que es digamos la sucursal principal. Ficus enorme en el
solar, que Adriana mira y cuida como si fuera una persona.
Le habla. Me gustan los ficus de Miami, y se han ido acabando. Los cubanos fueron ocupando los barrios que
habían sido de estadounidenses de medianos recursos y lo
primero que hacían al comprar una casa era tumbarle el
ficus. Producen mucha basura, dicen. Las hojas del ficus
para ellos es basura. Tumban el árbol y le vacian cemento
al patio. Ponen cuatro o cinco enanos y algunas matas en
materas y lixto Calixto, no más basura. Cae un ficus en una
casa, cae en la siguiente y el barrio se vuelve territorio de
mucho cemento, enanos pintados, hongos con lunares azules, el barrio se vuelve cubano. Los "americanos" huyen. Se
van para Tallahassee, donde pueden tener sus umbrosos
jardines con hongos y enanos del gusto sureño y existir sin
oír ningún idioma distinto del inglés sureño, o se van para
Gainesville, donde van a ver caer y acumularse las hojas de
los ficus en los patios frescos, oscuros, adornados con cha-
tarras de automóvil o de cortadoras de pasto, en una
penumbra libre por completo de voces que se llamen a gritos en español y de música que suene a volumen alto en
equipos de sonido que parecen importados de otra galaxia.

Los sureños aquellos votaron por Nixon, por Reagan.
Algunos, no se sabe cuántos ni quiénes, son miembros del
Ku Klux Klan y guardan las vestiduras de sus delitos aplan-
chadas y colgadas en los clósets. En el sótano, las linternas,
las sogas, los rifles. Para ellos los cubanos y puertorriqueños
son niggers, así sean blancos y hayan votado también por
Nixon y por Reagan. Recuerdo el chiste que me contó un
compañero puertorriqueño de Tulane. A un compatriota
suyo que pasaba en su carro por Alabama, un redneck
gordo, grande, de chivera amarilla y chaleco de cuero lo

insulta en un supermercado. "¡Fuera de mi camino, maldito nigger!", le dice. El puertorriqueño, muy digno, le contesta que él es puertorriqueño, míster, no negro. "Me importa un comino la clase de nigger que sea usted", contesta el gordo. Pero lo que hacía reír a mi amigo y donde para él estaba lo mejor del chiste fue que se lo contó a un compatriota independentista, muy politizado, y su amigo se ofendió. Le dijo que cómo podía, que cómo se le ocurría a él, un puertorriqueño, reírse con semejante historia.

Relincha el caballo de Rico en un pastizal que le abrieron a la selva en la montaña. Relincha y come pasto y nunca mira el mar verde gris que se extiende abajo con halos blancos alrededor de las islas y, alrededor de los halos blancos, otros de un verde muy claro, alumbrando todo. Rico lo usa para trabajos del hotel y para visitar un plantío de piñas que tiene algunos kilómetros al norte y son las más aromáticas y dulces que he probado nunca... Llevo demasiado tiempo en esta hamaca. Tal vez si camino un poco. Punzada en el vientre. Un horror por cada modesta alegría. Flotas plácido en el mar y te deja un brazo en carne viva una medusa. Disfrutaste de tu piña y te da un cáncer. Amas a tu mujer y se te muere. La Creación es una mariposa multicolor que come mierda de perro. El punzón en el vientre me hace pensar crispado. Pensamientos ceñudos, con las arrugas del sufrimiento, adoloridos.

Me siento mejor ahora. Respirar profundo.

Mi mamá se recuperó de la diarrea y agarró el paludismo. Me gusta la suavidad de la madera de estas barandas. "Ester, la Creación es una mariposa de colores rutilantes muy contrastados que come mierda de perro". "No sé muy bien lo que es rutilante" va a decir. Abarco se llama la madera de esta baranda. Árboles de hasta veinticinco metros. Se usa para construir barcos. Las cuatro de la tarde de hoy con esta lluvia no están alegres. Las gallinas se meten debajo de las casas. El aire huele a lodo revuelto con maceradas hojas de árbol.

El paludismo le llegó a mi mamá por la indisciplina con el toldillo. Entraba y salía de él la noche entera, por el insomnio, mientras la tía, con las perlas en los oídos, flotaba fresca en mitad del Río. El toldillo era redondo, de los de entrar abriendo un poco el portillo que forman los dos extremos de la tela, y mi mamá, o no lo cerraba bien o los zancudos entraban cuando ella entraba. Para el caso daba lo mismo. Sólo se necesitaba un zancudo.

Y después, inevitable, la morderían los murciélagos.

La fiebre le llegaba a cuarenta o más entre fuertes escalofríos y venían entonces los sudores. Dolor de cabeza, náuseas, malestar general y dolores por todo el cuerpo, sobre todo espalda y abdomen. Cada tres días fiebre, escalofríos, sudores. Ester había llegado de Medellín y me ayudó con ella, pues yo estaba algo débil por entonces y Grekna se había tomado unos días para visitar a su familia. Yoyito no me había podido ayudar. Estaba incapacitado. Lástima, pues con él las cosas fluían. Además de ser hábil, mantenía entretenida a mi mamá con tanta brincadera y exclamadera, y así era mucho más fácil manejarla. Yo nunca había podido contar con ninguno de los otros para este asunto. Mi mamá no se los soportaba como enfermeros y ellos no se la aguantaban como enferma.

Yoyito se había disgustado con su marido, o su marido con él, mejor dicho, y llevaba ya casi dos días en su cuarto, de antifaz negro y con las persianas bajadas, probablemente vistiendo apenas sus calzoncillos de corazones o de querubines y con una poderosa jaqueca fonofóbica y fotofóbica, causada por el mucho reguetón que había oído y nos había hecho oír la noche del disgusto, y con toda seguridad por lo mucho que había bebido. En los guayabos fuertes le dolían los ojos con la luz y no quería hablar con nadie. Los calzoncillos habían sido regalo de mi sobrino, y con ellos, diez en total, que le mostró a todo el mundo después de romper el papel de regalo, se había sellado la última reconciliación. Había de estrellas azules, de querubines, de corazones y de girasoles. Mi sobrino es macho, no conoce el gusto femenino, y creo por eso que fue el mismo Yoyito quien escogió e investigó el regalo, pues al otro jamás se le habría ocurrido.

Y una tarde en que Ester estaba cuidándola, mi mamá le contó lo que le contó, ya sea porque haya estado delirando o porque quería contárselo precisamente a ella. El asunto venía dándole vueltas en la cabeza, en el espíritu: la casa que alguna vez hubo al pie del famoso árbol y de la que ya no quedaba nada. El verde sepulta nuestras historias. En este clima sólo se necesitan algunos años de ausencia humana para que todo vuelva al estado en que estaba. El verde es contenido durante una fracción de tiempo por las tablas, pero al fin las desborda y se mete por las junturas y las pudre, las obliga a regresar a su origen.

Lo de mi mamá fue malaria no complicada. Malaria de cartilla. Le administré una combinación de Cloroquina y Falcidar, tratamiento que fue respaldado por un especialista en enfermedades tropicales amigo de José Daniel. No sobraba tener a mano a alguien como él, por si todo se complicaba. Las sudoraciones eran copiosas y a ratos deliraba por la fiebre. Yoyito se recuperó por fin de la resaca y vino a ayudarnos. Cuando se propone es tan dedicado como las enfermeras de vocación y mucho más delicado de manos que ellas para poner y quitar patos y todo lo que eso conlleva. Además, es siempre entretenido, como un juglar, como un bufón encantador, que dice Ester. Una vez que entré estaba representándole marionetas a mi mamá. En una de sus manos delgadas y expresivas se había puesto una media: ese era un personaje. La otra mano no tenía media, es decir estaba desnuda. Yoyito no tenía puesto sombrero de campanillas y tres picos porque Dios era muy grande, pero de todas formas uno veía el sombrero y hasta oía las campanitas. Al hablar con sus dos personajes bamboleaba la cabeza, como si también él fuera marioneta. Era el tercer personaje. Dos señores en un burdel hablaban con una señorita desnuda, es decir, sin media puesta, pero no supe cuál era la trama ni qué cosas habían hecho aparte de hablar, pues cuando entré, la obra estaba a punto de terminar. Desde sus desvaríos mi mamá lo miraba, sonreía y después se reía un poco. Cayó el telón, mi mamá miró para el cielorraso, se miró las manos y siguió soñando y alucinando. Me mantuve atento a sus delirios, por si acaso mencionaba el algarrobo, la casa o a la persona que no habían enterrado aquí sino en Medellín. Nada de eso. Mencionó las ballenas, eso sí, y quedé desconcertado, pues habló de que iban entre las nubes y las alumbraba el mar desde abajo. Tenía los ojos abiertos y le brillaban. El tal sueño había sido cierto o se había hecho cierto, no sabe uno.

Por los días de la malaria Iván empezó a visitarla a las seis de la mañana y a las cinco de la tarde. Su sentido del drama era tan agudo como el de ella. Entraba y salía del cuarto de la enferma como si estuviera cumpliendo con su labor religiosa de acompañarla en el tránsito final, mientras ella hacía el papel de condesa rusa con monje particular para morir. Iván ya no hablaba de su regreso a Medellín. También había dejado de recorrer playas y montañas. Estaba dedicado por completo a su asunto místico y filosófico. Ninguno de nosotros le preguntó por su tan mentado barrio Prado, pues podía tomarlo a mal e irse, y era bueno tenerlo por ahí, siempre ocupado en la meditación, en mantener el espíritu sonriente y en su trabajo en la cocina, que él mismo se impuso. Hablaba con mi mamá sobre lo que hay más allá de más allá; de lo que sigue o no sigue a la muerte y de la ninguna importancia que tiene todo lo anterior, en realidad, porque lo único que importa y existe es el presente. Iván había convertido la casa en su monasterio. El hombre estaba las veinticuatro horas en eso. Se levantaba a las tres y media de la mañana exactas, lloviera, tronara o relampagueara – que era justo lo que ocurría casi siempre–. Después de un ritual de aseo tan intrincado como la misma liturgia del zen, sonaba la campana de meditación. Si uno salía al corredor veía la tenue luz en su cuarto y sentía el profundo silencio que seguía a sutras y golpes de gurre y de campana. Cuarenta y cinco minutos después sonaban de nuevo armadillo y campana, otra vez se oían los sutras en su voz avejentada y honda y finalmente las dos pequeñas maderas que se golpean con fuerza y producen un sonido parecido al de las papeletas de pólvora, aunque más bordeado y seco, señalaban la conclusión de la práctica. Trabajaba entonces en la cocina, desayunaba, hacía siesta y otra vez se sentaba en el cojín. Cuatro sesiones en total durante el día. Y todas sus actividades, incluidas las conversaciones con mi mamá, se articulaban a su práctica. Una locura.

Aquí el silencio profundo, aún el que creaba Iván con los sonidos del zen, está siempre acompañado de la bulla del Pacífico y, con mucha frecuencia, del ruido de la lluvia y de los truenos. Si llueve fuerte, suenan los techos, suena la vegetación; si llueve en forma de rocío, suenan las gotas que caen de los techos sobre las hojas de heliconias y bores y suenan las que bajan de las hojas de los árboles y van cayendo de hoja en hoja hasta tocar el suelo. A veces el rocío se vuelve de repente lluvia gruesa o la lluvia gruesa se empieza a adelgazar y se convierte en rocío, en vapor de agua, en niebla que se condensa e, igual que todo lo demás, gotea, hace bulla.

Silbido del viento, rayos, chillidos, gruñidos, aullidos y ruidos constantes del agua. La naturaleza siempre ha hecho ruido. Crepitaciones de la candela. Desde que se formó la atmósfera hay ruido. El rugido de los micos aulladores no es bonitico y, sin embargo, produce admiración y alegría. Y la bulla de "aquellos estupendos, alucinantes animales", los leones, que presenta en su programa de televisión el periodista español que no es Marcial Lafuente Estefanía, puede que sea pavorosa, pero no se la podría llamar fea. Ni lo es el trueno ni el crujido del árbol tumbado por el viento, tan distinto del que cae por la sierra, a pesar de ser el mismo. Y está el sonido que las hormigas hacen en sus rondas por la selva arrasando con todo lo que encuentran a su paso, tan distinto del que produce la hormiga humana que se come de raíz la selva. En este mundo de atmósfera y agites, silencio profundo sólo hay el que se logra crear en uno mismo. Era el que producía Iván con sus sonidos, sus venias y demás maromas, y compartía con nosotros. El mismo que había antes de la Gran Explosión.

Lo digo yo, que sólo sé que nada sé.

Rafael Alberto asegura que la famosa frase no es de Sócrates sino de Lao Tsé. Según mi hermano, el legendario sabio chino decía "sólo tsé que nada tsé" cada vez que le consultaban cualquier asunto, fuera sagrado, como la existencia del Tao, o profano, como la mejor cura para la mastitis de las vacas o el modo mejor de recuperar el cariño de la esposa. Mejor dicho, para que aflojara, aunque fuera un poco, la cerrazón de piernas en que se había empecinado de un tiempo para acá. Es decir, desde que él se acostó con otra.

La gente decide que fulano y perencejo son sabios y los inundan a preguntas. Lao Tsé daba siempre la misma respuesta a todas, para que lo dejaran escribir sus poemas en paz. Ni él ni los preguntones sabían que sus poemas se iban a leer durante cuatro mil años y más. No era que Lao Tsé dijera: "Déjenme escribir tranquilo, no me pregunten carajadas, ¿no ven que estos poemas van a durar cuatro mil años y más?". Era que no sabía nada de mastitis ni de cerrazones de muslos, y del Tao la única respuesta posible ya la había dado: el Tao que puede nombrarse no es el verdadero Tao. ¿Qué más podía decirles? ¿Qué sentido tenía seguir hablando del Tao?

–Maestro, ¿para qué vinimos a este mundo?

–No tsé.

–Maestro, ¿por qué solamente mudamos una vez de dientes?

–No tsé.

Como venía recomendado por mi mamá, Naila Rivas y demás mujeres acogieron a Iván sin problemas en la cocina. Trabajaba una hora al desayuno y otra al almuerzo. Eso se conoce como samú en la jerga del zen y es la utilización del trabajo físico como herramienta de meditación. Puede hacerse samú en la cocina, en el jardín, en el acto de pintar paredes o pegar ladrillos, donde sea. Le pregunté a Iván por lo que significaba la palabra y me dijo que quería decir "actividad". Quise entonces saber por qué no le decían "actividad", simplemente, y me preguntó: "¿Te gusta más?"

Lo miré sin decir nada. Era mejor como él lo decía, cierto. Dignificaba el trabajo, lo volvía además algo filosófico, cósmico, como debería ser el trabajo del ser humano, como algún día lo va a ser, no este devorar ciego de todo lo que encuentra a su paso.

Sólo un experto cocinero es capaz de desempeñarse como pinche con tanta eficiencia. A Naila la llamaba tenso que quiere decir cocinero en japonés antiguo o en sánscrito, no recuerdo. El asunto la divertía. Lo puso a dirigir uno de los almuerzos, que tuvo mucho éxito. De entrada, ceviche de jaiba. Como plato principal trozos crudos de atún recién sacado del mar. Para la ensalada, hojas que él conocía de la selva, tomates muy dulces que se daban en el solar de Rico y tiras envueltas de papayuela que había dejado remojando en agua de panela la noche anterior y adornaban y daban aroma y sabor a la ensalada. De dónde sacó papayuelas no lo tsé, pues son de tierra fría, aunque supongo que venían en la encomienda que por esos días le había llegado en una caja grande de cartón. Arroz de jazmín sin sal. Salsa de soya para el arroz y el pescado y otra salsa muy picante, de rábano, opcional, también para el pescado. No me sorprendí cuando Iván salió de la cocina con dos botellas de sake caliente que sirvió en copas de aguardiente antioqueño, que son un poco más altas que las del resto del país. El sake podría haber llegado en su equipaje, como las dos botellas de bourbon –que se había bebido quién sabe a qué horas y sin compartir con nadie– o venían en la encomienda, junto con las papayuelas, o tal vez se las había comprado a alguno que vendía vino de arroz en plena selva. Con él muchas cosas eran posibles.

No sólo con Iván sostenía mi mamá conferencias privadas. También con Rico, para asuntos administrativos y, desde que le había caído el paludismo, con Naila. Trataban de hablar bajito y si uno entraba cambiaban de tema. Como niñas.

—No, no, no. En Medellín lo enterraron. Aquí nos conocimos —decía mi mamá una noche que entré a examinarla

—¿Y usted conserva alguna prenda, pañuelos, un peine, algún retrato que...?

—Hola, Ignacito, ¿cómo vas? Entonces, Naila, le ponés tamarindo a las chuletas y las dejás de un día para otro... ¿Bien?

—Doctor, cómo está.

—Hola, Naila. Sí, mamá, bien. ¿Volvió a subirle la fiebre?

—¿Vos te has enflaquecido, cierto?

—¿Lista para el chuzón?

Brazos menos fláccidos que los de la mayoría de los viejos. Linda ancianita. Con la belleza nunca tuvo problemas. Bonita de niña, de adolescente, de joven, de joven esposa, de joven viuda, de señora madura, bonita de anciana y también de ancianita.

A pesar de la edad no era difícil encontrarle la vena.

—¿Se ha estado hidratando bien?

—Con su permiso, doctor. Hasta mañana, señora Isabel.

—Si me cae la diarrea me ponés a tomar agua. Si me da paludismo, me ponés a tomar agua... Adiós Naila, hablamos después.

—¿Peine? —pregunté como con indiferencia cuando se fue Naila.

—¡Sí que te gusta a vos embucharme! ¿Sabías que Naila es parte negra, parte embera?

Le pregunté que por cuál de las dos partes le venía la brujería. Ella dijo:

—Oigan, pues.

—Una señora parte negra y parte embera, de turbante y túnica, hablando de peines y de retratos.

—Tenés que respetar las verdades de los demás, Ignacito, aunque no creás en ellas.

No dije nada, para no darle el gusto, pero razón tenía. Era la antigua maña de llamar paganos a los que no fueran blancos ni creyeran en el Dios de barba larga y mirada azul que hace cagar de miedo a sus creaturas. Nosotros somos gente, los demás, una sarta de paganos que en lugar de adorar al Dios de los ejércitos se dedican a prácticas sexuales oscuras, a crear zombies, a suicidarse clavándose espadas en las tripas, a degollar gallos o al canibalismo. Para despojar al invadido, el invasor primero lo llama pagano y entonces hágale. Ellos no tienen religión, sólo brujería, y entonces hágale. A despojar. Y funciona igual en todas las direcciones. Cuando llegaron al Japón los ingleses en los barcos que usaban para el comercio o el pillaje —y difícil resultaba distinguir una cosa de la otra— los japoneses, esa clase especial de nigger, que era tan racista como ellos o más, decían que los ingleses olían a podrido.

Así y todo, me gusta este animal monstruoso que somos. Los humanos no tenemos la culpa de nada. Esto es una tragedia con mayúscula. La inteligencia se nos salió de control, como si a una especie de cangrejo se le hubiera crecido con los miles de siglos la muela principal, que terminó por inmovilizarlo, matarlo de hambre, extinguirlo. Magnífica muela, eso sí, con partes que iban del rosado casi blanco al rosado casi rojo y cambiaban de matices con la luz cuando el cangrejo se movía para devorar lo que hubiera por ahí, incluidos sus congéneres, y arrastrar a su final todo lo que se pusiera a su corto alcance. El turbante de Naila. Se me venía olvidando lo que estaba pensando sobre el turbante de Naila hace un momento. ¿Qué era? No me acuerdo. Flotan los olvidos como palos y plásticos mar adentro. Si uno se empeña en recordar se jode. Nada que ver turbantes con cangrejos. ¿Qué era? O no se jode, por qué se va a joder, pierde el tiempo.

Ayer llegó Ester con los detalles de la separación de Rafael Alberto y Claudia. Yo había hablado con él por teléfono, pero sólo me dijo eso, que se iba a separar y que el asunto no pintaba fácil. Estaba serio, callado, cosa muy poco frecuente en él. No pregunté mucho.

"Al final no se comprendieron, Ignacito", habría comentado la tía Antonia.

Cuando ella se fue seguí hojeando aquí en esta silla las novelas que me dejó. La hamaca se me ha vuelto difícil de manejar. Leía un diálogo, una descripción, pensaba en las observaciones que le habría hecho, me imaginaba sus comentarios y hasta fumaba de vez en cuando. No era igual. Era como un actor que se sentara en una silla, representara un personaje y luego se sentara en la silla de enfrente y representara el otro. Triste. Dejé de leerlas y me dediqué más bien a la matazón de *La guerra y la paz*. También Adriana me había dejado sus libros gordos, ese entre ellos, y *Moby Dick*, *La isla del tesoro*, *Victoria*, *El Siglo de las Luces*, *Los hermanos Karamazov*, *Los miserables*... Con razón había traído semejante tamaño de maletas. Muchos libros y muchísima ropa, de muy buen gusto y cara. San Joaquín no tiene un pelo de tacaño y no se opone a ningún gasto, mucho menos en materia de ropa, que tanto disfruta desabotonando.

La llegada de Ester coincidió con la desaparición de uno de los perros de la señora Otilia. Zeus.

–¿Y cómo has estado? –me preguntó en la playa, donde había ido yo a recibirla.

En ese momento llegaron tres perros a saludar –no Penélope, pues Rico la tenía amarrada– y no alcancé a contarle cómo había estado. Llegamos a la casa. Tuvimos relaciones, eran las once de la mañana, y buenas relaciones que fueron. Hemos debido esperar por lo menos a que se largara el aguacero que ya estaba encima y no habría dejado oír nada, pero quién espera. De modo que hicimos algo de ruido, no es posible de otro modo, sobre todo cuando se llevan a la práctica las muchas... prácticas en las que uno empieza a pensar con cierta insistencia cuando ha dejado de verse varios días. Dormimos un rato. Se desató el aguacero. Le conté lo de Zeus.

–Lo convenció por fin. No demora en llevarse a la otra.

–¿Creés que ella...?

–"¡Penélope, veeen! Muy bien, corazón. Magnífico. ¿Sí se despidió de todos?" –dijo Ester–. ¿Y vos cómo has seguido?

No soy creyente, pero algo frío me corrió por la espina dorsal.

–¿Yo? Entregado a la lectura.

–¿A la novelística?

–La bastarda del condestable, Rafael Pérez y Pérez, buena.

No era del todo cierto. La había terminado hacía algunos días y estaba metido ahora hasta las orejas en los vastos crímenes de guerra de Bonaparte.

–Madre mía. ¿Condesqué?

Por gula le chupé el pezón, pues lo tenía demasiado cerca. El placer, que se había venido disolviendo como una nube, por un instante pareció querer resurgir. Entonces nos pusimos más bien a hablar mientras mirábamos las vigas y las palmas del techo. Los detalles de la separación de Rafael

Alberto no eran agradables. Claudia había terminado por tomarle odio, me pareció a mí, y por eso se estaba mostrando implacable en el asunto de la separación de bienes.

–¿Implacable? Nada de eso. Dejó de ser boba. Está exigiendo lo que dice la ley, lo justo –dijo Ester mientras caminaba hacia el clóset.

Los hoyuelos de sus nalgas son como los que vi en alguna ciudad de algún país en una de esas esculturas donde el mármol parece firme y blando como la carne. Miguel Ángel tenía cara de obrero, un obrero gastado y muy fatigado. Además, él no era para hoyuelos de nalgas de mujeres, ni siquiera antes de que le entrara el gran cansancio, así el mármol le quedara más firme y más blando que a nadie. Y escribía poesía. Se me ha hecho ya buche en la fatiga/ como hace el agua a los gatos en Lombardía/ o en cualquier otra región de que se sea/ que a fuerza el vientre se junta a la barbilla, escribió. Sufría de depresiones. Los frescos de la capilla casi acaban con él.

Bernini. Rodin tal vez. Quién sabe dónde vi los berriondos hoyuelos en mármol.

–¿Así lo quiebre? –dije.

–Rafael no va a quebrar. Y aun si quebrara, él es de los que se enriquecen otra vez –dijo Ester, ya en el lujoso Spandex negro brillante del vestido de baño.

Me quedé callado. Le tenía cariño a mi cuñada y lamenté la separación. "El entendimiento entre dos seres que se aman no siempre es posible", habría dicho la tía Antonia, y yo, todo moralista, le habría contestado –evitando las expresiones "mujeriego patológico" o "trastorno hipersexual", de poco uso en la vida diaria y de ninguno en nuestras novelas– que el entendimiento entre esos dos seres que se amaban era aún menos posible cuando uno de ellos no se podía controlar. "Tenés toda la razón, Ignacito, triste es reconocerlo".

Al día siguiente, es decir hoy, otra vez salió el sol, otra vez caminaba Ester en bola por el cuarto, otra vez admiré los hoyuelos, sentí la contentura por todo el cuerpo. El sol sale de nuevo siempre, pero no siempre va a salir de nuevo. "Ester, el sol...". Si dejáramos entrar bien hondo en el corazón la verdad de que el sol es tan poco eterno como una libélula, un grillo... ¿A qué horas se levantó? Y yo por qué no me levanto. Hay alguien de sombrero negro de paño y delantal blanco en el rincón. Parece un neurocirujano o un brujo. Poca diferencia. En vez de estetoscopio trae un... un rosario de plata parece o de tuercas brillantes. Cada que me levanto me doy cuenta de que estoy acostado y no me he levantado, ni siquiera me he despertado. Paño negro en este clima. No sé lo que estoy pensando. El sol se va a acabar y cuando se acabe, ¿qué? No sé de dónde saqué que había sol. Está lloviendo. El señor del estetoscopio de tuercas mira desde la puerta hacia las nubes, listo para decir que va a llover todo el día. Qué armonía la de estas lluvias, va a decir, y yo estaré de acuerdo. También va a decir que son como sinfonías, unas, sonatas, otras. ¡Cuál señor! De niño me aterraba pensar que moriría un día. Algodón en narices y oídos. Algún día me velarán. Asfixia, asfixia. Algún día, algún día, algún día estaré en un ataúd y en una bóveda. ¡No quiero, déjenme salir de aquí, no me quiero podrir, no quiero!

–¿Y qué es lo que no quiere, doctor?

–Podrirme, creo. Pesadilla mayor, Grekna.

–Apnea, me pareció. Y está sudando.

–Apnea. Están aumentando.

Inhalar hondo. Oxigenar bien los sesos que van quedando. Expandir primero el diafragma, el tórax, los bronquios. Exhalar por el tercer ojo. No, no por el musculus sphincter ani internus. Eso no sería exhalar. Jejeje. El de la frente, el de la frente.

–¿Y Ester?

–Nadando, doctor.

–Con esta lluvia.

–Cómo le parece. A ella le gusta esté como esté.

Pensé en Claudia, en su poderío en el agua, en lo compacto de su cuerpo, en lo que mi hermano la ha hecho sufrir. Su estilo para nadar es muscular. Recorre distancias largas y le gusta sentir la fuerza y el impulso de cada braceada, como si nadara para sentirse autónoma y además unida al mundo. También Ester recorre distancias muy largas, pero sin esfuerzo aparente, en un crol muy lento, e igual que a los veleros o a las aguamalas, parece que la llevaran el viento y las corrientes. No son amigas. Digamos que se respetan, que no se odian, pero es imposible que sean amigas. Hablan de natación o de sus maridos, aunque es claro que empatía, o simpatía más bien, entre ellas no existe. Las juntó la vida por azar.

Me han gustado hasta cierto punto los deportes, pero ya no practicaba ninguno y ni siquiera los miraba por televisión. No vi los partidos del último Mundial de Fútbol. A cada mundial los jugadores llegan más jóvenes, algunos completamente imberbes y con dientes demasiado blancos, como si acabaran de completar la dentición. En el colegio fui defensa central. Mis amigos decían que yo no tenía que esforzarme demasiado pues sabía por dónde iba a pasar el balón. Caminaba por el área y parecía imantado. Como soy alto cubría más terreno y como era bastante flaco a los delanteros rivales les quedaba difícil detectar el punto exacto donde yo estaba. "Este Ignacio para todo es lo mismo", decían mis compañeros. Mi pereza o placidez era bien conocida y celebrada. Le cortaba el paso al balón y se lo pasaba a los delanteros lo más rápido que podía, para que hicieran lo suyo, como si quisiera desencartarme de él cuanto antes y ponerme a pensar en otras cosas. Lo que ocurría era que mi juego no era curativo sino preventivo. Eficaz, creo. Si el rival era muy malo y ni siquiera había balones para atravesárseles, el portero, los demás defensas y yo teníamos tiempo de hablar de otros asuntos, Vietnam, Gonzalo Arango, Woodstock. La intelectualidad del equipo estaba concentrada en el área defensiva. A veces yo cuidaba el arco mientras el portero subía a tratar de hacerse un gol y ponerle alguna variedad a su partido. Jugué billar y ajedrez durante algunos años y con esos dos deportes, igual que a Miguel Ángel con la pintada de los frescos de los techos de la Sixtina, se me formó la barriga de flaco que tengo.

Algún día será declarado deporte el dominó. En los mundiales de dominó los cubanos serán tan poderosos como los brasileños en los de fútbol. (A veces es como si estuvieras haciendo tiempo para que se demore lo que viene o disimulando el dolor, Ignacito, el miedo te pone verboso). Argemiro López Castro, nieto o tal vez bisnieto de Raúl, y que modernizará mucho la isla, hará la inauguración del segundo Mundial, como jefe de Estado del país que ostenta –¿o es detenta? – el campeonato y que guarda el codiciado trofeo, parecido a un lingote de marfil posado sobre una copa dorada y retorcida, para entregársela al nuevo campeón. El primer país que gane cuatro mundiales se queda con el lingote, que también parece una pastilla grande de crema de cacao.

Cada día se menciona más el regreso de las ballenas. Mi mamá alcanzó a ver la última de la temporada anterior.

El animalito de no sé cuántas toneladas se la pasó al frente de nuestra bahía. Cuando se fueron las otras, se quedó unos días más, hasta que una mañana ya no estaba. Se tomó su tiempo para decidirse. Nunca deja de mencionárselas a lo largo del año. Entre los locales se las nombra con cariño y respeto y además como fuente de ingresos por el turismo. Los turistas preguntamos por ellas a toda hora. Los que llegan en mayo, por ejemplo, quieren saber si habría alguna posibilidad de que lleguen las ballenas y siempre les responden que ninguna. En mayo se celebra en estas playas la fiesta de la Virgen del Carmen y es también la época de la pesca del pargo rojo. Mayo, Virgen del Carmen y pargo rojo son aquí sinónimos.

Dice Naila Rivas: "Bueno doctor, ¿qué le cuento de las ballenas? Las que llegan acá son las ballenas jorobadas. Vienen a tener sus crías aquí en el Pacífico. Ellas llegan desde finales de julio, van llegando ellas. Ellas pasan aquí todo agosto. Ese es un espectáculo para todo el mundo, hasta para nosotros que somos nativos, porque ese es un mamífero inmenso que uno no está acostumbrado a ver. Y lo más bonito es que llegan hasta la orilla de la playa, y uno desde sentado, de allí de la playa puede apreciar el salto de ellas, o cuando tiran el ballenatico, que le están enseñando a nadar. El ballenatico es el hijito que cargan. Y aquí es un espectáculo porque vienen muchos turistas, muchos extranjeros. Nosotros los nativos también salimos a verlas y eso nos causa mucha alegría, e impacto también. Eso por ese lado. También traen mucha economía al municipio, por eso de que viene mucha gente a verlas. Y creo que es la única parte del mundo que se ven desde la orilla, porque hay muchas partes en que para poderlas apreciar uno debe ir muchos kilómetros adentro del mar. Acá no. Desde la casa usted se sienta y ve las ballenas. Y una ballena de esas pesa unas cuarenta toneladas y mide como veinte metros".

Uno de los muchos letreros que alcancé a leer cuando estuve en lo de Jorge Arango Arango Arango decía que las ballenas no eran grandes, medianas ni pequeñas, sino ballenas. Cientos de letreros escritos con pintura negra sobre madera colgaban de los árboles. Algunas eran frases sin autor, como la de las ballenas, probablemente de Arango mismo, otras de personajes de la historia. Si tu corazón no se hace como el de los niños no entrarás en el reino de los cielos o algo así decía otra, firmada por Jesús, y que es verdadera así uno no crea en el reino de los cielos o aunque no exista el reino de los cielos.

José Daniel dice que pescar pargos es como sacar paquetes de arena del fondo del mar. Salió varias veces con los del caserío. "Es como si a uno le hubiera picado un ladrillo. No hay pelea. El pargo se siente agarrado y se deja subir para terminar cuanto antes con el asunto". Me acordé otra vez de los documentales sobre los campos nazis de concentración en los que las personas bajaban presurosas a la fosa común a esperar el tiro que les descerrajaría el ario. Como para terminar rápido con el horror. Lo mejor no fue la pesca sino la colectividad en la pesca, dijo José Daniel. Quince lanchas o algo así, cada una con el motor fuera de borda encendido para mantenerla en una zona no más grande que un diamante de béisbol. En cada una iba el motorista, que se encargaba de que la lancha no se separara del grupo y además pescaba, y otro pescador en la proa. Permanecían sentados en las bancas, pues el mar estaba picado, y había varias mujeres, que recobraban el cordel como si estuvieran subiendo el balde de un pozo. Trajeron las lanchas llenas de pargos, muy grandes algunos, muchos con la lengua rosada afuera.

En las fotos que vi de los ajusticiados de Núremberg ninguno tenía la lengua afuera. Si la hubieran tenido habría sido morada como hígado dañado. A algunos se les veía, sí, la expresión desfigurada por el dolor de una muerte que seguramente no fue instantánea, o la cara llena de sangre por el golpe que se habían dado contra el borde de la trampilla al caer. Horror absoluto, puro. El cruel ahorcamiento del perro rabioso que deja la vida entre espumarajos de odio.

Entró Ester y me contó que Penélope había mascado el lazo y se había ido selva adentro.

–Me dio por pensar en los ahorcados de Núremberg, imagínate.

–¿Los qué? ¿Y fue que perdiste allá algún pariente?

–Muy chistosa. Los seres humanos somos todos parientes. ¿Cuándo se escapó?

–Esa frasecita no te da para nada.

–No, no. Hablo en serio.

–Yo de esa gente pariente no soy.

–Eso creés.

–¿Me encontrás mucho parecido con Goebbels?

No mucho, la verdad. Belleza de mujer. Hombrecillo horripilante.

–De perfil, un poco. Contáme de Penélope.

Se metió a la selva pensaban todos y muchos creían saber con quién estaba. Ahora los dos perros aullaban desde la selva hacia el caserío, pero el único que los había oído era Justino, el señor de las almorranas. Justino también había oído a la señora Otilia conversar con los perros "con ese hablado de blanca que tenía".

–¿Y qué les dice?

–A veces les habla en inglés.

–¿Qué les dice?

–Yo no sé inglés, doctor.

–¿Cómo sabés entonces que es inglés? ¿Cómo suena?

–"Estei, estei, estei, Zeus. ¡Guuud!".

Ester no era la única que sabía imitar a la señora Otilia.

Justino no se había curado, por supuesto, ni tenía cómo, pues seguía comiendo pescado frito, cerdo frito, yuca frita y patacones, y bebiendo ron. Me contó lo que había pasado cuando le pidió a su mujer que le siguiera preparando el pescado al vapor, y fue muy parecido a lo que me había imaginado. Luego de mucho protestar y burlarse, ella terminó por hacerle el tal pescado, que Justino se comió dos veces. A la tercera dijo que prefería no volver a sentarse sobre el culo nunca más que comerse eso todo cauchudo y desabrido. Y volvió a los fritos.

El ron ni siquiera intentó disminuirlo.

–Y no hay más dónde sentarse, Justino. ¡Qué iremos a hacer con vos, hombre! –le dije, con mi tuteo paternal profesional.

No me molestaría para nada que algún día un paciente me dijera: "¡Qué iremos a hacer con vos, hombre doctor, que siempre me recetás la misma carajada!"

–Yo te consigo la caléndula –le dije–. La receta sigue igual. Sería bueno que le pusieras un poquito de salsa de soya al pescado.

–¿Es cara esa salsa?

–¿Cara? Yo te la consigo. Y le voy a decir a Iván que se hable con tu mujer. Él sabe mucho de vapores y de salsas.

Primera vez en mi vida profesional que recetaba salsa de soya. En estas costas olvidadas por el Estado, que no por Dios ni por todo el mundo, pues son muy hermosas a pesar de la pobreza, un médico tiene que defenderse con lo que pueda. Y bien recetado estuvo. A Justino, para sorpresa mía,

despectivo y decía: "Hablemos de otra cosa más bien. Mejor no ocuparnos de ese fulano". Así me contestó cuando le hablé de Iván. Por más especie de iluminación que hubiera tenido en el barrio Prado, el hombre había sido rebajado a la categoría de fulano. La donna e mobile, por anciana que esté, pensé, y más ella, que había sido mobile desde niña.

También Iván estaba enojado. Prefería no hablar del asunto y mencionó otra vez su regreso a Medellín. Insistí en preguntarle por lo que había pasado, y él, con palabras y gestos de sacerdote católico, habló del pecado del orgullo. Había perdido la calma del budismo. Parecería ser que en momentos de crisis como este uno vuelve a sus formas anteriores. El orgullo es el culpable, me dijo Iván, de nuestros infiernos y de los infiernos que creamos en los demás. Por un instante lo vi de sotana. Con un gesto de humildad muy apostólica y romana dijo que uno tenía que tomar siempre las cosas con resignación y una sonrisa de agradecimiento. Pero sonrisa no se le veía por ninguna parte. Mi mamá se la había borrado de sus dientes un poco volados, una lástima, pues había sido tan auténtica como auténtica era la amargura de ahora. Y no era para menos. Mi mamá era capaz de muchas cosas. Se me ocurrió que tal vez ella había visto que debajo del budismo estaba intacto el catolicismo original. Si había sido eso fue un pesar que no me lo hubiera comentado, para explicarle, yo que todo lo tsé, que el budismo de Iván no era barniz y que él no era ningún farsante, muy al contrario. Más sospechas de farsantismo o farsantía debería infundir un budismo "puro", sin rastro de las creencias anteriores del pobre budista. Son como estratos geológicos. La pureza siempre trae problemas, además. Los pastores alemanes sufren de displasia casi desde cachorros, y sabemos muy bien de qué sufren los arios puros. Es un adjetivo contra natura. Si alguien dice que es matemático o físico puro pienso en los matemáticos y físicos impuros, todos sucios, hombros llenos de caspa y de ceniza de cigarrillo, olor de axilas y medias sucias, malolientes, que dejan ver dedos gordos con uñas crecidas y amarillas. Mientras desentrañan algún teorema espinoso, pero de esos sin elegancia, salen a hacer sus dibujos al tablero de la oficina y los borran con la manga cuando quieren modificarlos. La tiza se les acaba en los dedos y raspan la pizarra con la uña. La señora del aseo los mira de reojo con odio, aprieta los dientes, para que no se le caigan, y sale de la oficina sin despedirse ni llevarse la basura.

Iván dejó de meditar y se dedicó a empacar el morral con minuciosidad y ahínco. En apariencia era el mismo de siempre. Calmado, metódico. Demasiado calmado y metódico ahora. Estudiaba el morral y le trabajaba. Paraba de trabajarle y lo miraba como si fuera un rompecabezas que por alguna razón no lograba armar. Yo estaba sentado en el sillón de mimbre de su cuarto y lo veía poner cosas en el morral con precisión, para sacarlas un instante después y poner otras, también con precisión. Parecía exasperado y se le veía un toque de pánico. Le pregunté algo y no me contestó. Ni siquiera me oyó. Volví a preguntárselo y me dijo que no tenía ni idea. Se veía bien que no le había puesto atención a la pregunta.

Mal que bien después de varios días Iván terminó de empacar y regresó al barrio Prado. Lo extrañaríamos. Naila lloró un poco el día de la despedida. Alicia lloró, lloró Adriana. Lloró Yoyito, por supuesto, que no se hubiera perdido la llorada por nada del mundo. Incluso hizo venias. Todos creyeron que Iván se iba para atender sus compromisos, demasiado abandonados, según dijo. Siguieron días llenos de nubes negras. Cayeron por lo menos dos de los aguaceros grandes cada día y cada noche, y el resto del tiempo aguaceros menores y lloviznas finas o vapor de lluvia. Impresionante la variedad de lluvias. En esquimal existen no sé cuántas palabras para nombrar la nieve, dependiendo de la forma que tome. Lo mismo podría pasar aquí con la lluvia. Gruesa vertical, gruesa venteada, menuda vertical, menuda venteada, rápida y fuerte, rápida y leve, y muchas otras. Cuando no está lloviendo está goteando o rezumando y los solazos, cuando ocurren, relumbran poderosos en el agua siempre en movimiento.

Los primeros días después de que llegamos estuve bastante desconcertado por el clima y pensaba que la reacción del policía en el aeropuerto no había sido por su antipatía natural, sino que había estado justificada. En el Chocó llueve, señor. Lo que no había dicho era que la forma de llover no tenía pies ni cabeza. Le pregunté a Naila por los ciclos locales de temporada lluviosa y temporada seca.

–Tiempo seco lo que se dice seco no lo tenemos –dijo Naila, con su acento, que es autoritario y también musical–. Doctor, acá por lo regular llueve mucho. Hace poco sol. Por ejemplo, digamos que en el mes hace unos ocho días de sol, lo demás es pura lluvia. En el mes de octubre y en el mes de noviembre llueve todos los santos días. No se ve el sol. Muy rara vez una resolanita. En enero, febrero y marzo hace mucho sol. Por ejemplo, en estos momentos están haciendo unos soles que usted ha visto, y hace ya más de tres días de no caer una gota de agua. O sea que el verano está de enero a febrero a marzo. Hace muchos años el verano lo hacía en diciembre, pero por allá hace como cuatro años ya el verano viene siendo es de enero a marzo... Bueno, esos son los ciclos, pero en su mayor parte es lluvia.

–Qué bien se expresa usted, Naila. Tiene elocuencia.

–Cómo se le ocurre, doctor –dijo, halagada–. No se burle, fíjese que soy mujer seria.

Mucho tiempo después, cuando se fueron todos, le dije que no tenía mucho sentido que semejante cocinera como ella se quedara para trabajarle a sólo dos personas, Grekna y yo –bueno a tres, cuando Ester había venido a darme vuelta–.

–¿Es por…?

–No, nada de eso. No es por la plata. Es más bien pensando en usted.

–Yo me voy cuando usted se vaya, doctor –contestó sin dudar–. Yo no los voy a dejar solos. Y le soy franca: lo que usted me paga no lo consigo fácil en otro lado. Si se le acaba a usted la plata, tranquilo, tampoco hay problema. Ahí arreglamos.

Cuando yo me vaya. ¿Y qué tal que no me vaya? Se está engordando Grekna de comer bien y le sienta. Tiene huesos para acomodar bastante masa muscular y adiposa, y mientras tanto yo seguiré perdiendo el apetito y las muy escasas masas que tenía. A Naila le queda sabrosa incluso la comida de hospital. Su sopa de conchas de pasta es tan sabrosa que parece dañina. También las conchas de verdad le quedan espectaculares, en arroz o al ajillo, aunque hace ya bastante tiempo que no las pruebo. Parte de la espectacularidad se debe, además de que vienen de la mano de Naila, a que son muy frescas. Imposible más frescas. Cuando va a cocinarlas, ella misma sale a eso de las cuatro de la mañana con su lamparita a recogerlas en los morros con las demás mujeres. Cada una lleva una luz como la de ella. Salen a "lamparear".

Me he aficionado a sus explicaciones por lo cadenciosas. A veces las grabo. "Los caracoles se cogen en los morros", dice. "A lo largo de las playas hay una serie de morros, que son unas rocas. En esas rocas se encuentran unas conchitas pegadas, que en otros lugares les dicen chipichipi. Pero son de varias especies. Nosotros acá llamamos a unas churulejas, otras se llaman cucarachas, otras se llaman concha ollita, otras se llaman concha blandita, otras se llaman ostras, otras se llaman puyudos, otros se llaman caracol salado... Entonces todo eso se coge cuando la marea está bastante baja, que las rocas quedan todas afuera, y se lleva para la casa. O también se cogen en las horas de la noche. Pero en esas horas no salen todas; solamente las cucarachas. Esas son las únicas que uno las ve por encima de las rocas. Ellas son nocturnas. De día se esconden y de noche salen. Uno hace una lámpara que se llama mechón. Esa lámpara la hace uno con gasolina o con petróleo en una botella de vidrio...". Tengo las grabaciones en la computadora con el resto de mi música en la lista que titulé Caribe, aunque no estemos en él. También tengo en ella a Tito Cortés, que es de Tumaco. "Hoy Naila nos va a cocinar atollado de arroz con cucarachas", le escribí un día a Ester. No pude aguantarme el antojo de hacer el chistecito. "Buen provecho", contestó.

He tenido bastante abandonada la música por estos días. De vez en cuando oigo a Erik Satie, que es música para acompañar el silencio, casi silencio ella misma, o algunas de esas sonatas de Bach que suenan como si algún gitano estuviera contando bajito sus tristezas. Me aprendí el nombre de una en especial, para encontrarla fácil en mi cerro de música cuando me agarre la tristeza. *Sonata 1 en Si menor para violín y clavicémbalo*. Adagio. Todas ellas llegan al corazón. Las tengo en versión para piano, interpretadas por Glenn Gould. Sus bramidos ahogados llegan al alma y al... bueno, también al corazón. Otro que toca su piano y gime es Keith Jarret. ¿Empezaré ahora a mencionar la víscera ésta y el vapor aquel a cada segundo?

—Me gustaría hablar con vos, Ignacito —dijo mi mamá.

Yo sabía que tenía que ver con lo de Iván. El tema había quedado flotando por toda la casa desde que él se fue, y ni siquiera los vientos habían sido capaces de llevárselo. Mi mamá vivía de tema en tema, toda la vida había sido igual. Había siempre un Algo que la ocupaba y de paso nos ocupaba, literalmente, a todos, fuera alguna obsesión propia o algo que le pasara. De la malaria se curó, gracias a Yotagrí, a Grekna y a Yoyito, pero sobre todo a su fortaleza. Entonces El Tema, silencioso e invisible como la presión arterial alta, fue la partida de Iván. Yo sabía que había algo más que el guayabo por su ausencia, pues mi mamá estaba demasiado callada e incluso la vi dos veces hablar sola, o sola no, con ella misma, que es distinto, y los gestos eran los de alguien que se estuviera reprochando algo.

—Listo mamá, hágale —le dije, exagerando la manera de hablar de Medellín.

—¿Aquí? —preguntó.

Miré a mi alrededor como tratando de entender por qué era imprudente o inconveniente hablar allí mismo. Yo estaba en el corredor en una silla playera de lona, había dos más y también una de las de mimbre con cojines. Me levante, besé a mi mamá en la mejilla y alcé una esquina de la mesita de centro, también de mimbre, como para asegurarme de que no hubiera alguien escondido debajo —"cerciorarme", en las novelas de mi tía—. Ella ni siquiera sonrió.

—Nadie. Podemos hablar tranquilos —dije y le arrimé la silla. Me senté.

Una de la tarde, hora inmóvil, casi muerta. Sobre el mar

volaban dos tijeretas. Mi mamá seguía de pie. Con ella nada era sencillo. Nunca.

–Preferiría que habláramos en mi habitación.

¡"Habitación"! No podía dejar de divertirme, aunque lo que seguía prometiera ser difícil.

"De una. Al tiro, mamá. Hágale", pensé, pero no lo dije, para no repetir. Me levanté.

–No me agarrés del codo, no seas payaso, Ignacito. ¿Me ves muy chueca?

Ya sentados en su cuarto o pieza o habitación no me aguanté el antojo de decirle:

–Ahora sí mamá. Pilas. Hágale, pues.

–No tenés... ¡A los mayores...! Es esto en pocas palabras, Ignacio: Iván se fue porque yo pensé que me había robado una plata.

Las pocas palabras me dejaron frío. No esperaba algo así.

–Sí. Y después encontré dónde yo misma la había escondido.

Se puso a llorar.

–Entre mis calzones, en el armario. Saqué unos y volaron todos los billetes.

–¿Mamá, y usted para qué...?

–Los viejos escondemos cosas. Yo no sé por qué. Y ahora Iván se fue y... ¡Ay!

Volvió a llorar. Amargura, desconsuelo. Hay dolores que no tienen remedio. Si llega la malaria o una leishmaniasis algo se puede hacer. ¡Pero con esto...!

–Esas cosas pasan, mamá –le dije, siempre original en mis apreciaciones. Por lo menos debí haber dicho "suceden".

–Fue pecado mortal –dijo.

El mar y las islas estaban ahí, cada uno en lo suyo, desentendidos de asuntos relacionados con pecados mortales o billetes culpables que flotaran en habitaciones. Qué bueno para ellos. Yo entendía lo que mi mamá quería decir. Aquello habría sido pecado mortal si los hubiera, pero yo nunca había creído en pecados mortales y ella tampoco. En eso nos había educado bien. Los pecados mortales no existían y los otros tal vez tampoco. Todo bien hasta ahí. Éramos católicos, sin embargo, y todo el mundo tenía que confesarse. Ineluctable, como dicen, tenía que llegar un día el momento de mi primera confesión. ¿Y ahora qué hago?, pensé cuando llegó. Le eché cabeza al asunto unos días y al final le planteé el problema a mi mamá. Me miró con más atención que de costumbre, lo pensó un momento y me aconsejó decir que me acusaba, padre, de haber pecado contra la pureza. Dijo que a la edad mía ese era el pecado que correspondía.

El cura no me preguntaba nunca qué pecado en concreto había cometido, pues daba por sentado de cuál actividad estábamos hablando. "Rezate cuatro padrenuestros y no le hagás mucho caso a eso, que no vale la pena". Eso el padre Restrepo. El padre Tamayo, ya muy anciano, caídos y rojos los párpados inferiores, me advertía que si seguía pecando contra la pureza me podía dar un infarto. Para amenazar de infarto a un muchacho de diez años, impuro, pero con las coronarias apenas despegando, se necesitaba que el padre mismo estuviera muy preocupado por las suyas, pienso ahora, y tal vez por sus propias impurezas. Vuelvo a acordarme de los matemáticos y físicos impuros. "Primero me doy un paaajazo y después a tratar de resolver esta gonoooorreeea de teorema".

–Mamá, usted no tuvo la culpa de que se le haya olvidado la plata en los calzones.

Alcanzó a reírse. Me sacó la lengua. Yo había estado a punto de preguntarle que cómo se le había podido ocurrir que alguien de la rectitud de Iván pudiera robarle, pero para qué preguntar si yo sabía que precisamente a los viejos se les metían en la cabeza ideas absurdas.

–Yo hablo con él y le explico. Va a entender.

Llamé a Iván desde el jardín de heliconias y palma iraca que hay frente a la casa. Por su tono de voz tuve la impresión de que ya le había perdido el afecto y posiblemente el respeto a mi mamá, a pesar de que preguntó por ella con mucha cortesía, demasiada cortesía, y quiso saber cómo estaba de ánimo y de salud. Cierto que eso era lo mínimo que podía hacer, considerando que mi mamá lo había alojado y alimentado durante varias semanas. Salí a la playa, para que ella no pudiera oírme. Pasaron Yoyito y Antonio y me saludaron al mismo tiempo con la mano, como acompasados. Hacía tal vez una semana que yo no salía de la casa. Playa de marea baja, ancha como dos estadios de fútbol. La arena parecía jalar mis piernas hacia el centro de la Tierra. Me costaba levantarlas, pero la sensación entre los dedos era placentera. Llegué hasta el mar y caminé con los pies en el agua sobre la arena firme. Le expliqué a Iván lo que había pasado y dijo que aquello estaba superado, que no había valido la pena. Las olas caían con fuerza y varias veces le tuve que pedir a Iván que me repitiera. Una ola más grande estuvo a punto de hacerme perder el equilibrio al caer y desplegarse. Para alejarme del peligro di varios pasos hacia atrás, como una de las aves zancudas grises que recorren la playa picoteando la arena.

Caminé hacia el lado de los canadienses. El mar se había llevado la basura, y las playas estaban en el pleno

bondadosa, hijo menor rebelde, él. Pueblo cafetero, a tres horas de Medellín. Aguantaba las pelas del papá sin queja. "¿Listo?", le preguntaba Iván al final. "¿Puedo irme ya?". Hogar muy católico. El padre era laureanista, es decir fascista. Ese es el cuadro general, pero lo que más me impresionó fueron las anécdotas sobre su familia, sobre la gente misma del pueblo. Había un sacristán, de apodo Sacramento, casposo y pobre, pero dotado de oído musical y una voz poderosa con la que dirigía todos los cánticos. Fronterizo, según entendí, pero no en la zona de Urrea ni en la de Lito sino en la dirección de la esquizofrenia. Iván no me supo decir si además era solo en el mundo, aunque di por sentado que así era. Sacramento aparte de oído tenía brazo o macana. Una vez dejó inconsciente de un único puño a un joven nada flacuchento que había querido burlarse de él, y el párroco, por su propio bien, lo hizo meter toda la noche a la cárcel, noche que pasó rezando de rodillas en su celda, no de arrepentimiento, pues el puño de Dios se había manifestado por intermedio del de su siervo humildísimo, sino porque le gustaba rezar de rodillas. Y estaba también el indigente que vivía de comer basura y era obsceno y malvado. Esquizofrénico pleno, este sí, pero muy lejos de Dios. Le gustaba matar gatos y chuchas a pedradas. Era capaz de cualquier cosa. Lo que más impresionó y marcó a Iván en la niñez y en la vida, me dijo, no fueron las pelas del papá, a veces muy violentas, pues el niño no cedía, sino la vez que el indigente pasó carcajeándose frente a su casa, con una jaula en la mano en la que había metido una rata y una gallina. La gallina ya estaba toda desplumada y herida, y la rata, aterrorizada y furibunda. El hombre las miraba y se reía. "Rata hijueputa, rata hijueputa, gallina maaarica".

Volví de la playa y encontré más tranquila a mi mamá.

Estaba en una de esas conversaciones largas con la tía
Antonia sobre familias y apellidos de Medellín, sobre gente
que hacía mucho tiempo se había muerto, sobre gente
vecina de nosotros en la finca o que conocíamos en el pueblo, conversaciones que habíamos oído desde niños y se
repetían como temas musicales. El runrún nos alelaba primero y después nos hacía resbalar hacia un sueño total y
quedábamos como muertos.

Me senté a oírlas conversar. Me quedé dormido.
Cuando abrí los ojos ella me estaba mirando.

–¿Qué te dijo el curita?

–Espere, mamá, yo me retiro las lagañas.

Me dijo qué elegante hablás últimamente. Y era cierto.
Todo había comenzado con Isis, la manicurista. Esta afrodescendiente –palabra que usaba tanto como podía– era
más blanca que los demás empleados de la casa y hablaba
elegante. Una tarde después de la sesión de manicure y
mientras las dos comían pan con queso y cocacola en el
comedor le contó a mi mamá que las gallinas de su casa por
alguna misteriosa razón habían dejado de colocar, y que
ella estaba segura de que un vecino les había hecho alguna
brujería. Se me formó la imagen de una gallina colocando
su huevo. Son tantas las envidias, agregó la manicurista.
Empecé a ponerle atención a lo que hablaba, que no era
poco. Isis nunca usaba oír, poner, pelo, ni usar sino escuchar, colocar, cabello y utilizar. Difícil. A veces enlazaba
varios elegantismos en una misma frase y por prestarles
atención yo terminaba sin entender lo que estaba oyendo.
Pero no solo yo. El mismo novio, es decir, el profe de la
escuela –el que se contempla en todo aquello que le devuelva
su propio reflejo–, mira a la antipática y… espléndida manicurista, su novia, y asiente a lo que dice, pero colocarle, lo

que se dice colocarle atención, no le coloca ninguna. Yo diría que para él lo importante es el cuerpazo que tiene y la claridad o palidez de su piel, lo demás lo sorteará de una manera u otra. Las parejas de bonitos siempre han encontrado la manera de sortearse el uno al otro. Además, el profe también habla elegante a ratos, sobre todo cuando se toma su tiempo para explicar que él no es del caserío ni tiene familia en el caserío, con implicaciones de que el hecho de que sea estudiado y no sea del caserío y haya trabajado en Quibdó y otros sitios del departamento hace de él una persona de otra esfera. La muchacha no dice cara sino rostro, y nunca reza sino que ora. Y no se pone vestidos sino trajes, y bien que le quedan, no importa cómo los llame –pues aquí lo único de verdad importante y hasta trascendente es lo tremendo de bellos que son los dos–.

Le conté a mi mamá lo que había dicho el "curita". Nada comentó. Aquello seguiría remordiéndole la conciencia así no volviera a mencionarlo, igual que había pasado con otras muchas cosas de su vida. Igual que nos pasa a todos. Con el tiempo se van acumulando las acciones vergonzosas y las palabras ofensivas y empiezan a agobiar con su peso. Se van sumando las heridas que se causan sin querer o queriendo, da lo mismo… No da lo mismo. El resultado tal vez sea igual, pero no da lo mismo. Son matices de lo oscuro. En cualquiera de los dos casos uno quisiera, sí, morirse de una vez, para olvidarlo todo.

Dicen que lo bueno se recuerda mucho menos.

Ayer hablé con Rafael Alberto. Lo que ha vivido durante los últimos tiempos no ha sido pesadilla, pero casi. A Claudia le entregó lo que correspondía, es decir, la mitad de lo que consiguieron durante el matrimonio. A él lo tiene sin cuidado la plata. El talento suyo para conseguirla es como el de los guitarristas, que no depende de la guitarra, sea que la carguen o la hayan dejado olvidado en algún bar. Si Rafael Alberto acaso quiebra, se recupera, como dice Ester. No es la plata. Aquello que lo está torturando es saber que ya por siempre va a estar lejos de ella. Claudia no va a volver. Yo, si Ester me dejara, me sentaría a beber al estilo Jalisco hasta que me doblara la cirrosis.

En nuestra conversación no hizo chistes, y no porque hubiera sido de mal gusto, cosa que lo ha tenido sin cuidado toda la vida, sino porque estaba deshecho. Estaba serio como un palo. La había tratado de convencer de todas las formas posibles. Le juró fidelidad eterna, como en las novelas de la tía, pero esa clase de fidelidad ya la había jurado muchas veces. Se me ocurrió que Claudia podría tener novio. "Me dijo que mejor se suicidaba a volver conmigo", dijo Rafael en el preciso instante en que me disponía a aconsejarle que hiciera su solicitud en su italiano. ¿Ti volglia volvere con me? ¡Mia cara Claudia! ¡Prego! Ego va a scriturarte tuti mio beni. Nada aquí se podía amortiguar ya con chistes, y habría resultado cruel sugerírselo estando como estaba. Además, Claudia, siempre escrupulosa, nunca permitiría aquello de la scrituratzione de tuti suo beni. Después la llamé. Le pregunté que si tenía novio y se rio. Todos los hombres son bobitos, me dijo, ni vos te librás y eso que apenas sos fronterizo. Yo le había hablado hacía bastante tiempo de los grados de la bobera. Estaba contenta. Se le había liberado el corazón –y dale con el corazón– y la vida. Me dijo que se iba a dedicar a viajar, leer, nadar, pescar y dejarse las canas.

Me enteré de que había muerto Urrea, mi amigo de la universidad que era medio genio. Cáncer de cerebro. Un mal chiste de Dios. ¡Cómo serían sus sueños de muerte, con esas neuronas deshilachadas transmitiendo pedazos de textos de Althusser en francés perfecto o astillas de frases de Hegel de esas imposibles de entender a no ser que uno sepa alemán! Delirios cultos de agonía, informadísimos. Ideas brillantes truncas que señalan la agonía, los chispazos últimos de la razón. "No es que uno sea bueno, sino que... ¿Cómo era? ¡Se me olvidó! Me estoy muriendo. Por Dios. No es que uno sea..., sino... ¿Cómo era?".

Quién sabe cómo sean los entierros de los profesores lumbreras en Marx y Hegel, es decir en dialéctica. Los toques sentimentales, fuera, pienso yo. Lloren sí, pero que nadie se desgarre. Que nadie diga haber querido con toda el alma a Urrea, pues sería mentira en el caso de un muerto que no quiso con toda el alma a nadie. Cariño tibio, cortés, en las dos direcciones. Que hablen sí, de padres y esposos fríos, pero ejemplares, como lo fue él. Si ponen música, que sea lo de Pachelbel, el Canon, que ha sido degradado por la historia, por la vida, hasta convertirlo en música ambiental de restaurantes caros. Carajo, ¿qué más ponemos en este entierro? Cartuchos, la flor fría, bonita y sin olor. Algunos arreglos de orquídeas para dar color. Nada de juego de dominó y café entre carcajadas. Nadie comiéndose a las tres de la mañana un delicioso arroz atollado con las cucarachas que habían sido lampareadas hacía muy poco en los morros. Nadie pasándoles a los dolientes a quienes nada les dolía copas de aguardiente con diferentes niveles de llenado debido a la borrachera del cantinero voluntario, que después de servirle al último se servía el propio, muy lleno, se regaba una parte en la mano que sostenía la copa, se la tomaba de un golpe y regresaba a servirle al primero. En el velorio de Urrea no cantaban las mujeres. En el de Otilia, no demasiado triste cantaban las mujeres.

Hegel decía que sólo el mundo germánico, como encarnación del verdadero cristianismo, representaba la auténtica libertad. Hegel había acertado por el lado de la filosofía dialéctica, tal como me lo explicó en su momento mi difunto amigo, el pobre Urrea, pero en mi opinión la había cagado como ser humano. Lo que seguía era decir que sólo los germánicos eran verdaderos seres humanos y los demás, animales desechables. Sus palabras bobas eran ya el sonido de los buldóceres en camino que no demasiado después empujarían millones de cadáveres al abismo de las fosas comunes. Si me hubiera plantado en medio de los funerales de la señora Otilia, en pleno Pacífico tropical, y pronunciado la tal frase del mundo germánico, los dolientes habrían entendido todas las palabras, una por una, pero la frase misma les habría sido incomprensible.

–Te voy a leer algo, Justino, y vos me decís qué te parece.

La leí.

–¿Qué opinás de eso?

–Léame otra vez.

–*Sólo el mundo germánico, como encarnación del verdadero cristianismo, representa la auténtica libertad.*

–No entiendo nada, doctor. ¿Germánico cuál?

–¿Germánico...? No te preocupés por él. Basura dañina que habla cierta gente.

No preguntó por Encarnación.

El otro asunto era el del alma de la señora Otilia. Penélope no regresó nunca. La señora Otilia y sus perros se empezaron a sentir cada vez menos, según Justino, curado ya prácticamente de las almorranas gracias a la salsa de soya. ¡Si no fuera por el ron! Esta profesión tiene alegrías, pero también sinsabores. Alegría de haberlo librado de una cirugía segura, o peor, de ninguna cirugía y las almorranas como coliflores rosadas o todas trombosadas y moradas. ¿Y sinsabores? Ninguno. Si Justino quiere tomar ron, allá él con su musculus sphincter ani internus y su Intestinum. Yo soy su médico, no su mamá, que no se me olvide.

–¿Les habla todavía, Justino?

–Sí, pero ya uno no le entiende.

–O sea que sigue el inglés.

–No doctor, es que ya los tiene tranquilos. Ya se resignaron.

–¿Les habla en español?

–Ya casi no les tiene que hablar.

–¿Y vos seguís bebiendo ron?

–Nada más cuando tengo con qué, doctor.

–Hacés como un santo. Ponerle siempre al estómago un buen pedazo de yuca cocinada en agua con sal antes de empezar.

La yuca no es sólo yuca. La yuca tiene una cantidad de... no sé muy bien qué tiene la yuca, pero creo que está llena de magnesio y contiene antioxidantes, que no nos dejan envejecer y han estado muy de moda para lograr la vida eterna. Tiene vitamina C, la más milagrosa de todas las vitaminas y recomendada también si uno va a vivir para siempre. Naila prepara la yuca de muchas formas, enyucados, carimañolas... Recetas del Atlántico y del Pacífico y de los Andes. Es una especialista en yuca, se puede decir. En su comida nunca hay yucas paludas ni vidriosas. Hervida con sal le queda como algodón, como nubes. A veces es de lo poco que me recibe el estómago. Mi mamá también amaba la yuca, como dicen. Hay gente que come plátano maduro frito en cada comida, incluido el desayuno. Mi mamá tenía siempre su trozo de yuca, frito o cocinado y adobado con hogao o con mojo.

Asistí a la entrevista de trabajo que le hizo a Naila, recién llegados.

–Y cuénteme, Naila, ¿usted qué tal lo hace preparando yuca?

–Señora Isabel, prepararla no es fácil. Lo primero es saberla comprar...

Y siguió una de esas parrafadas musicales con las que explica ella las cosas.

Lo otro con esto de la yuca es lo contrastados que son lo blanco y lo oscuro. Pocas cosas hay más blancas que el interior de la yuca. Debe ser por la manera como aparece, pues lo primero es tierra profunda, brumosa, de donde se sacan en parte con el barretón, en parte con las uñas, que se llenan de tierra. Las yucas mismas parecen hechas de tierra. Entonces "uno se las lleva para la casa", como dice Naila de sus almejas y caracoles, las empieza a lavar y ve aparecer el color ligeramente morado de la cáscara rugosa, que los niños y Bernarda usábamos para hacernos cajas de dientes. Se pelan y surge el blanco nube. Para las cajas, la cáscara se recorta con el cuchillo y se acomoda arriba, entre la mejilla y la encía. No las hacíamos completas sino desdentadas y horripilantes. Bernarda se veía como una bruja indígena, lista para echar a volar en cualquier momento en las escobas que fabricaba Duvalier con una mata llamada escobero. De escobero son todavía las que se usan en la finca para barrer los empedrados.

Se me pasó la sordera. Cuando los oídos se pueblan de telarañas hasta Beethoven suena opaco, hasta Beethova el haitiano. El único que siempre se deja oír es Pérez Prado, que termina además por barrer la obstrucción. En casos de desilusión o cansancio agudos aplicar a buen volumen El manisero, ojalá la versión que comienza con guitarra y trompeta, no con piano, aunque las dos son buenas. ¡Lo bien que sonaría una trompeta de estas en el Juicio Final! Un Juicio con señores que jueguen dominó mientras suena Pérez Prado o Totó la Momposina y las cosas se deciden. El juicio mismo sería al estilo wayúu. Todos los archicriminales quedarían así bien juzgados, si no absueltos. A Hitler lo declaran enfermo y lo instalan en una especie de limbo más bien oscuro, como son los búnqueres. A Pinochet ya no tiene sentido condenarlo, concluyen los wayúu en sus minuciosas y extensísimas deliberaciones, y deciden dejarlo por ahí con su capa gris, sus gafas negras con reflejos de calaveras y su gorra, a que se entretenga lo mejor que pueda, ya alejado por toda la eternidad de la posibilidad de hacer daño. Y a los tres o cuatro generales que por adicción al poder y a la gloria mandaron a la muerte esa cantidad de gente joven en la cada vez más lejana Omaha Beach los dejarían cargar sus chillonas medallas por siempre. Patton entre ellos, tan alfa y erguido como Mussolini, se pararía con las suyas por todas partes y por toda la eternidad, un loquito más en el loquero, siempre con el casco de cuatro estrellas y el bastón de mando, siempre sacando pecho.

–¿Sabés quién soy yo?

–Ni idea –contesta algún transeúnte eterno–. ¿Mussolini?

–Soy ni más ni menos que el general Patton.

–¿Por qué ni más ni menos? –pregunta el transeúnte.

Si Dios existe, estará presente en todo el proceso. Si no existe, ni modo. Que no se me olvide confirmarle a David. La orquesta de Pérez Prado cierra el acto con Corazón de melón.

–Ya tenemos otra vez al doctor tocando su tarrito. Eso está muy bien.

–Cencerro. El arte es largo, Grekna.

–Vea el aguacero que se nos vino encima. ¡Cómo es de rico leer cuando está lloviendo!

Le pregunté cómo le estaba pareciendo el libro. Me había pedido prestado La montaña mágica.

–Me está gustando todavía más que la primera vez.

No supe si lo había leído dos veces seguidas o hacía ya tiempo que lo había leído. No me sorprendí. Conversamos de madame Chauchat y demás refinados tísicos del sanatorio Berghoff. De la nieve. De los paisajes de niebla y nieve. Entonces ella mencionó algunos aspectos técnicos del sanatorio mismo tal como lo haría una trabajadora de la salud de gran vocación, es decir con implacable mirada práctica, como haciendo la crítica de un texto sobre instalaciones médicas. Me parece que la miré con admiración. Hablamos del progreso de la medicina. De la anestesia. De los nuevos brotes de tuberculosis resistente a los antibióticos. Algún día alguna bacteria acabará con la humanidad, dijimos. Entendí lo que le había pasado a mi hermano, su mundo patasarriba, el desconcierto. Y a Claudia. Entendí por qué había dicho que mejor se suicidaba que volver con Rafael. Y también por qué él no me había preguntado ni una sola vez por Grekna.

A Grekna no la he visto nunca con ropa distinta de su uniforme: camisa blanca ligera y falda también blanca, algunos centímetros por encima de la rodilla. Grekna le ha tomado mucho gusto a esta casa, incluso a esta región. Sale muy pocas veces a caminar por la playa, si acaso una vez a la semana, y regresa siempre descansada y contenta. Naila a veces la acompaña. No duerme siesta y se levanta tempranísimo a preparar todo lo que se va a necesitar para atender a su enfermo del momento. Las raras veces en que no está haciendo algo relacionado con su cuidado lee o mira el mar.

Forra los libros a la perfección con papel de envolver nuevo, sin arrugas, y no hay manera de conocer los títulos. No he querido levantar alguno de las mesitas o sillas donde a veces los deja, para abrirlo y mirar de qué se trata. Y nunca se baña en el mar.

Este mar no es como para uno bañarse ni tampoco para broncearse. Una mujer de tanga en esta playa sería un disparate. O mesas con parasoles. O vendedores playeros de cocadas. Demasiado gris, demasiado oscuro, severo, selvático, demasiado grande, si se puede decir eso de un mar. Los parasoles no van con él. No es para yo bañarme, mejor dicho. Los chiquitos pasaban muchas horas en el agua, y a veces me parecía que en cualquier momento el Pacífico nos iba devolver alguno desnucado o ahogado. O no devolvérnoslo. Pero sobrepasar y aniquilar a un niño es más difícil de lo que parece. Ester no sale del agua tampoco. Y José Daniel. Los únicos no bañistas éramos la enfermera y yo, al fin de cuentas. Y los nativos.

Las ballenas, la cocina y la belleza del mar y de la selva, con los pocos tigres que quedan por estas partes, atraen gente, así el turismo no sea el de pasar unos días de postal. Por lujosa que sea la casa y por muchos cientos de hilos que tengan las sábanas hay que pisar el toldillo con el colchón, para que no entren los zancudos del paludismo o de la leishmaniasis ni las vampiras que van por lo oscuro volando en silencio con las crías en la espalda.

Igual que en todos los sitios turísticos del mundo, cuando se acaba la temporada aquí de repente se hace el silencio. Cierto silencio. El mar y el cielo ocupan todo otra vez. Pasan tres alcatraces a ras del agua y uno se da cuenta entonces de que el reloj del turismo medía un tiempo que es hasta cómico por lo intenso, enclaustrado y rápido, como el de un grupo de hormigas emborrachándose con una gota de ron. Cuando se va el último turista otra vez se siente el tiempo antiguo y tranquilo de los alcatraces.

Turistas de planta como yo nos hacemos entonces mucho más visibles. La gente dice, ve, y éste, ¿para qué se quedaría? Y entonces aparece otra vez lo que nunca se había ido, las personas armadas de distintos bandos, el bípedo implume en sus trabajos violentos. No tiene como los alcatraces cuarenta millones sino apenas doscientos mil años de antigüedad, pero la vigilancia ha sido desde siempre parte de aquellos trabajos, no importa a cuál grupo, tribu, equipo, ejército, banda, pandilla, partido o época pertenezca. Mira desde el follaje. Casi siempre es joven. O se pasea displicente por la playa y nos observa mirarlo. No saluda. Lleva tal vez revólver en la mochila. Durante toda la temporada estuvo siempre por ahí, como los alcatraces, pero no es solvente y seguro como ellos. Está crispado, preocupado, es cauto, poco feliz. A veces está muerto porque lo han matado. Es más como un... se me ocurre cangrejo, o gato, pero no, nada qué ver. Ningún otro animal es como él.

Adriana quedó preocupada por dejarme aquí solo cuando todos se fueron. Y razón tenía, pues al fin pasó lo que ella temía, es decir me involucraron en los agites. El ejército me involucró. La Armada. Un capitán de gafas negras y una enfermera negra de gafas negras se bajaron una tarde de un bote, caminaron por la playa, llegaron al corredor, se quitaron las gafas y le preguntaron a Grekna que si yo estaba. Grekna entró y me dijo que habían llegado dos personas con conjuntivitis viral.

Los pacientes que sufren de conjuntivitis suelen tener ojo rojo, ardor y escozor, lagrimeo profuso y sensibilidad a la luz. Es muy común la presencia de secreción en forma de lagañas, más frecuentes al despertarse. En ocasiones se produce hinchazón de párpados. Cuando salí al corredor nos presentamos y entonces el ardor, el escozor, el lagrimeo profuso, la secreción en forma de lagañas y la hinchazón de párpados fueron tapados otra vez por las gafas negras. Una mujer negra de gafas negras y uniforme blanco es ya de por sí toda una visión, digo yo, así sea delgada y bajita. Y esta no era ni delgada ni bajita. Era igual de alta o un poco más alta que Grekna, pero mucho más ancha. Por lo monumental supe que era de aquí del Pacífico. Pensé en mi hermano, en lo atento, solícito que se habría puesto con ella. Los hice entrar, los hice sentar, Naila nos trajo jugo de guanábana. Disfruté de mi siguiente frase:

–Cuénteme, capitán.

Me contó. Había el rumor de que yo estaba atendiendo a personas de la guerrilla y él quería hablar primero conmigo, para darse cuenta por sus propios medios de qué tan cierto era.

–¿Cuándo empezó? –pregunté

–¿El rumor?

–La conjuntivits.

–No ha valido la terramicina, doctor –dijo la enfermera–. Uno de los muchachos perdió la vista en un ojo.

–¿Terracortil? –preguntó la enfermera de mi bando, es decir Grekna.

–Creo que sí. No me acuerdo bien.

–Por eso perdió el ojo –dijo Grekna.

Sonó a que el marinero había perdido el ojo por la mala memoria de la enfermera monumental. Bueno, y en cierto modo eso había sido. Los corticoides no deben nunca administrarse a pacientes con conjuntivitis viral. Se les podría dañar la córnea. Ceguera irreversible.

–Suspender –dije.

–¿Qué dice a eso, doctor?

–No más Terracortil.

–Al rumor que hay, doctor.

No pude evitar decir:

–¿Rumor, capitán? Eso que ustedes tienen es conjuntivitis viral venteada.

El problema sonaba grave, era grave, y el capitán, que
había estado tal vez buscando matar dos pájaros de un solo
tiro, se olvidó por un momento del asunto supuestamente
principal: mi no-descartable pertenencia a la guerrilla.

–Sin chistecitos, doctor –dijo–. Allá está toda mi gente
con la mirada china.

–¿Cuántos tienen conjuntivitis?

–Noventa y ocho de los cien –dijo la enfermera–. Es
una fragata.

–Corbeta –dijo el militar–. La "doctora" apenas llegó
hace dos días.

–Ya ellos mismos se habían formulado –dijo la enfermera.

–Comuníquense con la fragata... corbeta cuanto antes
–dije–. Que paren de echarse ese asunto.

–Doctor, nos gustaría que nos acompañara, para que
se dé una idea del problema usted mismo –dijo el capitán.

Una corbeta con noventa y ocho personas de ojos rojos
que supuraban. Ciento noventa y seis ojos rojos que supuraban, estuvieran en la proa o estuvieran en la popa. Ciento
noventa y cinco, restando el que se había perdido por el
Terracortil.

–Ya desde aquí tengo una idea muy clara del problema
–dije.

–Reitero. Sin chistecitos, doctor. Usted nos acompaña

ahora por su propia amabilidad natural o de pronto nos toca venir después con gente forzuda.

Miré a la enfermera.

Pensé que era mejor acompañarlos por mi propia amabilidad personal. Si mi crimen había sido haber casi curado a Justino, me sentía orgulloso. ¿Cuáles otros de mis pacientes podrían haber sido de la guerrilla, a ver? Y era difícil imaginarse a Justino en la guerrilla, preparándose su propio alimento al vapor. "¡Es por las almorranas, mi comandante!". Alguien seguramente estaba en las guerrillas, porque de aire no estarían conformadas, me parece, pero nadie que yo conociera. Lo cual no me daba mucha tranquilidad. Mi cuero cabelludo tendría ya precio y yo podía estar en camino de convertirme en médico falso positivo de la Universidad de Antioquia, con posgrado de Tulane. ¡Los capitanes de fragata... corbeta no cobran por falso positivo! ¡Eso es en otras ramas del ejército!, pensé, protestando, para tratar de calmarme.

Me dejaron ir con Grekna, por mi estado de salud, que le había descrito como pésimo al capitán, y sobre todo para que nos diera una mano con la mirada china de la tripulación. Y encontramos el espectáculo que yo profetizaba: un navío lleno de lagañosos de ojos rojos. Tan pronto llegamos me puse rápidamente a la tarea, para no dar tiempo a interrogatorios que pudieran arrastrarme al tema de las hemorroides de Justino y mi pertenencia a las guerrillas.

–¿Comenzamos, mi teniente? –le preguntó al capitán un marinero fortachón, mono y bronceado por el sol como si lo hubieran pintado. Parpadeaba bastante por la mucha luz. ¡El capitán me había resultado teniente!

–Muy bien, capitán. Teniente –dije muy rápido–. Que los enfermos se me filen en la popa.

Y señalé correctamente la popa. En todo caso se alinea-
ron rápido en la dirección que indiqué, así de atormentados
los tenían los ojos. Aquella podría haber sido la misma
orden que el teniente ya se disponía a dar, pero no quise
correr riesgos. "Comenzamos" podía referirse a muchas
cosas. Llegó una lancha con los medicamentos, que al fin
no usamos, pues la conjuntivitis había sido bacteriana, no
viral. Greckna se había equivocado. Bueno, también yo.
Volvió a salir la lancha a devolver el pedido y hacer otro de
ciprofloxacina oftálmica.

   –¿Y el muchacho que perdió el ojo? –le pregunté al
marinero mono, que no me desamparaba.

   –Está viendo por él otra vez como un berraco. No
estaba ni mierda de tuerto, el güevón ese. Nada más se ima-
ginó que estaba tuerto.

   –Del miedo quedó tuerto. Con otro tanto que se asuste
queda ciego.

   –Ec-sac-ta-mente, doctor. Véalo. Es el primero de la
fila. Quién sabe como se portará en combate.

   –¿Combate? Si se ponen a combatir con esos ojos no le
van a atinar al mundo a los costalazos.

   –Ec-sac-ta-mente. Para eso están ustedes aquí, entre
otras cosas.

   –Una belleza de barquito este –dije, tratando de cambiar el tema. Me miró de reojo, pero de arriba abajo–.
¿Cuánta tripulación lleva? –pregunté a pesar de que lo
sabía, para darle la oportunidad de decir alguna cosa. La
otra observación no se había prestado demasiado a comentarios de su parte. Se tomó su tiempo para contestar, pero
no como si estuviera haciendo la cuenta mental, sino como
si le diera pereza decirlo.

–Diez oficiales y ochenta y cinco suboficiales y marinería.

No eran las cifras que me había dado la enfermera, pero así lo dejé. Hay veces, sobre todo para disimular los nervios, que no puedo dejar de hablar y termino siempre diciendo alguna barbaridad. Ahora me limité a pensar "ec-sac-tamente", pero no llegué a decirlo. Tampoco dije: "Es mucha la lagaña que tanta marinería alcanza a producir cada mañana, ¿cierto, sargento". Creo que era sargento. Yo no tenía nada para decir, mejor dicho, pero tenía que decir algo. Es mi maldición, mi fatalidad las raras veces que me pongo tenso.

–¿Trajeron los medicamentos, sargento? –pregunté.

–Doctor, acaban apenas de salir por ellos. Usted los vio.

Me desdoblé, como hago en estos casos. Desde el palo mayor vi, parado al lado del sargento, a este médico ya de edad, Yotagrí, alto, muy flaco, desgarbado y ligeramente deschavetado, tratando de decir alguna cosa que no fuera barrabasada. Yo creo que estas corbetas ya no tienen palo mayor. Me desdoblé arriba de la especie de cruz que hay detrás de la chimenea.

–¿Qué pasa, teniente? –preguntó el teniente que no gustaba de chistes.

¡Los dos eran tenientes! ¿Cómo podía tener un barco dos tenientes? Menos mal yo no traía una idea preconcebida del sistema jerárquico de la tripulación de las corbetas o esto me la hubiera echado por tierra. En fin. No era asunto mío. Uno sería más teniente que el otro, seguramente. El que no quería chistecitos parecía ser el más teniente de los dos en este caso. No se veía ni un solo capitán por ninguna parte y tal vez por eso había dos tenientes: uno grande, el chiquito, y uno chiquito, el grande. Incluso recordando todo aquello me arrastra la verborrea. Me acordé del chiste de Rafael Alberto de un presentador de circo que anuncia: "Y ahora, señores y señoras, en lugar del hombre bala, ¡una perdigonada de enanos!"

–Todo en regla, teniente –le contestó, parpadeando, el teniente al teniente.

Apareció otro marino y les dijo, también parpadeando, que los hombres estaban listos. Que la lancha ya había regresado sin novedades. "¿Sin novedades, pero con la ciprofloxacina?" estuve tentado de preguntar. Me contuve. En combate hay que saber contenerse.

–Gracias, sargento –dijo el teniente bronceado. El otro teniente, el importante, era o estaba muy blanco, como si pasara las horas de sol jugando guerra naval en su camarote o cubriera el turno de la noche. ¿Un teniente diurno y un teniente nocturno? Menos mal el sargento que trajo la noticia había sido sargento, pues si hubiera resultado teniente habríamos tenido casi la perdigonada. Y el barco no era bonito, qué va. Era una máquina horrorosa, como inventada por Leonardo da Vinci. Parecía un monumental cepillo de carpintería en acero puro, erizado de antenas por todas partes.

Quitamos lagañas a seis manos. Dos mías, dos muy largas de la enfermera grande, que trabajó bien a pesar de la parpadeadera, y dos normales de Grekna, ec-sac-tamente.

–Teniente, es conveniente que sus hombres usen gafas oscuras –dije cuando al fin despachamos al último marinero con su tubo de ungüento oftálmico en la mano y libre por el momento de lagañas. Nadie presentó complicaciones, ni siquiera el marinero que había estado tuerto.

–Es contra el reglamento para la marinería, doctor.

–Entonces no –dije, aunque lamenté perderme la posibilidad de ver una corbeta tripulada por marinería toda de gafas oscuras.

Pensé que había llegado el momento del interrogatorio. Ya deberían tener por ahí las botas pantaneras que les ponen a los civiles negativos que asesinan para convertirlos en positivos. Puede que no vaya a haber interrogatorio siquiera, sino que el teniente mono en un descuido me pegue un tiro en la cabeza antes del interrogatorio, y hágale con las botas. Me imaginé a Grekna acostada en alguna playa con su falda blanca y botas pantaneras. Una falsa positiva. Yo no paraba de pensar. ¿Y así, de botas, se los entregarán a los familiares? Las mamás notarían que ni siquiera les habían puesto la talla correcta a sus hijos. O que estaban trocadas. Las madres se fijan en eso, no importa lo profundo que sea el dolor. Me dolió un poco el estómago. No paraba de sentir y pensar, como si se me hubiera hecho un cortocircuito en la cabeza y hubiera empezado a desplazarse hacia abajo por la médula espinal.

Me llevaron, sin Grekna, a un camarote del segundo piso, donde había una oficina. ¿Cuántos pisos tendrá esto? ¿Como cinco? No le mencioné para nada mi duda al joven marinero que me escoltaba parpadeando. Allá estaba ya sentado el teniente nocturno, que estaría ese día de diurno por aquello de la epidemia de conjuntivitis que les había caído. En momentos de crisis nadie es diurno ni nocturno. Lo mismo pasa en combate. Entró a la oficina el teniente diurno, el mono. Me hice el firme propósito de no mencionar para nada las almorranas de Justino, así los dos tenientes me sometieran a tortura. Seguramente va a ser tortura con agua, pensé, como la que usa el ejército de Estados Unidos en Guantánamo y demás sitios. Todo lo copiamos.

–Cuéntenos, doctor –dijo el teniente nocturno.

–¿Qué le puedo contar, teniente?

–Nos puede contar por ejemplo del terrorista que perdió una pierna y alguien lo trató en el monte. Una cirugía muy bien hecha, teniendo en cuenta los recursos existentes en el momento de la operación.

–¿Un terrorista joven?

–Eso no viene al caso, doctor.

Hacía ya mucho rato que nada de lo que yo decía venía al caso.

–Supe de eso. Yo soy radiólogo, tenientes, yo de amputaciones poco.

Por fin había dicho algo acertado. Ya iba siendo hora. Los tenientes se miraron, me preguntaron que por qué había llegado a la región y les expliqué lo de mi mamá. No lo del sueño de las ballenas ni lo del algarrobo, sólo los hechos fríos principales. Les hablé de los ya ausentes, de mamá Antonia, del ángel de la guarda que mantenía en la cabecera de la cama...

–Con todo respeto, doctor, nos interesan muy poco los ángeles de su mamá –dijo el teniente nocturno, el de piel lechosa.

–Es tía –dije.

–Menos todavía –dijo el teniente diurno, el mono, y me di cuenta de que era ágil de mente, a pesar de todo–. ¿Qué nos puede decir, doctor, del terroristica este que perdió la pierna?

Me hice amigo en Bahía Solano de un lanchero de Medellín y la primera vez que charlamos me contó que tenía un "cuarentica" Evinrude. Drástico diminutivo, aunque cariñoso, de "cuarenta caballos".

–¿Terroristica? –pregunté.

–El cagón aquel que metió la quimba en la mina anti-
personal.

–Teniente, yo de terrorismo... Y lo que le decía antes, yo
soy radiólogo, yo trabajo con máquinas, a mí entréguenme
una pierna vuelta trizas y me voy a pegar una enredada que
usted ni se imagina. La última vez que le metí cuchilla a una
pierna fue en las clases de anatomía hace cuarenta y cinco
años, y el paciente estaba muerto, si no recuerdo mal –mentí,
aunque tampoco demasiado. ¿Por qué me habría de enredar,
a ver? Uno hace lo que puede. Claro que voy a tener muy
pocas probabilidades de dejar bien la pierna.

–El doctor tiene su humor, ¿no, teniente?

–Es el estrés –dije.

El teniente nocturno sonrió, magnánimo.

–Yo lo he estado pensando mejor, teniente –dijo. Era
color leche, o mantequilla, más bien, pero no mala gente en
el fondo–. A mí me está pareciendo que el doctor nada ha
tenido que ver con todo este asunto.

El teniente que acababa de mencionar la quimba des-
trozada del niño guerrillero sonrió.

Me sirvieron un whisky muy bueno en una copa muy
grande y muy llena. Me ofrecieron un cigarrillo, pero mis
fumadas habían sido sólo con la tía Antonia y lo rechacé
amablemente. No les hablé de los Pielroja de la tía ni de
Corín Tellado, menos mal. Si hubiera empezado con eso
habría terminado soltando todo lo que sabía sobre *Boda
clandestina* y demás documentos. Más bien dije:

–Yo me les robo otro whisky, tenientes. Así pequeño
como el anterior.

Un rato después de nuestro regreso a la casa oí sollozar
a Grekna, sentada en el corredor. Dos, tres sollozos. Los
nervios relajándose.

–Soñé que estabas de botas pantaneras –me dijo Adriana a la mañana siguiente por teléfono, sin saludar.

–A nosotros los médicos no nos matan, Adrianita.

–¿Que no? ¿Y es que has visto al Che Guevara por ahí recientemente?

–A los médicos de buena familia no nos matan.

–¿Y es qué te sentís de buena familia? ¿Y vos qué sabés de la familia del Che Guevara?

Le dije entonces que a los médicos adinerados como yo, fueran o no de buena familia, no nos mataban los del ejército, y ella me dijo que me tenía que cuidar entonces de la guerrilla y que lo mejor era que me fuera de una puta vez para Medellín. Me pareció que estaba llorando.

–Gloria Isabel ya prendió la vela –dijo.

Me había halagado la comparación con el Che Guevara, a quién no, pero, sinceramente, sólo a Adriana se le podía haber ocurrido. Ella dice esas cosas y uno queda tan descolocado que no alcanza a contestar nada a tiempo y, cuando reacciona, ya ha pasado a otro tema.

–Se me perdió la guacamaya –dijo.

Llamaba de Miami. Si Adriana sabía que Gloria Isabel, en Bogotá, había prendido la vela de las crisis, mi visita a la corbeta ya era conocida por toda la familia. No quise averiguar quién les había contado, aunque estaba casi seguro de que no había sido Grekna. Fue Naila, posiblemente, o tal vez Rico, que se preocuparon mucho mientras estuvimos con los tenientes y tal vez quisieron hablar con mi familia a ver si me podían convencer de volverme para Medellín. Eso fue lo que pensé, pero no quise investigar. Dudo mucho que Adriana haya soñado que yo estaba de botas pantaneras. Si lo hubiera hecho, yo probablemente habría terminado tendido boca arriba, con botas Croydon demasiado estrechas, en alguna de estas playas. Calzo cuarenta y cuatro. Y como ella me quería asustar, pero no ponerse a discutir sobre las diferencias entre mi persona y el Che Guevara, había pasado rápido a lo de la guacamaya.

La pérdida de alguno de sus animales le produce a Adriana un dolor profundo que los demás no alcanzamos a imaginar. Se encierra en su cuarto. Se enflaquece. Empieza a fumar. Bebe. Se pone conflictiva... más conflictiva, mejor dicho, y Joaquín la pasa mal. Y él no puede andar largándole bofetones a cada ratico, porque se lo comen vivo ella misma y las demás mujeres de la familia, y también porque es contraproducente si lo hace bajo la influencia del enojo. Que no me oiga Ester. E incluso si lo sabe hacer el riesgo es muy grande. Del estrujón que le había dado aquí hacía algún tiempo había salido bien librado porque Adriana misma consideró que era merecido y que se le había ido la mano con el pobre San Joaquín.

Que no es nada pobre, en realidad, y no tanto porque esté bien de plata, y lo está, sino porque su mujer, tal como me lo contó alguna vez en que nos tomamos entre los dos por lo menos seis botellas de vino y al final media de coñac y amanecimos con los dientes morados y el hígado y la moral vueltos trizas, porque su mujer además de bella es una amante excepcional. Me dijo en la borrachera que mi hermana era persona de no aceptar límites a la hora de tener relaciones, y dispuesta a lo que sea. Nada es prohibido, nada de lo que se haga durante esta actividad está mal, todo vale. Cuerpo a cuerpo y uno contra uno, eso sí, dijo San Joaquín, y siempre los mismos dos miembros... integrantes. Nada de grupos o infidelidades.

–¡Exacto! Igual que los dúos –dije con entusiasmo. Estábamos entre perros embalsamados borrachos. – ¿O no?

¿O no? Necesitan practicar, acoplarse. No es posible hacer un buen dúo con cualquier aparecido. A ver. Te voy a poner un ejemplo, Alberto Beltrán y Celia Cruz cantando, cantando... Creo que es una de Agustín Lara ¿Cómo es que se llama el bolerazo que cantan juntos, vos San Joaquín? Es de Agustín Lara, ¿cierto? –le pregunté, pero él se había quedado dormido, como hace cuando el tema no le interesa. Duerme dos o tres minutos y entonces se despierta sonriendo y pidiendo otro trago. "¿Se dice dúo o dueto?", preguntó. Yo nunca me duermo. No sé de dónde me aparecen tantos asuntos, y el guayabo al día siguiente es más por la tremenda garladera que por la misma ginebra, que es lo que tomo las pocas veces que lo hago. Me gusta su perfume a pomas. El coñac fue lo que me mató esa noche. Aunque me cueste la vida cantan Celia y Alberto Beltrán. No, qué va a ser de Agustín Lara, estoy loco.

Los grandes placeres son creación de la imaginación, pienso ahora que no tengo ninguna otra cosa urgente para hacer, y eso es lo que le sobra a Adrianita, aunque a ratos sería mejor que no le sobrara tanta.

–Creo que se la robaron estos hijueputas. Ya empapelamos el barrio con fotos de Enriqueta y nada que aparece.

Lo habían bautizado Enrique cuando lo compraron. Puso huevos. Corrigieron de todas formas, aunque no quisiera calentarlos.

Unos niños colombianos vecinos que habían venido a hablar con la guacamaya algo hicieron y la asustaron. Los niños siempre hacen Algo y casi siempre toca dejar todo de ese tamaño, pues no hay modo de saber en qué exactamente consistió ese algo. Uno de ellos le sopló el oído a la lora o quiso ponérsela a las malas en el hombro o le hundió muy duro un palo de escoba en la barriga, tratando de que se subiera en él. O uno le sopló el oído mientras el otro la empujaba con el palo de escoba. Nunca se va a saber. Enriqueta echó a volar, todos la vieron bajar como a dos cuadras de distancia y cuando llegaron sólo estaba la calle vacía de gente y de carros, a no ser por una van que arrancó haciendo chirriar las ruedas.

Adriana se puso a llorar por el teléfono y a contarme todo lo que sabía decir la guacamayita.

—Decía claritico "¿Bien o pa' qué?"

—Era una guacamayita que hablaba claritico —dije, tratando también aquí de combatir el estrés. Ni siquiera me oyó. Sus lágrimas me llegan hondo y trato de defenderme con chistes o como sea. Yo estaba algo nervioso todavía por lo que habíamos vivido en la corbeta con aquella mano de tenientes, pero Adriana no estaba para juegos con diminutivos.

—Decía "¡Adriana...! ¡Belleza!". Enriquetica decía —dijo Adriana—. No sé quién le enseñaría eso, Joaquín, lo más seguro. Esas son las bobadas de él. ¡Ay, Ignacito! ¿Qué iré a hacer yo con esto? ¡Ay! ¡Esos tipos se la robaron! ¿Y ahora sí la irán a cuidar? ¡Y ella tan mimada!

Otro diminutivo para mi colección. La guacamayita del pobre terroristica se llamaba Enriquetica. Hay nombres sin acomodo fácil del diminutivo: Nepumocenito, Lucreciecita, Mariíta, Fernandita, Enriquetica. Sólo cuando Adriana pasaba por momentos de aflicción como aquel me acomodaba también el mío, y yo sentía entonces la compasión por ella como un dolor en la boca de este estómago mío, que, dicho sea de paso, es lo único que no se me ha enflaquecido. Pero, aparte de tratar de alegrarle la vida con mis tonterías, ¿qué otra cosa podía yo hacer?

—Siquiera no te mataron, Ignacito.

transistores de pilas en algunas de las casas. La gente saludaba, sonreía. Después de atravesar el pueblo se caminaba por una trocha selvática unos quince minutos, alejándose del mar. Las termales quedaban al pie de un río. El humo azufrado había estado saliendo desde hacía miles de años de un pequeño pozo rodeado de vegetación tan espesa como el humo y que formaba una especie de caliente gruta vegetal.

Es mejor no hacerle caso a Carlos Gardel. Veinte años son muchos. En el pueblito había música a gran volumen por todos lados. Turismo. Las personas que llegaban dejaban de ser personas y se volvían turistas o blancos y los que vivían allí pasaban de personas a nativos o negros. Muchas huertas estaban enmalezadas, o vacías, o caídas y ya pudriéndose en el piso. Las mismas cincuenta casas. Tres bares y uno en construcción. Mucho ruido. Dejamos el pueblo y caminamos por una carretera con charcos y huellas de tractor. A las termales les habían construido instalaciones. Caseta de recepción moderna en ladrillo y cemento con señorita, sobra decir que bonita y no muy simpática, armada de tiquetera. Pagar, firmar en un libro grande, poner fecha y razón de la visita. En el renglón de la razón de la visita un Arnulfo Vélez había escrito "Confesarme y comulgar". Caminamos una cuadra por la grama recortada y bordeada de veraneras florecidas, hasta llegar a la piscina de agua caliente azufrada. En cemento. Al río al parecer lo habían corrido hacia atrás para abrirle campo a las instalaciones y no se le veía ni sentía. Había piscina de niños. Había "vestiéres". Entré al de hombres, que tenía inodoro, es decir, era también baño, se espantaron unas lagartijas, salí en pantaloneta. Ester, ya en la piscina, me miró con pesar. Las instalaciones no son feas. Madera, techos de palma, todo bien integrado a la vegetación que la rodea.

Asombroso que no hayan aprovechado el río. Lo des-integraron. Bar-restaurante con mesas agradables de madera que daban a la piscina. Por alguna razón estaba fuera de servicio y algo me dijo que así se la pasaba casi todo el tiempo. Sólo tenían cerveza fría, gaseosas y papas fritas con sabor de limón. Papas de limón se llaman, es decir uno tiene que decir, "ve, traéme por favor unas papas de limón", si quiere que se las traigan. Es contra natura a mi modo de ver. Le habrían gustado a mi mamá. Grekna, de uniforme, se había quedado leyendo arriba, en una de las mesas del restaurante. Lástima, pues me habría gustado verla en vestido de baño. Será que al fin de cuentas no quedé muy bien embalsamado.

–¿Sí estás haciendo el esfuercito de comer? –pregunta Ester.

–Si hago mucho esfuercito me da diarrea.

Me dice que es raro verme de malhumor. Le digo que no es eso, Estercita, sino cansancio. Me pregunta que si no quiero volverme para Medellín y le digo que mis planes siguen iguales. El agua no era demasiado caliente, como pasa en otras termales. Flotamos boca arriba, flotamos boca abajo. El agua no tiene color de azufre, es transparente. Uno de los empleados sabe hacer mascarillas de lodo azufrado. Le coquetea a Ester para que contrate sus servicios, y ella los contrata. Media hora después me sonríe con su bonita dentadura, máscara de lodo verde y ojos amarillos o dorados, para nada penetrantes en ese momento, sino muy contentos más bien y como distendidos por el calor del agua.

El empleado, de unos veinte años, podría haber sido hermano de la muchacha de la recepción. Cada rato le sonreía a Ester y se ofrecía a hacerle algunos retoques. Le dijo que se parecía a Margarita Rosa y ella se rio y preguntó ¿a quién? Ester sabía bien quién era Margarita Rosa, pero así son las mujeres. Lo miraba divertida, como al mocoso que era. Eso es lo que tú le dices a todas, le dijo, y el muchacho no supo demasiado bien qué hacer con semejante frase y semejante tuteo. Parecerse, no se parecía. Aquello era ciertamente lo que este joven les decía a todas. Miré mis piernas, miré las de él. "Tu esposa te ama", pensé, en el estilo de mi tía Antonia. Le pedí al muchacho que me trajera una cerveza y un paquete de papas. Mi mamá me ama, esa no la tiene Arango. Y así se fue yendo la mañana. Club Colombia en el límite de la congelación. Los senos paranasales alcanzan a doler un poco por el frío. Me la tomo, atento a lo que opine el organismo. Nada opina. Me tomo otra. Me abstengo de las papas de limón. Me tomo muy despacio la tercera, para que me dure. Hacía mucho no estaba tan contento en algún paseo. Hacía mucho no iba a ningún paseo.

El último paseo de mi mamá fue al resguardo que cada año mandaba su equipo de fútbol para el campeonato, y en ese no estuve. Menos mal. Ella había venido insistiendo desde que llegamos en que debíamos ir con los niños, para que conocieran otra cultura y apreciaran el país tan variado en qué vivíamos. Así que fueron, vieron y cuando volvieron, mi mamá dijo apenas dos cosas: "¡Qué tragedia tan grande la de esa gente!" y "¡qué mal gobernados hemos estado!". Alicia nada más dijo que eran muy pobres. Los demás niños se dedicaron de inmediato a sus cosas cuando llegaron, y tuve la impresión de que el asunto los había dejado indiferentes. Claro que con los niños eso nunca se sabe.

El paseo se había hecho poco después de que a mi mamá la mordiera por fin el murciélago o vampiro y antes de que le diera la meningitis, es decir, en una especie de intermedio entre un asunto sobre todo aparatoso y otro muy difícil. Lo del murciélago se había visto venir desde que llegamos. Lo estábamos esperando, por el poco juicio que tenía ella con el toldillo y con la puerta del cuarto, que a veces dejaba abierta para oír mejor el mar desde la cama. Morder a una persona tan insomne no debió ser nada fácil. El vampiro o vampira tuvo que haber estudiado bien sus patrones de sueño –arquitectura del sueño la llaman los especialistas, que en su caso era arquitectura en ruinas– y bajado con su vuelo todo negro y aterciopelado cuando coincidieron ronquidos y dedo gordo por fuera del toldillo. Se demostró así que a los vampiros o vampiras no los ahuyentan los ronquidos. Los vampiros chupan, pero no logran tragarse todo, como les pasa a los bebés con el tetero, y en este caso la sangre goteó en el piso y quedó un charco al lado de la cama por donde ella había sacado el dedo gordo y su respectivo pie.

La tía Antonia dormía tan bien organizada al lado, que su cama parecía siempre sin destender. Era como si no hubiera nadie. Mantenía muy bien pisado el toldillo con el colchón, ella sí, tal como nos habían recomendado cuando llegamos, y los vampiros nunca tuvieron la posibilidad de entrar. Pero supongamos que la hubieran tenido. En ese caso sólo habrían encontrado descubierta la mejilla, como zona más o menos mordible, pues la tía Antonia se cobijaba siempre muy bien y con mucho orden, de modo que el cuello no tenía arrimadero y las orejas y los oídos con sus respectivas perlas estaban resguardados por la cabellera, tan abundante como la de las protagonistas de nuestras novelas. Mamá Antonia tenía cabellera, no pelo ni pelero ni nada de eso. Uno no se daba cuenta de esta verdad o se olvidaba de ella porque la tía se hacía la moña muy temprano en las mañanas y la deshacía en la misma cama, ya cuando se iba a dormir. Y ningún vampiro, ni siquiera Drácula, habría tenido el atrevimiento de clavarle los colmillos sin permiso en la mejilla a la tía Antonia –mucho menos él, en realidad, siempre bajito de eritrocitos y todo, pero antes que nada un caballero–.

La mordedura no tuvo consecuencias. No le dio rabia a mi mamá –hidrofobia mejor dicho, porque muy molesta con el vampiro sí estaba, como habría anotado Rafael Alberto en la época en que él todavía era ciento por ciento él–, ni tampoco los otros males que podrían llegar por la mordedura de ese marsupial volador. Ébola, encefalitis. ¿Los vampiros son marsupiales? Creo que sí y ya me va entrando pereza de buscar más asuntos en internet. Nada. Busqué de todas formas y ahí mismo estaba: "Las crías de vampiro no se alimentan de sangre, sino de leche. Se aferran fijamente a sus madres, incluso mientras éstas están volando, y únicamente consumen su leche durante los primeros tres meses de vida aproximadamente". No vuelan embolsadas. Repito, no-van-embolsadas. Si lo hicieran no tendrían que aferrarse tan fijamente, ¿no? Luego no son marsupiales. Otra cosa que me queda clara fue que a mi mamá no le clavaron los colmillos en el dedo los bebés –y quién sabe cuántos iban– sino la mamá vampiro. Ellos se alimentan de leche materna como todos los bebés. Como Moby Dick cuando estaba ballenato. Y el charco de sangre nos dio una idea de lo desbordante de vida que a sus noventa y un años estaba mi mamá.

El asunto de Claudia le pegó duro a Rafael Alberto. Quedó muy disminuido. Por momentos llegué a pensar que se iba a alcoholizar como disculpa para entrar a los alcohólicos anónimos y combatir así la tremenda soledad en la que se había hundido de repente, pues Grekna ya no quiso saber absolutamente nada de él, o que se iba a integrar a la Iglesia Pentecostal o a la del Séptimo Día. Y todo empeoró todavía más cuando supo que Claudia estaba viviendo con un médico un poco más joven que ella, Leónidas Santos, radiólogo como yo, pero aficionado a escalar montañas, picos rocosos, edificios o lo que hubiera por ahí para escalar. Como si yo, en lugar de haberme ido para la casa a oír música, a tomar ginebritas y a estar con Ester después de una semana larga de trabajo, hubiera agarrado el carro para ir a treparme a la Piedra de El Peñol. Mi hermano parecía enfermo de amor por Grekna y, así y todo, fue muy grande su desconsuelo cuando supo lo de mi colega radiólogo, el escalador. Era como si le hubieran empezado a llover golpes por todos lados. Me daba lástima, pero también me entretenía, pues él todo lo hace con gracia, así esté en el cincuenta por ciento de él mismo, para poner una cifra, hasta sufrir.

–El tipo llega a la casa y se pone a escalar.

–¿En la casa, Gabriel?

–Por las paredes. Hizo incrustar piedras y varillas por todas las paredes del apartamento.

–¿Te contó Claudia?

–No. Alguien me contó. Con Claudia no nos estamos hablando. Ella sólo quiere hablar por intermedio del abogado. Imagínate. Entonces, digamos para ir del baño a la cocina, el tipo se va por las paredes, como una araña.

–Algo me hablaron de él. ¿Él trabaja en Soma?

–Como una cucaracha, más bien. Ni idea dónde trabaja el güevón ese.

–Lo bajaste a cucaracha.

–¿Te acordás cuando Antonio nos estaba enloqueciendo con el chiste del putarrón y la putaracha? –preguntó mi hermano, para cambiar el tema de Leónidas, el hombre cucaracha.

–Lo repetía cada que podía. Como lo del hambre canina.

–¡Se me había olvidado el hambre canina!

Cuando niño a Antonio ciertas cosas que le llamaban la atención se le quedaban atascadas. Después el cerebro se le terminó de desarrollar y quedó normal. Normal no. Hasta inteligente es.

–Y lo bien que le ha ido en la profesión –dijo Rafael Alberto.

Hablamos entonces de que ya Antonio era más bien delgado como todos nosotros, pero que, allá en el fondo, seguíamos viéndolo gordito. Debió ser difícil para él la niñez en una casa en que todo el mundo era flaco. Le subían y bajaban los cachetes cuando jugaba futbol, lo cual no impedía que agarrara la bola y que ya ni amigos ni enemigos fueran capaces de quitársela. De todo y de todos conversamos, Rafael Alberto y yo, como lo hemos hecho los de la casa desde siempre cuando hablamos por teléfono. Y peor todavía en persona. De todo menos de Grekna. Nunca preguntaba por ella y yo prefería no poner el tema. Que habían hablado por lo menos una vez por teléfono, eso yo lo sabía. ¿Qué se dijeron?, ni idea. Por el tono de la voz de Grekna, que se alcanzaba a oír desde mi hamaca, supe que era una llamada importante; y supe que era mi hermano cuando la oí decir a ella en voz mucho más alta de la normal, casi gritando: "Don Rafael Alberto, ¡cómo siquiera se le pudo ocurrir a usted! ¡Ni riesgos voy a hacer yo eso!". Pero no quise saber más y me fui mejor para el otro lado de la casa. Los dramas ajenos agobian, pues no es mucho lo que uno puede hacer. Cualquier intervención podría ser inútil abajo y por eso en él la vida de nadie estaba segura, y menos en estas selvas. "Los zorros les están dando seguridad democrática a las gallinas. Ignacio: ellos no te van a preguntar la profesión antes de ponerte las botas", y en este punto, en vez de ponerse a llorar, Ester imitó a un militar: "¿Cuál es su número de calzado, ahí, el civil? ¿Cómo me dice? ¿Usted es médico? ¡Ah, qué bueno! Entonces no. Teniente, dejemos las boticas para el próximo paciente, jajajaja. ¡El señor es médico, teniente!". Ester podría haber sido actriz profesional, como Margarita Rosa. Que no fuera iluso, me dijo. Yo me empecé a ofuscar y le dije que en mis circunstancias una positivización no era mala salida. "Vos no estás solo", me dijo, no para darme ánimos sino como un reproche. "Y para mí no es fácil venir a darte vuelta cada quince días, así me guste tanto este sitio… Mejor dicho, retiro lo que acabo de decir. No es tan difícil venir. Eso último no lo dije, Ignacito, no vas a hacerme caso con eso". Nos quedamos callados mientras nos tranquilizábamos y entonces le dije que le iba a explicar "lo que yo quería de la vida en este momento y lo que quería en este momento de mi vida". A Ester le causa gracia que me ponga serio. Dice que mi seriedad le produce cosquillas. Y ese… ¿retruécano, será?… me había quedado redondo, bien proporcionado y especialmente solemne, como si fuera un antiquísimo lugar común, patrimonio ya de la humanidad. En nuestra conversación las cosquillas se tomaron entonces todo el asunto, con erizamientos y demás, y al fin no hubo necesidad de explicar nada. Después se me ocurrió que Ester tenía su toque de locura. Las carcajadas de uno de sus dos tenientes habían sido demasiado destempladas, casi chillonas, y lo relacionado con erizamientos, muy intenso, tanto que perdió la conciencia o el conocimiento, me parece. Se murió unos segundos, la pequeña muerte, que llaman, y yo casi hago lo propio. O tal vez sea que la proximidad de la muerte grande nos deschaveta un poco a todos.

A mi mamá no le llegó la muerte grande ni de lejos con la mordedura del murciélago. Fue como si nada hubiera pasado. Comenzó a tener más cuidado con el toldillo, eso sí. ¿Cuántas veces habrá vivido mi mamá durante su vida la pequeña muerte? ¿Habrá perdido el conocimiento entre espasmos pélvicos cuando me engendraron? Esas cosas no se deben pensar de la mamá. Es pecado. Seguramente tuvo espasmos pélvicos con la persona que vivió y tal vez murió en una casa que ya no existe no lejos de aquí. La tía Antonia, a pesar de mi prudente insistencia, no me quiso decir casi nada. Que él había sido médico, muy joven, recién graduado, muy educado "y no me preguntés más Ignacito, ahora sí, porque más no te voy a decir". Eso fue todo por ese lado. Tampoco Ester habló. Mi mamá le había dicho lo mismo, es decir, que le contaba sólo a ella, porque necesitaba desahogarse, pero que no fuera a contarle a nadie, y Ester sabe guardar secretos, por más que le rueguen. Yo no le rogué, claro. No mucho. Tengo mi orgullo. Lo que sé es que en todo aquello no había nada sórdido, nada que exigiera secretos. El tal secreto era para darle color a la vida. Hice un cálculo de fechas y pienso que todo pasó por allá por 1950.

Es raro y desesperante que los seres humanos vivamos un manojo de años, vislumbremos la infinitud de este asunto, conozcamos dos o tres cosas, la ley de la gravedad, la existencia de los neutrinos, y pum se nos apague el mundo. Mirándolo de otra forma, si uno conoce la parte, por pequeña, que sea, minúscula, infinitesimal, conoce el todo. ¿Qué más había para conocer aquí, por ejemplo? ¿Se moriría el muchacho médico de dengue, de paludismo o comido por un tigre? ¿Y qué misterio podría haber en una niña de diez y seis años que quién sabe qué estaba haciendo por esos lados, turismo seguramente, y se enamora de un joven igual de bonito que ella? Pero no. Uno quiere saberlo todo. Uno no quiere la parte, así sepa que contiene el todo. Uno quiere todo el todo. Rabieta. "¡Yo quelo todo! ¡Mamá tonta! ¡Yo quelo todo todo!"

¡Qué tal la versión de Saint James Infirmary! Si me toca reencarnar, que sea en alguna criatura que sepa jugar, como Pérez Prado. Un delfín, una ballena. Tampoco me cansa esta lluvia. El cuerpo me cansa un poco. Ayer no llovió, quise salir a la playa y al final no me decidí. *El Manisero* ahora. ¡Esas trompetas! No entiendo por qué la resurrección de los muertos es para nosotros macabra. Mejor dicho, sí entiendo. Si uno va a salir de su tumba y ahí mismo lo van a poner en juicios y demandas, mejor no resucitar. "Para eso me quedo aquí, huevones. Yo aquí estoy bien, no me jodan. Que resuciten los pendejos". De ahí mi propuesta de poner una trompeta como esas, Caribe, para despertar a la gente. Cambiarle el enfoque a todo el asunto. Traté de averiguar el nombre del virtuoso que la toca al comienzo de una de sus versiones de *El Manisero* en un registro altísimo y eufórico, apropiado para despertares, y encontré estas posibilidades: Ollie Mitchell, Louis Valizan, Bob McKinzie, Tony Facciuto y Homer Salinas. Seguí buscando y es casi seguro que se trata de Louis Valizan, que tendría veintiún años cuando grabó *El Manisero* y *El vuelo del abejorro*. También encontré su obituario: "Louis John Valizan falleció el 12 de octubre de 2012 en Las Vegas, NV, luego de una corta enfermedad. Hijo de Lillian y Louis Valizan, había nacido el 30 de marzo de 1934 en Chino, California.

Asistió a la escuela secundaria de Chino, donde se interesó en la trompeta, que seguiría tocando después de su graduación en 1951. Su carrera como músico profesional comenzó inmediatamente después de su graduación, cuando se presentó internacionalmente con la orquesta de Pérez Prado. De habilidad asombrosa para tocar en los registros más altos, alcanzó fama mundial y su estilo innovador influyó en las siguientes generaciones. Louis amaba entrañablemente a su familia. Marido devoto de su esposa Gloria por 59 años, tenía gran dedicación por sus hijos y fue parte importante en la vida de sus nietos." Publicado en el Inland Valley Daily Bulletin el 5 de noviembre de 2012.

Con tanta alegría que tocamos las trompetas, tan poquito que duramos. ¿Entonces para qué si no era para siempre? El hombre es flor de un día, etcétera, etcétera. Al final de *El Manisero* entra otra trompeta a tocar con la primera, pero la identidad de esa segunda trompeta ya no hay quién la establezca por más búsquedas que se hagan. Encontré esta nota de condolencia: "Querida Gloria y querida familia: Lamenté mucho la muerte de Louis. Para mí, como trompetista joven, fue un gran mentor y amigo, amistad que conservamos a lo largo de los años. ¿Te acuerdas cuando tú y Louis conocieron a mi familia en un restaurante del Stardust hace como diez años? Fue algo maravilloso. Con amor, Jeff". Tres de febrero de 2013, Carmel, IN.

La reencarnación y la resurrección no son compatibles. O se reencarna o se resucita. Eso tengo que cuadrarlo de algún modo. Por lo pronto queda Louis en la trompeta. Los reguetoneros que ya soñaban con el contrato van a aprender que el éxito es ilusión, flor de un día, etcétera, etcétera. Ni siquiera van a resucitar, mejor dicho. Si ellos resucitan, muchos de nosotros nos volveríamos a enterrar. Tienen la opción de reencarnar, eso sí, pero en algo que no suene. ¿Aguamala? Hace poco leí que hay unas bacterias que viven como tres cuadras debajo de la tierra. Otro problema sería que ese día estuviera cayendo agua a chorros, como ahora. En tal caso tendríamos que salir de la tumba y correr ahí mismo a escamparnos en algún lado con los trapos de la muerte todavía pegados al cuerpo. Detalles para pensar. ¿Hay las lanchas suficientes para venir del cementerio al caserío? ¿Cuánta gente estamos esperando? ¿Tenemos los suficientes dominós? Me va a alegrar ver otra vez a la señora Otilia: "La resurrección me parece algo fantástico, doctorsh. Lo que molesta es el gentío tan bárbaro". Y hay que resolver lo de los dos perros.

Otra vez están en el campeonato de fútbol en el caserío. Le mandé un correo electrónico a Dismas Wenzel diciéndole que estábamos otra vez en eso y me contestó todo preocupado por el avance del nazismo en Alemania. Comencé así una de mis rondas de llamadas y correos electrónicos. Llamé a Antonio hijo y me contó que Yoyito se había ido a pasear a Bahía. Su voz suena más profunda todavía por teléfono, severa. ¿Bahía Solano?, pregunté. ¿Y por qué no ha arrimado a saludar? No, Ignacio, Bahía, Brasil. Nada comenté. Antonio hijo no parecía contento con el tal viaje. Ya se sabe cómo es el Brasil. Le escribí a Iván y me contestó con una llamada desde San Diego. Preguntó por todo el mundo, incluida mi mamá. No tenía mucho para contar, dijo. Estaba haciendo cosas sencillas todo el día y sentándose en el cojín redondo a la tarea de sólo ser. Llamé a Alicia. Había aprendido a caminar en la cuerda floja. Le pregunté qué tan alto la ponía, me dijo un metro. Le dije que ya se iba a poder financiar la universidad en los semáforos y soltó la risa atropellada de los adolescentes. Es mucho lo que me simpatiza, mi sobrina. La ronda me dejó agotado. En dos o tres días haría otra con el personal faltante.

La inflamación de las meninges comienza con un poderoso dolor de cabeza y fiebre. Por fortuna Yoyito pasaba por una de sus épocas de buen juicio y nos pudo ayudar, hábil como siempre y con esa alegría de registro más alto que el de la trompeta de Louis Varizon –es decir, muy cercano a la distorsión–. No logro imaginarme a Yoyito en las oficinas de alguna compañía de contaduría tan gris como los nubarrones que se están acumulando y oscureciendo cada vez más, abajo, lejos, por donde están saliendo los árboles por los aires. Con la diferencia de que estos nubarrones siempre contienen luz, así no la dejen ver, en cambio los folios que forran las paredes de esas oficinas absorben como secantes la luz de las ventanas y hay que prender la helada luz de neón para trabajar. El neón y Yoyito, de alma iridiscente, son cosas que no logro juntar.

Alguna vez le pregunté que cómo había llegado a la contaduría. Dijo que toda la vida le habían gustado los detalles en todo, ¡si usted viera mis arreglos florales! Y dijo que tenía también una memoria de ensueño. Me dijo que algún día me iba a mostrar las maravillas que él era capaz de hacer con su memoria y me las mostró de una vez. Fue hasta la repisa donde tengo mis libros, les dio la espalda con una amplia sonrisa, se tapó los ojos con una mano, no sin antes hacer un pequeño movimiento decorativo con ella, y agarró un libro de la repisa con la otra mano, que había hecho también la maroma decorativa y pasado sobre el hombro. Todo eso quería significar que lo estaba escogiendo al azar. Me entregó el libro, *Boda clandestina*, y me dijo que le leyera en voz alta una página cualquiera. Empecé a leer. "No, no, no, dijo Yoyito. Pásamelo más bien y yo lo leo". A veces me tuteaba. Leyó la página en silencio y en segundos, moviendo los ojos de un renglón al siguiente con rapidez y abriéndolos mucho, pues él no hace nada sin adornarlo con algo. Me devolvió el libro. "Un tenue haz de luz penetraba callado, diríase temeroso, por la pequeña ventana de la buhardilla…" recitó y continuó hasta el final de la página. No sólo no le faltó una sola palabra ni una coma, pues leía bien, sino que cada frase traía un cambio de ritmo y de expresión de la cara, facial o del rostro.

¡Y cómo lo alborotan y descarrilan las reuniones sociales, la música, el trago! Cómo irá a ser la bulla que va a armar el día del Juicio Final. Menos mal andaba tranquilo y encarrilado por los días de la meningitis, pues el asunto con mi mamá se iba a poner difícil. Yoyito se había salido de cauce aquí ya demasiadas veces. Se daba salidas de cauce de dos, tres días. La última fue en la fiesta de la Virgen del Carmen, muy poco antes de que lo llamaran a darle la noticia del balcón que le había caído encima al hermano mayor cuando fumaba en la acera. Con Yoyito hasta las tragedias eran extravagantes. Sus gritos al recibir la noticia fueron desgarradores, sinceramente desgarradores, pero también teatrales. Es algo que ya no puede evitar. Recibió la llamada mientras caminaba por la playa y aquello fue un espectáculo. Lo primero: desmayarse. Esta es una de esas noticias que no hay manera de anunciar con suavidad ni de preparar a los seres queridos para que no les pegue demasiado duro. "Aló, Yoyito". "Aló, Luz Marina. ¿Y ese milagro?". "Algo pasó, Yoyo, hay que estar fuertes. ¿Se acuerda de que Carlos se empeñó en que le tenía que hacer un balcón a la casa?". Y en ese punto comienza Cristo a padecer, pues lo que sigue es precisamente el balcón desplomado sobre Carlos y para eso no hay eufemismos. Yoyito salió del desmayo y comenzaron los gritos, de tan intenso dolor que uno se olvidaba de lo gracioso de la tragedia. Yoyito y Antonio se reconciliaron de urgencia y empacaron para Medellín. Serían los primeros.

"Aquí en el caserío se celebran las fiestas de la Virgen del Carmen", dice Naila Rivas. "Se reúne toda la gente, hacen unos rezos en la escuela, que es donde se celebra como la ceremonia. Antiguamente había una monja, una hermana, Isabel, que iba a celebrar todas las fiestas de las playas, porque cada playa tiene su santo. Aquí es la Virgen del Carmen. Se pasan, pues, rezando toda la semana y ya el último día hacen la fiesta. Se arregla el altar con la imagen de la Virgen, se reúnen todas las personas en la noche, se cantan unos alabaos y después se reúne la gente en la sala como a hacer un baile, pero acá le llamamos a eso *ruca*. Se hace un círculo, se inician a cantar. Una persona inicia el canto y las personas del círculo dan como una respuesta a ese canto y se van intercalando o turnando. Ya no celebramos la Semana Santa, porque la monja murió y los padres, como el orden público ha estado tan duro, entonces ya no van a la playa. A la playa no se desplaza nadie. Ya los padres casi no van por las veredas".

Yoyito estuvo en la preparación de la fiesta, ayudó con lo del altar, formó parte de los círculos de la ruca y se amarró una borrachera mayor el último día. No supimos lo que había pasado, aunque por la reacción de Antonio tuvo que ser algo grave. Rico habló con mi mamá y ella habló con los dos y conmigo. Estuve de acuerdo. Aquello se tenía que acabar. Hasta ahora el comportamiento de Yoyito había mantenido a la gente asombrada y desconcertada. No era blanco, negro ni indio y, como si fuera poco, era ingenioso y se hacía querer. A mí ya me habían empezado a cansar sus locuras, que podrían ponerlos en peligro por estos lados. Se repetía siempre lo mismo: el trago y la gente le hacían perder el control y Antonio la pasaba mal. Esto no es territorio del arcoiris. No hay autodefensas LGBT ni presencia del primer frente LGBT de la guerrilla. Aquí los pistoleros son vaaarones. Iban a hacer bastante falta, Antonio y Yoyito, pero me alegraría por todos nosotros cuando se fueran.

La meningitis llegó por una infección respiratoria. Fiebre alta. Escalofríos. Cefalea intensa. Náusea. Rigidez de nuca, que se puso tiesa como un garrote. Administré amoxicilina a grandes dosis, pero tenía que llevarla al hospital, a una hora en la lancha de Justino, pues a su edad la meningitis podía complicarse. Todos quisieron acompañarla, por supuesto. Me opuse. Mi mamá ya estaba delirante. El movimiento de toda esa gente en tres lanchas habría sido una locura, así que nos embarcamos sólo Justino, mi mamá, Grekna, Yoyito e Ignacito.

Llegamos al hospital. Once de la mañana. Mi dolor de estómago: constante. Mi mamá había venido delirando sobre la casa del algarrobo, y supe así que el muchacho se llamaba Ramiro. Cuando uno se resigna a que toda información va a ser por siempre insuficiente, llega de repente nueva información, tan insuficiente como la que ya tenía, pero que alborota las ganas de saberlo todo.

–¿Ramiro qué, mamá? –le pregunté con cierta ansiedad, como si saber que era González, López o Sánchez pudiera aumentar mi conocimiento del mundo.

–Ramiro era una belleza –dijo.

–¿Dónde lo conoció, mamá?

–Allá mismo.

En este momento yo hubiera podido preguntar lo que me diera la gana y ella habría contestado.

–¿De qué se murió?

–Paludismo.

–¿Sufrió?

–Morir es fácil, pero en la "morida" se sufre.

Listo. Ya lo sabía todo. No había nada más qué saber. No había nada más que yo estuviera en condiciones de preguntar y, sin embargo, seguía igual de lejos de la verdad. Ya sabía yo que no lo habían enterrado en la vereda vecina, la del cementerio, sino en Medellín. Y seguí preguntando.

–¿En qué se lo llevaron?

–Ya mi papá y yo nos habíamos ido. Murió sin mí. Fui al entierro en San Pedro. Allá quedó.

–¿Usted lloró?

Si uno sigue preguntando cuando ya no ha quedado nada por saber, pregunta bobadas. ¡Cómo no iba a llorar! Es más, en ese momento, y sin salir de sus delirios, volvió a llorar.

Cuando llegamos encontramos el hospital en crisis y la ciudad alborotada por la celebración del Festival del Mar. El papá de una niña que murió al nacer había amenazado de muerte a la médica que atendió el parto, y ella y los otros dos médicos, asustados, se habían ido para Medellín. El papá de la niña era un mafioso importante, con un claro sentido de pertenencia familiar, como toda la gente de Medellín –y como casi todo el mundo en todas partes del mundo–. "Doctora hijueputa, me la dejaste morir. Ya vas a ver quién soy yo " o algo así habría dicho. De modo que me tocó asumir el cuidado de mi mamá y, de hecho, aunque no oficialmente, por supuesto, el del hospital. No creo que la doctora se vaya a salvar en Medellín. Va a tenerse que ir para Europa o quién sabe para dónde. Lo que tanto desconcierta a la gente del Primer Mundo sobre nuestra violencia es el llamado folclorismo, la falta de orden y de eficiencia, la imprevisible emotividad, como la de este señor mafioso. Es violencia de bandidos de psiquis podridas, carente de la seriedad y buena organización que ha tenido siempre la violencia de allá, aquel maravilloso *savoir faire*, como habría dicho Urrea, que les ha permitido aplicarla de forma masiva en sus guerras y campañas de pillaje o exterminio.

El personal del hospital estaba disminuido. Además de los médicos, se habían ido de miedo muchos técnicos y administradores, y el ambiente de carnaval de la ciudad facilitaba el ausentismo de los empleados de base. Afortunadamente las enfermeras estaban todas y eran eficientes. La jefe se parecía a Naila, claro que de cofia en vez de turbante, y manejaba al personal con mano tan firme como la de Naila. La adrenalina me quitó la debilidad. Me gusta este oficio, lástima. Mi mamá presentaba cefalea intensa, de modo que la pusimos, con las cortinas cerradas, en uno de los cuartos. Punción lumbar. Líquido cefaloraquídeo ocre. Meningitis casi segura. Mandé las muestras a un laboratorio de Bogotá y comencé el tratamiento indovenoso con penicilina mientras llegaban los resultados y sabíamos qué tratamiento específico nos convenía.

Mi sobrino político cada rato iba a la ventana a mirar los desfiles. No tenía la mente en lo que hacía, y a pesar de eso todo le quedaba pasablemente bien. Qué persona eficiente es Yoyito. Grekna sólo tuvo que llamarle fuerte la atención una o dos veces. Lo que nos preocupaba era que desapareciera de un momento a otro y nos dejara colgados de la brocha, para regresar exhausto dos o tres días después. El festival era un remolino demasiado poderoso para alguien como él. Eso si no le pasaba nada, si acaso regresaba. Y mi mamá, que se ponía imposible con las demás cuidadoras, facilitaba todo cuando eran Yoyito y Grekna los que se encargaban. Como el Festival tiene un reinado de belleza, y como a Yoyito lo apasionan los reinados, le dije que si me ayudaba juicioso yo lo dejaba libre para que estuviera, tres días después, en la coronación. Se iba a volar de todas formas ese día, así que me pareció mejor darle permiso antes, para que se calmara. Eso no garantizaría tampoco que volviera el día del reinado, a no ser que fuéramos nosotros también. Me acordé de que el maestro de Iván decía que la mejor manera de controlar a una ternera era dejándola suelta. Sabio, pero no aplicaba a cabras como Yoyito. Por fin dejó de mirar por las ventanas y le puso los cinco sentidos a lo que estaba haciendo.

Grekna y yo asistimos también a la coronación, para tratar de que no se escapara y también para descansar del hospital. Además, yo nunca había estado en un reinado de esos. La llegada había sido difícil. Hubo que atender a mi mamá y también a los pacientes hospitalizados y a los que llegaban por urgencias. Grekna, Yoyito y las enfermeras trabajaron bien. Cuando por fin llegaron los dos médicos que habíamos estado esperando teníamos ya la situación bajo control. Los médicos eran muy jóvenes, pero sabían lo que hacían. Nos habíamos ganado a pulso la asistencia a la coronación.

Mi mamá respondió bien, aunque no estaba todavía fuera de peligro. Drenamos los senos infectados. Le di prednisona, para aliviar la presión e inflamación cerebrales que podían dejarla sorda del todo, y ahí sí nos tragaría la tierra. Analgésicos y sedantes, de modo que estuviera cómoda y tranquila. Cómoda, mejor dicho, porque ni sedada estaba tranquila. Otra vez empezó a mencionar las ballenas. "Miren cómo vuelan", decía. "Lástima tanto dolor. Miren.

Por la noche. Sombras. Por debajo las alumbra el mar". Parecían a veces alucinaciones de muerte. "Acordáte de mi algarrobo, Ignacito" me dijo de repente con mirada clara, consciente. Le dije que me acordaría, que no se preocupara. Sonrió y volvió a sus delirios. Y eso mismo haría en caso tal, pensé. La acompañaría hasta que reposara donde quería, así los jardineros tuvieran que cargarme por la trocha, todo largo y flacuchento, en una Rimax.

La elección de la reina comenzó con un desfile de candidatas en lancha por la bahía. Lancharrozas. Combinan las palabras "lanchas" y "carrozas". Si a uno no se lo explican piensa que el nombre se debe a la cantidad de flores que les ponen. Algunas parecían haber alcanzado el límite. Una heliconia más y se iban a pique con candidata y todo. En la playa encontramos a Yoyito, que se había disfrazado de arlequín para el desfile, disfraz más bien sobrio, tratándose de él, con sólo los elementos mínimos que lo caracterizaban como arlequín: sombrero de tres picos sin campanillas y camisa de rombos con bluyín y tenis blancos, estos sí con campanitas, cansonas ellas, como las de los collares de los gatos. Dijo que se había apenas medio disfrazado hoy porque yo no lo dejaba ir el día siguiente al desfile de disfraces. Diez de la mañana. Traía ojos contentos y brillantes y media botella de ron en el bolsillo. Era la único disfrazado entre el público. Movía la mandíbula como si hubiera ingerido cocaína. El público olía a baño reciente, a jabón. Señoras altas y fuertes cargaban bebitas recién nacidas, con balacas adornadas con flores de cinta. Se veían pequeñitas y perfectas en el amplio marco materno. Vi dos ancianas flacas y de mal semblante, caras muy empolvadas y faldas azules altas de las que asomaba un ruedo de enaguas amarillas. Tal vez estaban también disfrazadas. Grekna atrapó a Yoyito del brazo y los dos se estuvieron así un buen rato, como amigas del alma, hasta que él logró escapársele y se puso a loquear por ahí con sus molestas campanitas. Primera vez que veía yo a Grekna en bluyines y volví a pensar que el enredo en el que se había metido Rafael era comprensible. Qué figura bonita tiene usted, Grekna, me habría gustado decirle, pero uno no debe andar piropeando a sus enfermeras. Hay mujeres que se van poniendo más bellas a medida que uno las conoce. ¿Cómo podía tener tanta estructura ósea y al mismo tiempo nalgas tan armoniosas? Se seguía poniendo bastante roja con el calor, eso sí.

Una de las candidatas más populares era una jovencita de sonrisa parecida a la de la Virgen, rasgos finos y pelo muy negro, liso y brillante. Vivía con su familia y un grupo grande de personas que tenían su propia lengua y cultura y pelo como el de ella. No ponerles nombre. Gente, personas, humanos, bípedos implumes, monos desnudos, igual que yo, igual que miles de millones de estos mismos bichos extraordinarios que poblamos el planeta y estamos acabando con él. Dice uno "judío" y a Einstein la cara se le distorsiona, y la mente que sabía tocar el infinito se llena de limitaciones. Y se distorsiona la cara de Marx y la de Bob Dylan e incluso la de Cristo. Dice uno "alemán" y a Beethoven se le va formando una cruz gamada en el ceño, las manos se le ponen gruesas y desmañadas y sus dedos se engordan, aunque no tanto que le impida poner el dedo en el gatillo. Judío, alemán, embera. Palabrejas que deforman todo.

La candidata de pelo negro liso era más bien gordita, infantil, maternal, llena de tímida simpatía. Tenía ángel y era popular, pero no iba a ganar. Sus medidas de hombros, busto y caderas no eran las convencionales. La aplaudían, pues hablaba muy bien, era inteligente, pero el jurado eligió a una muchacha que parecía blanca, aunque pintada con barniz caoba. Medidas perfectas. Afrodescendiente, decían, aunque lo de afro, aparte del barniz, no se le veía por ningún lado. Era, por supuesto, la candidata preferida de Yoyito, que saltó como loco cuando oyó el veredicto.

En un descuido Grekna lo atrapó de nuevo, y pudimos regresar juntos al hospital. Las campanillas sonaron por los corredores.

–Quitate esas vainas, hombre Yoyito, que son contra el reglamento –dije, y se las quitó. Se quitó los tenis, mejor dicho y siguió caminando con ellos en la mano por los corredores. Medias con diseño de hojas de marihuana.

Encontramos a mi mamá todavía débil, pero consciente y ya sin cefalea.

–Abríteme esas cortinas, Ignacio, que esto parece el túnel del terror –dijo con voz apenas audible.

"Abríteme" era de la época del "salistes" y del "volvistes" de la tía Antonia, que se había quedado en la casa, no llorando, pero sí bastante alarmada. Por esos días habíamos ya dejado atrás *Boda clandestina* y trabajábamos en una novela de María Luisa Linares. Es buena escritora de romance, pero esta novela en particular no era gran cosa, tanto que se me olvidó el título. Estuvimos de acuerdo en que algunos personajes no eran convincentes. El protagonista, por ejemplo. Debilucho, falto de carácter, como si no tuviera las espaldas suficientemente anchas y las caderas suficientemente estrechas para merecerse el puesto. Como si fuera culón a la vez que enjuto.

–Y la mamá de ella al fin no sabe uno muy bien qué pitos toca –dijo la tía–. Lady Emilia. Además, es simple como una badea.

–Tiene más gracia una arepa al vapor.

Por aquellos días andaba yo ocupado con las almorranas de Justino y con el asunto del pescado al vapor y la yuca hervida.

Risa, tos, risa. Pañuelo.

Me hizo mucha falta la tía cuando se fue. Todavía me hace falta. ¡Y la que me va a hacer! Ahí me quedé del todo sin Ángel de la Guarda. De niño ella formó mis hábitos de lectura con la biblioteca de la finca y ahora que estoy en plena carnicería de Napoleón tiendo a centrarme en la parte digamos rosa del asunto, la elegancia de esas mujeres, la gallardía de los caballeros, de modo que en mi lectura el salvajismo de la invasión, la pierna recién amputada, amoratada y goteante o los sesos brillando como coral rojizo bajo el sol sobre los pastos de los campos de batalla no vienen en primer plano, sino los príncipes y las princesas angustiados y lujosamente vestidos que conversan o se quedan callados en salones llenos de terciopelos y adornados con óleos de paisajes rurales y óleos de zares u otros nobles con sombrero de plumas, medallas, charreteras y sables, montando caballos medio cerreros de crines muy largas.

Abrí las cortinas y apareció mi mamá en toda su pequeñez, palidez, lucidez. Los ojos le brillaban un poco menos que de costumbre, pero le brillaban.

–¿En qué año estamos? –dijo. Débil y todo, no iba a perder la oportunidad de hacer esa pregunta.

–Mil novecientos cuarenta y nueve, mamá. Acaban de asesinar a Gaitán.

–Qué cruel sos, Ignacito –dijo, exagerando la fragilidad de la voz.

Preguntó qué es esa bulla y le dije que era el desfile de disfraces que estaba pasando por la calle. Hizo el gesto de levantarse como para ir a mirar por la ventana, pero yo sabía que no iba a ser capaz, y no fue capaz. Llamé a Yoyito, que se había puesto otra vez el disfraz, campanillas y todo, y él y Grekna la llevaron a la ventana. No tuve tiempo de decirle que se quitara las campanitas. Además, no era una orden fácil de pronunciar: "Quitate tus putas campanitas, Yoyito, ¿sí?". Terminé de acuñarla mentalmente y me sentí cansado y sin ganas de darla. Que sonaran lo que les diera la gana. Además, a mi mamá al parecer le habían causado gracia. En la ventana había demasiada luz para ella. Le puse mis gafas de sol, que filtran los rayos ultravioleta y espejean, y así pudo mirar pasar las comparsas. Una ancianita con gafas de aviador. Las gafas yo las había comprado porque las necesitaba y también por nostalgia de un par que me regalaron cuando tenía doce años y quería ser aviador o médico.

–¿Y ustedes por qué no están disfrazados? –nos preguntó de pronto a Grekna y a mí.

–Muy buena pregunta, doña Isabel –dijo Grekna. Sonrió. A Yoyito se le iluminó la expresión. Había estado bastante triste por no haber podido participar en el desfile, que tuvo tan cerca y a la vez tan lejos.

Desembarco frente a la casa. El regreso triunfal de una reina Maorí. Las nietas la esperaban en la playa con ramos de flores y el vestido más elegante que habían traído este año para las vacaciones. Mi tía Antonia se veía muy pequeña y sepia al lado de Rico –alto como un soldado del Vaticano–, una anciana color ámbar en el sol, de pie sobre la arena espejeante y gris oscura. Las nubes del aguacero eran una masa oscura que iba cambiando el tono del mar de verde a gris mientras avanzaba. Nos daría tiempo para que las cuatro niñas en fila besaran a mi mamá en la mejilla; para que la fila de niños –seis, incluidos los dos alfa de Gloria Isabel– también la besaran en la mejilla; para que Ester la besara en la mejilla y la abrazara, igual que Naira; y para que Rico le estrechara la mano. Antonio hijo, alto, grande, la sepultó en el abrazo. Las ancianas se tomaron de las manos sin caer en sentimentalismos, se soltaron y empezamos todos a caminar hacia la casa mientras caían las primeras gotas.

Pocos días después se fueron Antonio hijo y Yoyito, presagio más bien triste de mis días futuros, que empezarían a dolerme y a alargarse demasiado. Los dos me hicieron falta, pero más Yoyito, por lo llenador. Su hermano mayor, que vivía en un barrio popular de Neiva, había sido como un padre para él. El hermano vivía con su familia en una de esas casas que van construyendo poco a poco, a medida que entran los pesos. Hay miles de ellas en los barrios densos que en todas las ciudades del país ocupan planicies, lomas y montañas enteras. Las alcaldías no tienen presupuesto para hacer cumplir las normas arquitectónicas. La gente va avanzando lo mejor que puede y a veces comete errores garrafales y mortales, como este del balcón. Pusieron pocas varillas de acero, demasiado cemento, quién sabe. El hermano salió a la calle y se sentó a fumar y a ver pasar carros, bicicletas y gente, en una silla que apoyó contra la fachada de su casa. Muerte instantánea. Traté de imaginarme a mi sobrino en el entierro, que abundaría en gritos de aflicción y flores en el fuerte calor de Neiva, y no fui capaz. Nacido, criado y educado en el estrato social alto de Medellín –y se le nota–, mi sobrino, de natural más bien serio, severo, va y se enamora de esta especie de filipino multicolor que es Yoyito, liviano, alegre, incontrolable.

Se fueron ellos y muy poco después llegaron José Daniel, Rafael Alberto y Antonio, que empezaron a preparar la partida de los demás. Rafael Alberto y Grekna mantuvieron siempre la distancia durante esos días como dos imanes puestos en sentido contrario. Se saludaron al llegar Rafael, rígidos, formales. Se sentaban en el comedor lo más lejos posible el uno del otro y, aparte del saludo y la despedida, días después, nunca se dirigieron la palabra. ¿Qué tanto había que preparar la partida? No mucho, en realidad. Rico y mi mamá hacía rato que tenían ya todo coordinado, así que Daniel se dedicó a pescar con la gente del caserío, Rafael a leer y a caminar por la playa y Antonio a caminar también y a hablar con mi mamá y con la tía Antonia, a lo cual era tan aficionado como yo.

Casi siempre hablaban, o hablábamos, de la finca. Hacía algunos meses los paramilitares que habían azotado la región se habían disuelto después de una negociación con el mismo presidente que los había creado, y ahora se podía ir. Antonio se había encargado de la administración de la finca, es decir de hablar dos o tres veces por semana con Bernarda y Duvalier y mandarles plata para abonos, sueldos y demás. El cultivo del café ya no es tan rentable como en otras épocas, pero todavía nos da para mantener la finca y lograr alguna ganancia.

Anoche no pude dormir. A las tres de la mañana agarré el bastón que me fabricó uno de los hijos de Rico con un palo muy duro que trajo de la selva, agarré mis audífonos y me puse a caminar por la playa. Me demoré un rato en llegar al agua, con pausas de descanso, pues cada vez camino más despacio. La espuma de las olas brillaba en la oscuridad. Por la noche el mar exhala un vaho tibio y el agua es casi caliente en contraste con el frío del aire. El agua estaba tranquila, lisa. Caminé hasta el extremo de la bahía, como yendo hacia el hotel, y después hasta el otro extremo, como yendo hacia el aserrío de los canadienses. Raro oír a Alci, *Señora Bonita*, a esa hora junto con el sonido de las olas y con el agua caliente envolviéndome los pies. El día anterior yo había leído sobre un picadero que habían descubierto cerca de Quibdó, donde los paramilitares narcotraficantes descuartizaban viva a la gente con las motosierras. Por eso no había pegado el ojo. Además, se me había intensificado el dolor sordo en el vientre. Cuando sé de algo horrible se me vienen a la mente las otras cosas horrorosas que he visto o de las que me he enterado, y así, más el dolor, que también aumenta, quién duerme. Hace ochenta años en un pueblito de Polonia los aproximadamente tres mil habitantes pronazis polacos metieron a los aproximadamente tres mil habitantes judíos en la sinagoga, le echaron candado y candela al edificio y los quemaron vivos. Habían sido sus amigos, sus compañeros de estudios, sus vecinos. A los que lograban escapar los cazaban por los trigales y los mataban. Al día siguiente algunas de las señoras polacas asistieron a misa con los abrigos que habían robado de las casas de los muertos. El cura sabía de dónde venían los abrigos, pero no dijo nada y además dio la misa. No es morirme lo que me sobrecoge sino… Ni sé. Me debería alegrar dejar de pertenecer a esta especie, pero me asusta porque es un evento demasiado grande y no entiendo nada. Qué es esto. Qué carajos es esto.

Ester no llegó esta semana. Es ya su último viaje. Le dieron por fin la licencia de trabajo, pero necesitó otros diez días para acabar de poner en orden nuestros asuntos antes de venirse del todo. Habíamos decidido que era el momento de empezar a ponerme la morfina, cosa que Grekna y yo podríamos haber hecho sin problemas, pero lo pospuse hasta la siguiente semana, para que Ester estuviera conmigo. Era también la oportunidad que me estaba dando a mí mismo de mirar otro rato la vida con mente despejada antes de empezar a flotar en las nubes del narcótico.

Morirse es bueno, eso lo sé, pero casi nadie se quiere morir. El hombre esquelético de barba negra y ojos muy grandes e inteligentes que bajó diligentemente a la fosa común y le puso la cabeza al hombre afeitado y de ojos azules, para que desde arriba, desde el borde de la fosa, lo matara como a un perro, él sí, el hombre de barba, se quería morir. Lo vi en un documental sobre los nazis hace ya cuarenta años y no lo he podido olvidar. Y ya empecé con esta especie de fascinación por la maldad humana, esta feria de imágenes que comienzan a reventar como maíz pira en una paila y ya no paran.

Alguien decía que el mal no era espectacular y era siempre humano.

Es siempre humano, cierto, pero a veces es espectacular. El despliegue de barcazas cargadas hasta los bordes con joven carne de cañón en Normandía fue un espectáculo y sólo eso. Los alemanes estaban ya vencidos. Necesidad de esa invasión no había como tampoco había necesidad de destruir a Dresde. Sangrientos espectáculos los dos, eso sí. Parecidos, aunque en gran escala, a las obras de teatro de la Roma antigua en las cuales mataban personas o las mutilaban para darle autenticidad a la escena. O el espectáculo horrendo, y tan humano, de los ladrones de dientes de oro en los campos de batalla napoleónicos, figuras minúsculas, detalles menos que menores, seres agachados como sucios moscardones verdes sobre otros seres en aquel inmenso paisaje lleno de personas muertas y moribundas y caballos muertos o heridos de muerte y que relinchaban. A los humanos agonizantes los humanos agachados a veces los remataban, para extraerles el oro. Hacían así en pequeño lo que el moscardón mayor había intentado hacer en grande.

Todo depende de lo que uno entienda por espectáculo.

También hay el mal que no es espectacular. El padre que mantiene relaciones con la hija durante meses, tal vez años, hasta llevarla al suicidio. El señor que compra alguna niña pobre virgen y el padre que la vende. La hija que atormenta a la anciana madre lisiada y sin posibilidades de defenderse. La humilla, la golpea. El dolor me ha aumentado demasiado. Ojalá pase rápido esta semana, ojalá viniera pronto Ester. Si esto sigue así me zampo la morfina.

Del chorro de imágenes oscuras me saca una llamada de Adriana para contarme que había aparecido Enriqueta. Me olvido del dolor. Adriana me pasa la lora al teléfono, pero la guacamayita no quiere decirme "¿toes qué, parce?" ni nada.

—Todavía está en shock —dice Adriana.

—Que no se te quede muda.

—Ya está hablando, Ignacio, pero muy pasito: "Bien o pa' qué, bien o pa' qué?" —la imita Adriana con un susurro perfecto de guacamaya en shock.

Cuando la asustaron los niños, la lora había volado y aterrizado en el patio de una casa, no a dos sino a diez cuadras de la de Adriana. En ella vivía una señora colombiana que después de pensarlo demasiado —en opinión de Adriana— decidió llamar al teléfono que aparecía en las fotos con las que habían empapelado el barrio.

—Cuando llegamos le estaba dando buñuelos mojados en chocolate.

—Perdió la voz, no el apetito.

—Hoy le llevé a la señora una de esas marialuisas que venden en Westchester. Es un encanto. Tiene dos pitbull. Son de Cali, ve.

—Dos pitbull de Cali.

–Ellos no siempre son malos. La familia es de Cali, menso. Sólo cuando les enseñan.

Me contó que ahora había quedado con dos guacamayas: Enriqueta y otro idéntico a Enriqueta, pero más cabezón. Como la señora que era un encanto se demoró para decidir que definitivamente había que devolver la lora, Adriana la había dado por perdida. Fue a una tienda de mascotas, compró una guacamaya y la puso Mario, con la esperanza de que tuviera que cambiarle el nombre por Marieta.

–¿Por qué no lo pusiste Enrique, entonces?

–¿Me querés enredar, Ignacio? ¿Y qué tal si aparecía Enriqueta y Mario resultaba hembra? Claro que con esa cabezota, difícil.

La señora que era un encanto le devolvió, pues, a Enriqueta, así como una bolsa con cuatro buñuelos, uno de ellos empezado, y le preguntó:

–¿Haces chocolate?

Adriana comenzó una de aquellas escenas de teatro en miniatura que tanto le gustan. Dos o tres líneas de diálogo, además de la gesticulación, que para mí es perfectamente visible por el teléfono. Estamos en un barrio de clase media de Miami, muy arborizado todavía. Las dos señoras y la lora seguramente conversan en el jardín delantero, al pie de la camioneta de Adriana, estacionada sobre la grama, a la sombra de algún flamboyán, mientras pasan los carros.

"–¿Yo? –dije yo–. Yo sí... ¿Por qué, doña Albita?

"–Quédate ahí, amor, que ya vengo... Volví, amor. Mira. Este es sin azúcar. Luker. Si tú ves que a la lora le gusta dulce, sweet, le haces el chocolate en aguadepanela. A mis loros yo se los doy amargo y viste lo bellos que están. ¡Beautifuls! Claro que también tienen que comer sus semillas de girasol y sus multivitaminas".

Doña Albita tenía más de diez loros en una jaula muy grande en el patio de atrás, al lado de la piscina, debajo de un ficus como el de Adriana.

–Tiene, Ignacio, uno rojo de cabeza negra que sabe reversar igual que Enriqueta. Estábamos conversando la señora y yo cuando de pronto reversó por allá, "¡piiip, piiip, piiip", y a Enriquetica se le abrieron mucho los ojos, de eso que se les encienden, ¿has visto?, y entonces reversó también, con el pico todo untado de buñuelo con chocolate. Aquello parecía un parqueadero.

–¿Pero entonces sí estaba hablando?

–Hablando no. Nada más reversando.

Respiré profundo para volverme a orientar en la vida, tratar de salir un segundo de ese universo peculiar de ella, que tiene los cimientos muy fuertes, pero un poco oblicuos y en desorden, y le pregunté por Joaquín.

–Feliz con Mario. Están entre machitos. Llaverías.

Se refería a la solidaridad masculina entre un hombre del norte de Asturias y un guacamayo que tal vez los cazadores de pichones de loro le habían robado a la mamá en alguna selva tropical cuando el animalito estaba casi implume. Para salir del universo de Adriana tocaría colgarle el teléfono. Y se la quiere. ¿Cuál universo es por completo coherente, a ver? Además, tanto cimiento inclinado o en desorden tiene su interés, así le exija a uno bastante y fatigue por momentos.

–¿Estás enfermo, Ignacio?

–Para nada.

–¿Cuánto estás pesando?

–No traje pesa en este viaje.

–¿Estás flaco? Este loro es una maravilla, Ignacio. Ahora se colgó bocabajo en la jaula, abrió esas alotas y me está mirando. Él no habla mucho, pero ¡payasea! Adiós. Cuídate.

Diez días después de la partida de Yoyito y mi sobrino llegaron los hermanos que faltaban. Pasó otra semana y se fue todo el mundo. Nadie me preguntó por qué quería quedarme, y no pude leer en los ojos de nadie qué tanto se sabía. Mamá Antonia me dejó sus libros. Alicia quería dejarme el celular, pero le dije que yo no era capaz de manejar eso tan lleno de opciones, que prefería el viejito mío, y no insistió. Hizo un gesto como si estuviera pensando qué regalarme y al rato apareció con una bolsa de mangos maduros que puso en la nevera para que no se fueran a dañar. Adriana me dejó sus libros. Mi mamá me abrazó muy fuerte, cosa poco frecuente en ella.

–Ocúpate de mantener mi sitio bien limpio –dijo. Se despidió entonces de Grekna y le habló al oído. La enfermera le contestó también al oído y mi mamá se quedó muy seria. Antonio papá, mi sucesor en la lancha, me había contado que mi mamá le pidió girarle, por favor, una suma grande a la enfermera. Antonio le manejaba las cuentas.

–Que le alcanzara para comprarse algo sustancial, me advirtió mi mamá, un carrito, por ejemplo –dijo Antonio, admirado tal vez por la sustancialidad del regalo.

–Yo no llamaría a un carro *sustancial* –le dije, para mortificarlo. Lo apasionan los carros igual que a los otros gasolineros de mis hermanos.

Los dos niños alfa de Gloria Isabel me dieron la mano con mucha, demasiada, timidez. Adrianita se embarcó sin despedirse. Les tiene miedo a sus emociones, y con toda razón. Gritos, escenas desgarradoras. Se sentó en la lancha, mirando hacia adelante, como si ya hubieran arrancado. Gloria Isabel, ahora con su pava, me sonreía. El par de alfitas a su lado competían por el único salvavidas rojo, pues los demás eran amarillos. Empezó a lloviznar y en las lanchas hubo un movimiento de postura de chaquetas de nylon de todos los colores, y aparecieron tres paraguas, uno negro, muy amplio, que Antonio sostenía sobre él mismo y mi mamá; uno morado, que Alicia sostenía sobre la tía Antonia y ella misma; y otro también morado, el de Gloria Isabel. Eso en la lancha principal, pues en las otras no había paraguas, solo las chaquetas de colores vivos.

La partida fue, pues, tan grandilocuente como la llegada. Mi mamá en su Rimax, bajo el paraguas que le sostenía Antonio, sonreía hacia la playa y parecía como con ganas de lanzar bendiciones. Cosa que efectivamente hizo. Repartió cuatro en orden por la playa, desde la punta de la bahía en dirección del hotel hasta la punta en dirección de los canadienses, y después tres, con ese mismo sistema, sobre la selva. Antes de salir de la casa yo la había acompañado adonde cada uno de los empleados y ella le había entregado un sobre con una suma que yo, como su asistente, sabía muy generosa. Yo le cargaba los sobres y se los iba entregando cuando ella, sin dejar de sonreírle al empleado, alargaba el brazo para que le pasara el correspondiente. El de Naila Rivas era el doble de grueso que el de los demás.

Arrancaron las lanchas, se perdieron de vista entre la bruma y se dispersó todo el mundo. Yo me dispersé en mi hamaca. Grekna me trajo las pastillas, los audífonos y el libro. Me alegré cuando de repente se aclaró la mañana. Me preocupaba que mi mamá y la tía pudieran emparamarse durante el viaje y se enfermaran. Un superviviente de meningitis bien se puede morir de neumonía. El dolor no me dejó ni leer ni oír música. Cerré los ojos para no ver nada y me quedé dormido como en un túnel incómodo. Cuando las pastillitas hicieron su efecto pude dormir de verdad y ahí sí descansar. Al despertar me sentí bien, aunque enguayabado todavía por la partida de todos.

Las pastillas han perdido poder. Esto duele. Ester debió aplazar el viaje otra semana y yo traté de aguantar hasta que ella llegara, pero no fui capaz, de modo que me encontró en la hamaca disfrutando de la deliciosa placidez del opiáceo. Yo había sentido llegar la lancha, y estaba eufórico, pero tenía las piernas demasiado pesadas y no pude ir a la playa a recibirla.

–Vas rápido –me dijo.

–Rápido.

Todo se ha ido poniendo un poco solemne. Primera vez que al volvernos a encontrar nos damos sólo un beso en la mejilla. Ya no hay ese afán de meterme en ella al volverla a ver, sino que la admiro desde lejos, como si ya nos hubiéramos separado. Le cuento que Justino vino a visitarme y a contarme que le habían vuelto a sangrar las hemorroides.

–Lo más raro fue que abrí los ojos y el hombre estaba ahí parado al lado de mi hamaca y me contó lo de las hemorroides sin saludarme ni nada.

–Eso fue que soñaste. Ya casi no estás durmiendo en la cama, me dijo Grekna.

–Es más cómodo aquí. ¿A qué horas hablaste con ella?

–¿Cómo que a qué horas, Ignacio? Si llegué ayer.

No trato de entender. Es lo que debí hacer toda la vida, no tratar de entender. Aquí no había nada que entender. Una rosa es una rosa es una rosa. Pero pedirle a un humano que no trate de entender es como pedirle que no camine sobre las dos piernas.

–El problema es la levantada –me dice Ester–. Todavía sos capaz, pero bajarse de una hamaca no es que sea tan fácil, que digamos. Nos tenés que pedir ayuda o te podés caer. Mañana llega la cama que te compró Antonio en Medellín. Con control remoto y todo.

Me causa mucha gracia lo del control remoto, no sé por qué. Qué tan querido Antonio, como dicen. Es cálido. Y la cama va a ser un alivio, pues a veces no encuentro la forma de acomodarme bien en ningún lado y me empiezo a mover dormido en la hamaca. Me podría ir de cabeza contra el cemento del piso, rojo oscuro y pulido como un espejo, obra de algún artista de la albañilería. Entonces Antonio ya lo sabe. Ester se sienta a leer en la silla de mimbre y yo, en la hamaca, sueño con cirujanos militares que antes de las batallas organizan los instrumentos, los bisturís, las brillosas sierras, inmaculadas, sin la más remota huella de médula o sangre de las amputaciones de la batalla anterior, mientras en el campo de batalla jóvenes de brazos y piernas todavía perfectamente sanos, pero que muy pronto van a ser amputados entre aullidos de dolor, se agitan de impaciencia por recibir la orden de avanzar con su mosquete y su bayoneta calada y de esa forma acabar con la espera y ojalá con esta puta mierda de vida de una buena vez. Al despertar estoy estrenando cama. Hace rato estoy en ella, pues el sueño de las bayonetas me puso a sudar y estaba mojada la funda de la almohada, que ahora Grekna está cambiando. Grekna me refresca la cara con una toalla húmeda, como si yo mismo no pudiera hacerlo. Es una expresión de afecto. Quedo como nuevo. No sé ni me preocupa mucho saber cómo y cuándo llegué a esta cama. Se le siente la calidad nada más por lo fácil que se maneja el control remoto. Confortabilísima.

–Ya sabía yo que te ibas a poner a jugar con la cama, Ignacito.

–Hasta los pieses se me enflaquecieron – digo. Había levantado con el control remoto el extremo inferior de la cama y los tenía al frente, largos, más bien amarillos, con algunos vellos negros en los empeines. – Pieses decía Alicia cuando era más niña. Para leer y oír música la cama es perfecta, Ester. Menos mal no tiene la opción de masajes. Con esas vibraciones se me terminaría de deshacer el páncreas.

–Bajá esa vaina y echate para allá –dice Ester. Hundo un botón, descienden mis pies, me corro un poco para dejarle campo en la cama y nos quedamos dormidos en lo que llaman cucharita. Siento su olor como a lechuga fresca. Supe que Ester había dormido la primera noche en la cama grande, pero estuve en total desacuerdo y ahora dormimos en ella juntos otra vez y me acuesto en esta solamente para mis actividades intelectuales y para siestas. Aquí cabemos los dos, cuando ella se antoja. No ha salido a nadar todavía. No le cubro el pubis con la mano ni le acaricio desde atrás los senos, quién sabe por qué. Dejamos las ventanas abiertas y hasta nosotros llega el olor del agua, que siento al despertar. Ella está durmiendo todavía. Allí en la puerta están los dos perros de la señora Otilia. Vinieron a saludar a Ester. O sea que también yo estoy durmiendo todavía. No se los ve flacos. Lo normal en perros cazadores.

Ahora estamos caminando por el corredor de adelante. No me seduce mucho esto de ir del brazo de Ester de una punta a la otra, de modo que cuando pasamos por centésima vez al frente de mi silla de lectura y contemplación digo, listo, Ester, terminamos por hoy, no quiero amanecer todo molido mañana, vos sabés que soy malo para el atletismo. Y me siento a mirar el mar.

En cualquier momento podrían aparecer otra vez las ballenas. Eso en caso de que no se queden varadas, esta vez sí, asfixiándose en las manchas de plástico del apocalipsis. El sueño de los perros fue tan vívido que me parece que pronto voy a estar acariciando a Zeus y a Penélope, gooood girl, aquí mismo en el corredor. No demora en venir la señora Otilia en persona. Cómo me gustan estas islitas del lampareo. Algunas en la cima tienen uno o dos cocoteros que emergen de un monte espeso y sobre todas se ven siempre las tijeretas, de vuelo alto y quieto. En una de ellas hay una virgen azul y blanca metida en un nicho de piedra. Grekna de vez en cuando sale otra vez a lamparear, pues le gusta ver las luces de las lámparas y la noche en el mar.

Grekna y Ester nunca habían estado antes en tanta cercanía la una de la otra. Cuando todavía estaban todos no se evitaban, pero se veía claro que nunca se buscarían. Cada una pensaría: "Yo no sé bien quién es ella ni me interesa saberlo. Puede ser la séptima maravilla y no me sorprendería, pero, ella y yo, sencillamente no". No se quisieron conocer y ahora parecían haberse puesto de acuerdo para establecer una estricta relación profesional. Es decir, esto se volvió un hospital. Como las dos conocen bien su oficio no hay roces ni conflictos, trabajan en armonía, y mientras tanto yo floto como una ballena flaca sobre todo este asunto.

Otra vez viene Justino y ahora sí es él. Estoy leyendo en el corredor, es decir, mirando los pájaros sobre los morros, cuando arrima la lancha a la playa, se baja y camina hacia la casa mientras el hijo se queda esperándolo. Trae en cada mano una piña de su cultivo, que según Rico es bastante más grande que el sembradío del propio Rico. Dice que a Justino le gusta mucho quejarse. Raro, pues yo nunca había oído a Justino en esas. Le digo que suba al corredor para que charlemos. Pone las piñas en los escalones, se lava con cuidado la arena de los pies en el grifo de cerámica blanca que hay para eso y camina con un sonido como de caucho mojado sobre la laca mate de las maderas. Le digo que se siente. Prefiere quedarse de pie.

–Se les siente el perfume a las piñas. Gracias, hombre. ¿Sangrando, Justino?

–No, doctor. Es que tengo la pantaloneta mojada –dice y sonríe como con tristeza.

–¿Juicioso con la comida?

–Sí, doctor.

–¿Vos no estuviste reciente por acá?

–¿Yo?

–Sí.

–No.

–¿Has vuelto a oír a aquella y a los perros?

–¿Otilia? No, doctor, no los he vuelto a escuchar, pero yo sé que siguen por aquí en el monte.

–¿Cómo lo sabés?

–Cosas que sabe uno, doctor.

Justino no parece notar lo mucho que he cambiado durante el tiempo en que no nos hemos visto. Me dice otra vez que no, que él no ha estado aquí por estos días. Llegó apenas ayer después de quedarse casi una semana donde una hermana en Nabugá. Me vuelve a mirar con tristeza y me dice que si le puedo prestar quinientos mil pesos, pues no tiene cómo pagar la cuota del préstamo que había sacado para el cultivo. Entiendo ahora por qué Rico dice lo que dice. Cuando Justino se queja, se queja. A eso se debía la expresión cariacontecida, el gesto de tristeza. Voy por la billetera. Regreso con la billetera. Ejercicio es ejercicio.

Ester aparece tan pronto se va Justino, y también viene en vestido de baño y descalza, pero sus pasos no chirrean. Trae un plato con pedazos muy blancos de coco. Le cuento lo de Justino y parece no escucharme. Me dice entonces lo que ya sabía yo sobre el conducto biliar. No por nada este color amarillo, esta ictericia. Estoy reencarnando en canario.

–Ajá –digo.

–Tenemos que resolver.

–Bien –digo y hasta ahí llega esa conversación. Nos ponemos a mirar el mar.

Ya voy dejando de imaginarme lo que no ha llegado todavía. Puedo prever los hechos, no la forma como se irán dando, entonces qué sentido tiene. Y voy a olvidarme de todo lo que estudié. De los procedimientos que en un hospital podrían hacer para drenar el líquido biliar, de cirugías de la cabeza del páncreas, de conductos biliares y de cualquier tipo de conducto. En los días en que me sienta bien trataré de hacer cosas; en los días en que esté muy débil, no. En cuanto a resolver, no hay nada que resolver.

Siento el vacío de los que se fueron, y me parece ahora tener el mar y la selva mucho más cerca, sobre todo por los aguaceros de estos días, que juntan todo en un gris raro que se toma la casa y a mí mismo, y no es ni mar ni selva ni tampoco aguacero. Sin sobrinos y mamás de sobrinos hay silencio. Los empleados son más bien callados. Mejor dicho, hablan mucho entre ellos, pero en voz baja, y sólo me llega el murmullo y las frecuentes risas, abiertas, despejadas. Es la alegría que vive siempre en nosotros, irreprimible, por debajo de la melancolía que nos produce nuestra historia y también la situación de ahora, y que tampoco podemos evitar. Alguno se entusiasma demasiado y levanta la voz, pero todo vuelve rápido al murmullo.

Poco a poco alcanzo incluso a disfrutar con la novedad del silencio y la relativa soledad, pero siguen aumentando la incomodidad y este dolor que tira y afloja y, centímetro a centímetro, siempre sale ganando. Menos mal estoy aquí. Menos mal existen el celular y el internet. Por el uno hablo cada cierto tiempo con casi todo el mundo y con el otro hago mis averiguaciones históricas y científicas, cuántos muertos hubo en la invasión napoleónica, de qué tamaño es la mancha de plástico que flota frente a Chile, por qué se están extraviando las ballenas, cuántas especies de animales y plantas se están extinguiendo cada año. Y puedo hojear revistas, Lancet y demás.

Por los días del regreso de mi mamá y de todos para Medellín yo todavía atendía a la gente, pero ya tenían que venir ellos, no volví a hacer visitas, por la caminada tan larga y porque el sol era demasiado para mí y también las lluvias. Ahora vienen y hablo con ellos en el corredor sin levantarme de mi silla, como un obispo amarillo. Es Ester la que ahora los examina y les prescribe. A veces llega gente que yo nunca antes había visto, pero cuando Ester sale ya no están o yo me he quedado dormido.

El sueño de los instrumentos quirúrgicos se repite. A veces todo pasa aquí mismo, en el cuarto. También ciertas falsas visitas, como la de la señora Otilia, que estuvo particularmente educada, como si hubiera estudiado en el Sagrado Corazón. "Y acuérdese, ¿bueno?, no le haga caso a eso", me dijo, antes de irse. A veces parece tener más continuidad lo de allá abajo que lo que pasa aquí arriba, donde está Ester. Hablando de la reina de Roma y ella que asoma. Aquí acaba de llegar Ester. ¿Toes qué, mi reina?, le digo y ella me pregunta que si he estado soñando.

–¿Supiste que te demandaron? –pregunta. Sonrío–. Por calumnia. Los patronos de Otilia –dice.

Por eso había venido la señora Otilia.

–Rafael Alberto le dijo al abogado de ellos que vos les pagabas, pero que tenían que venir a donde estás.

Dónde dejé mi billetera.

–Bien. De nosotros es el que tiene más experiencia con abogados, por lo del divorcio.

–¿De qué me estás hablando, Ignacito? ¿Abogados?

–Me despertaste con el estruendo que estás haciendo.

Al reproche no le hizo caso. Había que cambiar el catéter.

–Hasta el campeón este está disminuido –dijo, refiriéndose a mi pene.

No creo que ella haya dicho eso. Eso fue que me dormí otra vez. Eso fue que me vine para acá abajo.

–Más fácil te lo puedo cambiar si te quedás despierto.

Pone el gel anestésico. Empieza la función con el cambio de catéter. El anestésico para mí no es suficiente. Mejor habría sido hacerme dormir cada seis semanas, como hacen algunos.

Llama mi mamá. ¿Le contesto? No puedo hablar con mi mamá en pleno cambio de catéter. ¡Qué hábil es Estercita! Entonces me despierto otra vez en mi silla y se ha formado una cola larga de gente que no conozco y que va desde aquí por todo el corredor y llega a la playa. Ojalá se hayan juagado los pies, para que no suban arena a la casa. Quieren que los atienda, supongo, aunque muchas mujeres traen ollas vacías, como si vinieran a pedir comida. ¿A qué horas puedo yo atender a toda esta gente? Uno como médico hace lo que puede, pero ¡ollas vacías!

–Aló –digo. Es mi mamá.

No, no es ella. Nadie habla. Qué soledad siento de pronto. Bajo al mundo de abajo y allí está Arango Arango Arango con una pila de letreros que va levantando del piso. ¿Sería que se murió? Cada vez que me muestra un letrero mira con cuidado mi expresión. El ruido del agua dice lo que pienso, Padre Mío, ¿por qué me has abandonado?, Si se consolida la unión yo bajaré tranquilo al sepulcro, Hoy no fío, mañana sí, ¿Morir?, dormir no más, Ladran, señal que cabalgamos y otras. Me pongo a ordenarlas por categoría y se me cruzan como ratones. Por que te quero te aporrio. Moriré en París con aguacero, Va de retro, Satanás. Cada día trae su afán. Genio y figura, hasta la sepultura. Sudo. Cuando logro separar dos y empiezo a formar otro grupo, las dos se vuelan y se confunden con las demás. Me enfurece que aparezca el aporrio al lado del aguacero en París. La expresión en la cara de Arango es amable.

–Para este lado, doctor –dice Grekna, y trato de voltearme para ese lado.

–¿Está sonando mi celular?

–No, doctor.

Pone el medicamento en la cánula y me acompaña hasta el sillón del corredor. Se sienta en el otro. Una de las cosas con el mar es que uno no puede dejar de mirarlo. Me descansa en el sentido de que si lo miro de verdad me quedo tranquilo. Allí está mi libro. Tengo las cifras. Un millón de muertos en la campaña de Rusia. Suena mi celular, ahora sí. Si es infinita la muerte de una sola persona, entender la de un millón es imposible. No cabe en la imaginación. Treinta millones en la Primera Guerra Mundial, sesenta en la Segunda. Las tres matanzas originadas en Europa. Medellín tiene tres millones. Sesenta dividido tres. Matemáticas puras. Es como matar veinte veces a toda la población de Medellín en escasos cuatro años que duró la guerra. Eso sí es masacre. El pobre diablo de Pablo Escobar era un microbio. Si en la Segunda Guerra Mundial a cada muerto lo lloraron cinco personas tenemos trescientos cincuenta millones de personas llorando y dando gritos. De haber llorado todas al tiempo los lamentos se habrían levantado como una nube que le diera la vuelta al mundo. Matemáticas puras. Y todo por plata. Por poder. Por plata. Por nada.

–Ayer te sentí un poco raro, Ignacito –dice mi mamá. Su voz por el teléfono no parece la de una persona tan anciana–. ¿No estarás con el whisky?

–El del whisky es Rafael Alberto, yo no, mamá. Con tanta gente se le está enredando a usted ya la cabeza.

–Le gustan sus whiskies, pero se los sabe tomar. ¡Ese Rafael siempre es que es muy divertido!

–Se debería dedicar a eso. Presentarse por la televisión y todo.

–Claudia llama por lo menos una vez a la semana. Siempre te manda saludos. Pasame a Naila, ¿sí?

Llamo a Naila, que camina toda elegante por el corredor, alta, de batola amplia de colores y turbante verde, con la cadencia de las que han cargado en la cabeza poncheras con frutas o baldes con leche, como en el logotipo de la leche condensada de Lito. Me despido de mi mamá. Le entrego el celular a Naila, que camina otra vez por el corredor sin siquiera mirar el mar y se va a hablar al otro extremo, donde no alcanzo a oírla. Sé que ha estado yendo al sitio del algarrobo. No sé a qué y no he tenido la energía para averiguarlo.

–¡Rico, te llaman...! ¡Doña Isabel! –grita al rato Naila con voz como de cantante de música religiosa. Llega corriendo uno de los nietos de Rico y sin dejar de correr arrebata casi mi teléfono de las manos de Naila. Me acuerdo entonces de esos miquitos en National Geographic que les robaban los celulares y las gafas a los turistas. Con la diferencia de que esos micos eran rubios, de penes y vulvas rosadas, y este muchachito de cabeza perfectamente ovalada y ojos muy grandes tiene de arriba abajo el color del café tostado. Los chiquitos nuestros salían a bañarse en el mar con los de Rico y alegraba ver el contraste de colores. Desde que nacen hasta los diez, digamos, ni siquiera se dan cuenta de qué color son. Más o menos sé de lo que hablaron Naila y mi mamá; en cambio de lo que habló con Rico no tengo mucha idea, sólo sospechas. Al rato sube al corredor el niño a toda velocidad y su carrera por la madera suena como pequeños cauchos moliendo arena. Le recibo el teléfono y le doy dos mil pesos.

–¿Cómo te llamás?

–Ya usted sabe, doctor. Le dije el otro día. Mai. Como...

–No me digás. Ya me acordé de vos. Nada menos que Mai Tyson.

–¿Usted por qué está todo amarillo?

Le digo que por una cosa que llaman ictericia. Le da timidez. No comenta nada y se va sin preguntar más. Llamo a Grekna.

–Llévame ya. Voy a darme otra siesta. ¿Y Ester?

–Nadando, doctor. Préndase de mi brazo. Mañana la doctora va a salir a coger conchas con las mujeres.

–Si también querés ir, andá. Naila me cuida.

Nada dijo, pero yo sabía que no iba a ir.

Otra vez la fila de gente haciendo cola desde mi silla hasta la playa. Pero no estoy ya en la silla. Voy a la cocina a ver si Naila tiene algo para darles y no logro llegar. Estoy en la sala, veo el mar por la ventana, pero no sé cómo llegar a la cocina y no quiero pasar por el sillón. ¿Dónde dejé mi billetera? En el cuarto, pero ¿cómo llego al cuarto? La casa se me vuelve un enredo.

–¿Descansaste? –pregunta Ester.

Digo que no mucho y le pregunto que si estuvo nadando.

–Cuando está lloviendo el agua de mar es tibia, y la lluvia, helada –dice.

Le digo que hasta que la fulmine un rayo un día de estos.

–Sí, hasta que me fulmine un rayo. Desde el agua se ven muy hermosos los rayos. Lo que pasa es que si te ponés a esperar a que escampe...

–Hoy amanecí todavía más amarillo –digo–. Mai estaba impresionado. Mai Taison, el chiquito de Rico.

–Qué niño más bonito ese. Va a ser muy buenmozo. ¿Taison?

Le pregunto que si no sabe quién es Mike Tyson. Le digo que es el tipo que le arrancó la oreja de un mordisco a un rival en el cuadrilátero. Me dice que ahora se acuerda de él. El pobre tipo ese. Lo que va de Muhammad Ali a Mike Tyson, pienso. Cada época tiene el boxeador que le corresponde.

–Cada época tiene el boxeador que se merece –digo, cambiando un poco lo que acababa de pensar.

–Linda frase. Si no estuvieras tan débil te acababa en esa cama.

Ni tan linda la frase, pienso. No da para tanto en todo caso. En mi estado sería eutanasia, además, pero no lo digo, por la fatiga y porque no estoy seguro de que ella haya dicho aquello de acabarme en la cama. O sí. No sé.

–No da más espera –dice.

Toca hacerlo o el líquido biliar se me carcome el hígado. Le digo que mañana.

–Tenés una belleza de fosas nasales –me dice el día siguiente, después de examinarlas bien, para comprobar que no haya lesiones, irritaciones ni nada que impida el paso de la sonda–. Se parecen a las de Jesús de Nazaret.

No puede ser que haya dicho eso, Jesús de Nazaret, pero ya me voy acostumbrando a las cosas que comenta últimamente. En fin. Abro la boca, me pone el anestésico en la garganta, que en este caso es en aerosol, esperamos un momento a que haga efecto y por esta belleza de fosas nasales que tengo se va el tubo organismo adentro. Trague por favor, doctor, me dice Grekna, que es en realidad la que está manipulando la sonda. Tener náuseas y tragar al mismo tiempo es difícil. Me da agua y al fin logro tragar para ayudar a que baje el tubo.

Me vuelvo así persona de dos sondas y un catéter.

Llama Adriana.

–Me dijeron que estabas enfermo.

Siempre me agarra de sorpresa, sobre todo porque no saluda.

–Adrianita, ¿cómo vas? ¿Cómo va la loramenta?

–No me cambiés la conversación. Mejor dicho, sí. Yo ya sé que estás enfermo.

Llora. Me conmuevo. Breve silencio.

–Este loro se lo voy a vender a un circo –dice y llora un poco más–. Fíjate que me tocó ponerle candado a la jaula por la noche. Aprendió a funcionar la aldaba y se sale a la medianoche a buscar el pan en la cocina.

–¿Cómo sabés lo que está buscando? ¿Y cómo sabés que es a la medianoche? –le pregunto, para no dejarla avanzar demasiado rápido, mantenerle la rienda cortica.

–Porque se lo come, bobo.

–Se lo come bobo de sueño.

–Abre las gavetas. Tocó ponerlo en el horno.

Le pregunto que si había puesto el guacamayo en el horno.

–Miren lo gracioso que está hoy el niño.

No se me ocurren otros chistes, pero tampoco hay necesidad de más, pues estamos ya del otro lado con el asunto sentimental.

–¿Mario fue como lo llamaste?

–Sí, pero no puso huevos y lo cambié a Enriqueto, para que no se sintieran tan solos. Ellos deberían estar en la selva.

No me quiebro la cabeza para entender lo que va de los huevos a la soledad. Le digo que traiga los loros cuando venga y aquí los soltamos. Me dice estás loco, Ignacio, en la selva no duran ni diez minutos. Se los va a comer todo el mundo, hasta las hormigas. Ellos no saben ya de selvas. Pero esperate. ¡El arroz! Te llamo. Un abrazo, dice, y cuelga antes de que yo pueda devolvérselo.

Esta es una de las mañanas en que el Pacífico parece Atlántico. Frente a mí, las islas, los morros del lampareo. Desde el jardín, al frente, me mira el gallo de Rico que parece avestruz. Hay un olor a piña. Penetrante, agudo, áspero aroma de la piña que no está bien madura, la que deja puntos picantes en la lengua. Es como si el gallo estuviera dentro de la piña o la piña dentro del gallo. Las plumas de la cola son las mismas hojas de la piña. Trato de levantarme. ¿Se le ofrece algo, doctor?, dice Grekna. Irme a dormir, digo, estas charlas con Adrianita son exigentes. Grekna me mira raro, como si no hubiera habido ninguna conversación con Adriana y no quisiera decírmelo. No pregunto. ¿Para qué? Si lo de Adriana es, entonces esto de Grekna tomándome del brazo no es, pero una de las dos tiene que ser, porque no estoy muerto.

Cansado sí. Es gris el Pacífico. Su tristeza es magnífica y se riega por el corazón. Me tomo la primera pastilla, le recibo el vaso con agua a Ester, me tomo la segunda, me tomo toda el agua, le devuelvo el vaso. Por fin me duermo. Me cae bien Arango y me gustan sus letreros, pero me fatigan. Más necesita el obrero respeto que pan, La vida bien usada fluye hacia una dulce muerte, La perfección es muerte; la imperfección es el arte, Manus manum lavat. ¿Qué querrá Arango que haga yo con todo eso? Alma mater, Ecce homo. Esas dos no son frases, protesto, y Arango no dice nada. Le aparece el humor en los ojos y hace un gesto con las manos, que significa: "Tranquilo, no se me sulfure". Pone cara de pícaro. Le gusta poner cara de pícaro. Levanta del piso un letrero que dice Habemus papam, y casi me orino de la risa.

No logro orinarme de la risa ni de ninguna otra forma. Sonda obstruida. No sé a qué horas se hizo de noche ni por qué se entraron los vampiros. ¡Qué tal el charco de sangre que quedó al pie de la cama de mi mamá! Ester manipula la sonda y fluyo por fin con la misma calma y placidez que el río donde vive la gente embera en la desembocadura al mar. El pueblito es muy pobre. Una de las mujeres, vestida con una faja o falda de tela de colores vivos, tiene teñido de azul todo el cuerpo y cuando me ve entra a una casa y sale envuelta en una sábana. Me devuelve el saludo y la sonrisa. Algunas de las niñas también están teñidas y me sonríen sin sentirse avergonzadas.

No le pregunto a Ester que por qué dejó entrar a los vampiros, pues tal vez no haya habido vampiros. Le cuento que había soñado que iba a donde los embera. Estoy durmiendo demasiado. Si acaso eso es dormir. Decidimos bajarle a la dosis del opiáceo. Quiero estar despejado por lo menos un tiempo, así duela un poco, antes de dejarme llevar otra vez por las amapolas a las brumas. La última. Puede que de esa forma se vayan aquel con sus frases mareadoras y la cola de señoras con ollas. Que venga después Arango, si quiere, pero que por ahora me deje descansar. ¿Sería que se murió? No creo. Naila o Rico me habrían contado. En fin. Vivo o muerto, él es quien me recibe casi siempre allá abajo.

No le han dicho nada a mi mamá, me cuenta Ester. Ella cree que nos vinimos a vivir aquí porque nos gusta. Lo cual es más que cierto, digo. Lo cual es más que cierto, dice. Ahora Ester nada todos los días y hace tai chi en el corredor, de cara al mar, cosa que para mí es agradable de ver y me hace olvidar mi propio desbarajuste. Mientras más bonita se pone ella, peor me pongo yo. Después de la natación y del tai chi sale para el caserío a atender a la gente. Arregló la casa de la señora Otilia, que se había llenado de maleza y se estaba acabando de desvencijar, y allá montó su consultorio. Nadie se había atrevido a apropiársela y casi ni la miraban cuando pasaban lo más lejos posible de ella. Me trajo las fotos de todo el proceso de reconstrucción. Un mes más y se va al suelo, dijo. Esta humedad de aquí es muy brava. La pintó de azul. Le pintó en la fachada un ying-yang del mismo rojo y blanco de la Cruz Roja, y del tamaño de una rueda de bicicleta y algunos habrán pensado tal vez que se trata de alguna organización médica internacional. Ojalá no les vaya a llamar la atención a los tipos armados que hay por estos lados. Claro que ella no se queda del todo, se vuelve para Medellín, ya me lo dijo. Después, claro, se va. Quiere comprar, eso sí, la casa de la señora Otilia, para seguir viniendo cuando ya yo no esté, pero no hay a quién comprársela. Quién sabe qué irá a hacer al final. Nadie la va a reclamar, si ella se posesiona. "Podés pagarla donando implementos a la escuela", le dije. "Bueno, y ya estás profundizar en nada. Pregunto que si Alicia está. Palpita la pobre víscera, punza, duele como un demonio. Náuseas. Menos mal en estos momentos no está Alicia, pues me habría costado mantenerme ecuánime. Me dice Gloria que mi mamá quisiera ver otra vez las ballenas, volver por estos lados. "Si ella lo menciona es porque las va a volver a ver. Eso va a ser así", le digo. Nos despedimos con esa nota alegre, como dicen, colgamos. Para no infundirme desánimo Gloria Isabel es capaz de no dejar que se le quiebre la voz, siempre firme y optimista hasta el final.

Debo reposar entre llamada y llamada. Mejor hacer mañana temprano la de Adriana, cuando esté más descansado. Llamo a Antonio, que no contesta. Le dejo un mensaje y espero. Antes de irse, Alicia le puso sonido de canto de ranas a mi celular. Suenan las ranas. Antonio me cuenta lo de la neumonía. No nos cansamos de admirarnos todos nosotros, ni de repetir las mismas frases. "Qué fortaleza la de mi mamá", "es por toda esa energía con la que nació".

Ya es el día siguiente, muy temprano, y llamo a Adriana, que está ahora en Los Colores. Hablamos de lo de siempre, de loros, del flamboyán que cortaron los cubanos que se pasaron a la casa vecina en Miami ahora que Joaquín y ella no estaban para defenderlo, del disgusto que tuvo con mi mamá a propósito de uno de los perritos de Adriana, Milo, un rat terrier, que se le orinó en la punta de la colcha de la cama e hizo un charquito en el tapete. Nunca más lo vuelvo a llevar allá, dice, pero por supuesto que lo va a volver llevar, y a los otros dos perritos también, para que se los cuiden mientras ella sale a comprarse ropa en los centros comerciales. Los terrier son los perros más inquietos que existen, le digo, y ella contesta que no, no señor, me da mucha pena. Milo está vivo, Ignacio, no embalsamado, cómo le va a pedir uno a un perro saludable que no levante la pata y orine, dice. Me acuerdo de que San Joaquín dice ser más fiel que perro embalsamado y le pregunto por él antes de meter la pata con algún otro comentario sobre Milo. Por ejemplo, que está bien que orine, pero no en la cama de mi mamá. Colgar no es fácil. Nos quedamos callados unos segundos largos.

–Chao, pues, Adriana.

–Chao, chao, chao.

Me duele la espalda. El dolor se ha ido extendiendo de la barriga a la espalda. Ya voy queriendo tomarme la dosis completa. Llamo a Rafael Alberto, que parece tener el teléfono apagado. Quiero sobre todas las cosas hablar con la tía Antonia, pero no le gusta el teléfono y de insistir en no querer mandarle la razón sino en hablar con ella, va a preocuparse. Llamo a Ester, a Grekna, a Naila. La que esté más cerquita. La que venga más rápido. Llegan las tres. Con una sola de esas habría bastado y sobrado, pero entre las tres me llevan a la cama. Ester me pasa las pastillas, me acomodan, me acuestan en posición fetal, revisan las sondas, me cobijan.

Lástima enorme no haber podido hablar con la tía, con los otros.

Sueño que estoy en una junta, y la médica principal cada rato nos grita para regañarnos por algo y entonces se hurga la nariz, se saca los mocos y los lanza como si nada al piso. Yo soy uno de los médicos y también soy El Paciente. Me despiertan las náuseas. Grekna sostiene el recipiente y vomito un líquido bilioso y maloliente. Todo lo que sale ahora de mi cuerpo es extraño: defeco arcilla y orino pepsicola o viceversa. Me duermo otra vez y quién llega si no es mi amigazo Arango. Levanta el primer letrero. Ser o no ser, he ahí el problema, dice, y yo pienso que el problema no es ese sino esta incomodidad en la espalda que me está enloqueciendo. Nadie se ha librado de articular tonterías, ni siquiera Shakespeare. Morir, dormir no más es el letrero siguiente, del mismo cantautor Shakespeare. Ese ya me lo había mostrado, pero insiste. Que una frase sea profunda y armoniosa no la hace verdadera, y en esto, así me equivoque, tengo razón. No me voy a dejar enredar por las tales frases, malhumorado estoy, menos tolerante. La verdad de este dolor y de esta incomodidad no hay quién la exprese. Ya sé, ya sé, no me jodan. Eso no lo decía él mismo, pero con seguridad lo creía, porque todos los seres humanos somos unas gonorreas retardadas, fronterizas, hasta Shakespeare.

¡La palabra que se inventaron estos para insultar! Gonorrea serás vos, ¡tuberculosis! No nos paramos en nada, sea hacia arriba o hacia abajo. Muy arriba, Miguel Ángel, el Shakespeare ese, Luther King, Tolstoi; muy abajo, todos los tuberculosis y gonorreas, los fronterizos malvados, los ampones de navaja o de vestido de paño. No como mi papá, un santo que salía de vestido de paño y zamarros a visitar a los pacientes. No como Lito, que tenía un alma como la leche condensada y que en realidad estaba más bien lejos de la frontera.

–¿Con quién está peleando, doctosh? –pregunta Grekna–. Vea cómo está sudando.

Con Hamlet, debería decirle, pero no tengo alientos y además no me acuerdo de lo que tenía yo contra Hamlet. Grekna no pudo haber dicho así, doctosh. Quién sabe qué gestos estaré haciendo dormido y prefiere despertarme. Me despierto de verdad, ahora sí, y esta vez no dice nada, sonríe. Ah, Ester también está aquí. Bien. De nuevo la sonda. Ester me acaricia los pies, flacos, largos, amarillos, por debajo de la sábana y la levanta un poco para mirarlos y decir que son como los de Cristo.

Cuando estamos aquí abajo, así me duerma sólo un instante, Ester alcanza a decir cosas de ese estilo. Pero entonces dice –y ahora estamos arriba– tenés que despertar, Ignacio, te la ponemos y te dejamos otra vez en paz. Qué bien que ella esté siempre por ahí, qué bien, que bien. Es más fácil si el paciente ayuda. Cada vez me molesta más la sonda gástrica, mientras que de la otra me olvido. Lo bueno es que esto se está yendo rápido. Esto se está acabando. Siempre están ahí, sea de día sea de noche, dormido, como sea, ya no me desamparan esta incomodidad ni estas punzadas. Ahí está la señora Otilia con sus canes. Se había demorado. Ahí está la señora Otilia con sus canes, digo. Aunque la esperaba, me sorprende su llegada, me alegra. Quién sabe cómo irá la demanda que me pusieron sus patrones. Ahí está la señora, Ignacio, sí. Tan bella, dice Ester para llevarme la cuerda. Ella no la está viendo. ¿Al fin vinieron los hijueputas esos?, pregunto, todavía de malhumor. Vinieron, dice. Te dejaron saludos. Se nos quedaron con la casa. No debiste haberles mandado esa carta. Con mi sello y todo, dije. ¿De verdad se quedaron con la casa?

–¿De qué sello hablás, Ignacio? –pregunta Ester–. ¿Quién se iba a quedar con la casa?

La señora Otilia me dijo que ayer había llegado una ballena con su cría, le digo. Ya la cría está aprendiendo a volar. No me vas a llevar para Medellín, que aquí me quedo. Ahí les dejo las cuchas a vos y a los otros, para que las cuiden lo mejor que puedan, le digo, y prepárense, porque van a seguir las dos en sus cosas hasta que se las lleve la muerte, si es que algún día se las lleva.

–No insistás, Ignacio, que Ester ya no te va a entender –dice mi papá, a los pies de la cama, todo elegante y oliendo a agua de colonia. Toma su jeringa de bronce con vientre de vidrio del estuche de bronce, la levanta hacia el cielo y mira la gota que brilla en la punta de la aguja. Dice algo.

Esto es lo que es.

Floto. ¡Tremenda flor es la amapola! Dejo de luchar por fin y cedo todo en un instante. Me arrastra la placidez y con mi placidez arrastro a lo profundo el océano Pacífico, sus nubes, ballenas, corbetas y lanchas. Conmigo llegaron, conmigo se fueron. Se acaba el tiempo.